Bovarismo e Romance

Estudos Literários 6

Andrea Saad Hossne

Bovarismo e Romance
Madame Bovary e *Lady Oracle*

Ateliê Editorial

Copyright © 2000 Andrea Saad Hossne

Direitos reservados e protegidos pela Lei 9.610
de 19 de fevereiro de 1998.

É proibida a reprodução total ou parcial
sem a autorização, por escrito, da editora.

ISBN 85-7480-032-5

Direitos reservados à
ATELIÊ EDITORIAL
Rua Manoel Pereira Leite, 15
06700-000 – Granja Viana – Cotia – SP
Telefax: (0--11) 4612-9666
www.atelie.com.br
2000

Printed in Brazil
Foi feito depósito legal

A Clodette e William,
meus pais

Sumário

APRESENTAÇÃO   *11*

I.   AS HEROÍNAS   *13*
1.   Em Busca de Emma Bovary   *15*
2.   Em Busca de Joan Foster   *43*

II.   AS ÁGUAS E A TORRE   *63*
1.   Novos Percursos   *65*
2.   Nas Sendas do Adultério   *117*
3.   Modos de Morrer   157

III. AS LEITORAS   *191*
1.   Leitora   *193*
2.   Escritora   *233*

IV.   BOVARISMO E ROMANCE   *269*

BIBLIOGRAFIA   *291*

Apresentação

◆

Este texto foi originalmente apresentado como dissertação de mestrado ao Departamento de Teoria Literária e Literatura Comparada da USP, em dezembro de 1993. Para esta publicação, alguns cortes foram efetuados, sobretudo para eliminar, na medida do possível, as marcas mais evidentes da redação acadêmica, na intenção de tornar a leitura mais fluente*. O teor do texto, entretanto, foi mantido, não tendo sido feitos acréscimos ou modificações substanciais. Desta forma, o texto ficou preservado tal como se encontrava na primeira etapa de meu trabalho com o processo do romance e suas relações com o tema do Bovarismo.

Desdobramentos dessa etapa inicial aconteceram algumas vezes, em especial na elaboração de minha tese de doutorado, defendida em 1999, tendo como objeto os romances de Lima Barreto, mas ainda observando o processo da forma literária e, em determinados momentos, a relação com o Bovarismo a partir de outros vértices. Provavelmente, novos desdobramentos

---

* As citações de textos críticos foram traduzidas, contudo aquelas provenientes dos romances foram conservadas no original, por se tratar de objeto de análise, que inclui aspectos estilísticos. Encontram-se, nesses casos, as traduções para o português em notas de rodapé.

ainda hão de vir e espero ter, então, a oportunidade de dialogar com outros textos que enfocaram elementos em comum[1].

Quero registrar meus agradecimentos à Capes e à Fapesp, pelas bolsas concedidas no período de Mestrado, e à primeira, também, pelo financiamento desta edição, bem como à banca que me acompanhou generosamente desde o exame de qualificação até a defesa da dissertação: professores Maria Cecília Queiroz de Moraes Pinto e Davi Arrigucci Jr., além da orientadora Sandra Margarida Nitrini, companheira de percurso por tempo e espaço mais amplos.

Agradeço ainda às pessoas que colaboraram diretamente para que o texto adquirisse sua forma final como livro: Ariovaldo José Vidal, que, como coordenador da Comissão Editorial da revista *Literatura e Sociedade*, fez úteis sugestões ao texto por ocasião da publicação do primeiro capítulo naquela revista; Maria Amélia Dalsenter, pelas traduções e revisões de traduções do inglês, Nelson Luís Barbosa, pelo olhar atento para detectar deslizes que a visão autoral não mais conseguia perceber.

Aos amigos e familiares, sempre testemunhas e suportes indispensáveis no movimento da vida, minha perene gratidão.

---

1. Cito dois deles, que se colocam mais de imediato na minha linha de horizonte, para que o leitor tenha também possibilidades de inserção nesse terreno, com fontes além daquelas citadas em minha bibliografia final: *As Regras da Arte: Gênese e Estrutura do Campo Literário*, de Pierre Bourdieu (trad. Maria Lúcia Machado, São Paulo, Companhia das Letras, 1996), que se detém sobretudo na *Éducation Sentimentale* de Flaubert, e *A Mínima Diferença: Masculino e Feminino na Cultura*, de Maria Rita Kehl (Rio de Janeiro, Imago, 1996), que traz interessantes abordagens sobre a relação entre feminino e literatura, lançando seu olhar sobre Emma Bovary.

I

As Heroínas

1

Em Busca de Emma Bovary

Cenas

Il était donc heureux et sans souci de rien au monde... Au lit, le matin, et côte à côte sur l'oreiller, il regardait la lumière du soleil passer parmi le duvet de ses joues blondes... Vus de si près, ses yeux lui paraissaient agrandis, surtout quand elle ouvrait plusieurs fois de suite ses paupières en s'éveillant; noirs à l'ombre et bleu foncé au grand jour, ils avaient comme des couches de couleurs successives, et qui, plus épaisses dans le fond, allaient en s'éclaircissant vers la surface de l'émail. Son oeil, à lui, se perdait dans ces profondeurs, et il s'y voyait en petit jusqu'aux épaules, avec le foulard qui le coiffait et le haut de sa chemise entr'ouvert. Il se levait. Elle se mettait à la fenêtre pour le voir partir... Charles dans la rue, bouclait ses éperons sur la borne; et elle continuait à lui parler d'en haut, tout en arrachant avec sa bouche quelque bribe de fleur ou de verdure qu'elle soufflait vers lui et qui, voltigeant... allait, avant de tomber, s'accrocher aux crins mal peignés de la vieille jument blanche, immobile à la porte. Charles, à cheval, lui envoyait un baiser; elle répondait par un signe, elle refermait la fenêtre, il partait...

Mais, à présent, il possédait pour la vie cette jolie femme qu'il adorait. L'univers, pour lui, n'éxcédait pas le tour soyeux de son jupon... il avait envie de la revoir; il s'en revenait vite, montait l'escalier, le coeur battant. Emma, dans sa chambre, était à faire sa toilette; il arrivait à pas muets, il la baisait dans le dos, elle poussait un cri.

...c'étaient de petits baisers à la file tout le long de son bras nu, depuis le bout des doigts jusqu'à l'épaule; et elle le repoussait, à demi souriante et ennuyée, comme on fait à un enfant qui se pend après vous.

Avant qu'elle se mariât, elle avait cru avoir de l'amour; mais le bonheur qui aurait dû résulter de cet amour n'étant pas venu, il fallait qu'elle se fût trompée, songeait-elle. Et Emma cherchait à savoir ce que l'on entendait au juste dans la vie par les mots de *félicité*, de *passion* et d'*ivresse*, qui lui avaient paru si beaux dans les livres[1].

Essa longa cena introduz o leitor ao espaço privado de um dos mais famosos casais da literatura. Ela conduz à intimidade dos Bovary. Conduz também à intimidade de Charles através das avaliações que ele faz da própria vida, e à intimidade de Emma, com suas cogitações e pensamentos.

---

1. Flaubert, 1951, Parte I, Cap. V, pp. 321-322. A tradução brasileira de onde todos os fragmentos serão extraídos é a de Fúlvia M. L. Moretto, *Madame Bovary: Costumes de Província* (São Paulo, Nova Alexandria, 1993). "Portanto, ele se sentia feliz e sem nenhuma preocupação... Na cama, pela manhã, e lado a lado no travesseiro, olhava a luz do sol que passava entre a penugem de suas faces douradas... Vistos de tão perto, seus olhos pareciam-lhe maiores, sobretudo quando ela abria várias vezes seguidas as pálpebras, ao acordar; negros na sombra e azul-escuro na claridade, possuíam camadas de cores sucessivas e que, mais espessas no fundo, iam clareando na superfície do esmalte. Os olhos dele perdiam-se naquelas profundezas e ele via-se em miniatura até os ombros com o lenço de seda que lhe cobria a cabeça e o alto da camisa entreaberta. Levantava-se. Ela punha-se à janela para vê-lo partir... Charles, na rua, afivelava suas esporas no marco de pedra; e ela continuava a falar-lhe do alto, arrancando com a boca algum pedacinho de flor ou de verdura que soprava em direção a ele e que, esvoaçando... ia embaraçar-se nas crinas mal penteadas da velha égua branca, imóvel diante da porta. Charles, a cavalo, enviava-lhe um beijo; ela respondia com um sinal, fechava novamente a janela, ele partia... Mas agora possuía, para toda vida, aquela bonita mulher que adorava. O universo, para ele, não excedia o circuito sedoso de sua saia... tinha vontade de revê-la; voltava rapidamente, subia a escada com o coração batendo. Emma arrumava-se no quarto; ele chegava sem fazer barulho, beijava-a nas costas, ela dava um grito... eram pequenos beijos enfileirados ao longo de seu braço nu, desde a ponta dos dedos até os ombros; e ela o repelia, meio sorrindo e aborrecida como se faz com uma criança que se dependura em nós./ Antes de casar, ela julgara ter amor; mas como a felicidade que deveria ter resultado daquele amor não viera, ela deveria ter-se enganado, pensava. E Emma procurava saber o que se entendia exatamente, na vida, pelas palavras felicidade, paixão, embriaguez que lhe haviam parecido tão belas nos livros" (pp. 50-51).

Penetrar nessa cena de intimidade permite, de certa forma, vislumbrar a interioridade do texto: suas linhas temáticas que se entrecruzam, os recursos narrativos, sua construção. Ao flagrar o despertar do casal Bovary, o leitor está sendo levado ao centro das contradições que configuram o tema do romance.

A cena se passa logo após a chegada de Emma, casada, a Tostes. A mudança de estado – ela agora é "madame Bovary" – precipita os conflitos latentes desde o início da narrativa. Não é por acaso que esse novo estado de Emma dá título ao romance de Flaubert.

Até então, a vida de Charles estivera no centro dessa narrativa. O romance começa, significativamente, com sua entrada para o âmbito da vida pública social. O leitor o vê estudar, fracassar nos estudos, descobrir o amor – segundo expressão do narrador –, casar-se uma primeira vez, estabelecer-se na cidade de Tostes, formar clientela, enviuvar e, enfim, casar-se com Emma – personagem da qual ainda pouco se sabe, e o que se vislumbra o mais das vezes ocorre pelo olhar ciumento da primeira esposa de Charles, pelo deslumbramento deste ou por ligeiras descrições do narrador.

É com a primeira cena de intimidade, em plena situação matrimonial, que o foco vai se deslocar para Emma. Essa cena é precedida pelas informações, dadas pelo narrador enquanto observador exterior dos fatos, de que o marido, ciente do gosto de sua esposa por passeios de carro, adquire uma condução de segunda mão, que com certas melhorias chega a parecer-se a um tílburi.

No início da cena do despertar, quase insensivelmente, o foco vai passando desses fatos exteriores para a mente de Charles: "Il était donc heureux...". Num segundo momento, a mudança se acentua, o leitor não só está mais próximo do olhar de Charles, como contempla com ele Emma Bovary: "Vus de si près, ses yeux lui paraissaient agrandis...". O olhar de Charles encontra os olhos de Emma e neles encontra-se a si mesmo refletido, fechando uma espécie de circuito. É a si que contempla por meio dela. Os olhos de Emma mediam essa contemplação. Nada é dito sobre o seu olhar, entretanto, seus olhos – boa superfície refletora – são descritos nos menores detalhes.

O narrador, então, retoma sua posição de observador da exterioridade, cortando com frases curtas, referentes a ações, o momento da contemplação: "Il se levait. Elle se mettait à la fenêtre...". Finda a contemplação, é ainda dessa posição que a situação da despedida matinal dos esposos é presenciada. Uma cena aparentemente idílica e tranqüila. Novamente há cortes rápidos com frases verbais curtas: "elle répondait par un signe, elle refermait la fenêtre, il partait".

Feito o corte, encerrada a primeira parte da cena, tem lugar uma outra etapa, em que Charles, sozinho, afasta-se da casa. Do aspecto externo o narrador passa para o interno, e assim o leitor se vê colocado diante das ruminações de Charles. O início destas faz eco à primeira frase utilizada pelo narrador no começo de sua descrição da intimidade do casal. Ou seja, primeiro dizia-se: "Il était donc heureux et sans souci de rien au monde". E agora reporta-se o seguinte pensamento: "Jusqu'à présent, qu'avait-il eu de bon dans l'existence?" (p. 322)[2].

Esse pensamento abre para uma divisão que Charles faz de sua vida em quatro fases. O tempo de colégio, quando se sentia inferiorizado pela fraqueza e pobreza em comparação com os colegas. A época de estudante de medicina, em que esse sentimento permanece ainda em razão da escassez de recursos financeiros, que mal podiam lhe propiciar divertimento com a menos cara das amantes – "quelque petite ouvrière". Segue-se o primeiro casamento, no qual perdura o sentimento de inferioridade, mediante o domínio de uma viúva, de pés frios. O primeiro casamento tem as marcas características de uma viuvez. É como viúva que a primeira mulher estará ao lado de Charles, idéia ampliada pelo fato de que ela quase sempre continua a ser referida como a viúva Dubuc, e também pela menção dos pés frios. A idéia de pobreza de recursos, portanto, se mantém.

---

2.   "Até o presente, que tivera de bom na existência?" (p. 50).

I 8

Chega, então, a quarta fase, o presente, em que a inferiorida-de, a limitação de recursos de qualquer espécie, é substituída pela idéia de uma posse valiosa e permanente: "Mais, à présent, il possédait pour la vie cette jolie femme qu'il adorait".

As duas frases mencionadas como aberturas para partes signi-ficativas desse trecho têm entre uma e outra a contemplação amo-rosa de Charles nos olhos de Emma. A felicidade de Charles é a felicidade da posse de um espelho que o aumenta, que o enrique-ce perante seus próprios olhos e daqueles que o cercam. Um pouco mais adiante, essa autocontemplação satisfatória se vê reforçada:

> Elle dessinait quelquefois; et c'était pour Charles un grand amusement que de rester là... Quant au piano, plus ses doigts y couraient vite, plus il s'émerveillait.
>
> Emma, d'autre part, savait conduire sa maison... Il rejaillissait de tout cela beaucoup de considération sur Bovary.
>
> Charles finissait par s'estimer davantage de ce qu'il possédait une pareille femme! (pp. 328-329)[3].

Retomando a cena inicial, ocorre, a seguir, uma terceira etapa com o retorno precipitado de Charles a casa. O narrador altera o foco novamente. Da mente de Charles passa às suas ações, vistas de fora: "il s'en revenait vite, montait l'escalier...". Acontece nova cena de aparência idílica, sempre descrita do ponto de vista de um observador exterior aos fatos. Já ao fim, dois adjetivos indi-cam a sutil mudança de foco que está começando a ocorrer, agora para dentro da mente de Emma: "elle le repoussait, à demi souriante et ennuyée...".

E, finalmente, o foco centra-se com mais determinação em Emma, sobre a qual permanecerá a maior parte do tempo. A Charles serão dedicados somente quatro capítulos da primeira

---

3. "Às vezes desenhava; e para Charles era um grande divertimento permanecer de pé a olhá-la... Quanto ao piano, mais seus dedos corriam velozes, mais ele se maravilhava. / Emma, por outro lado, sabia dirigir sua casa... De tudo isso resultava muita consideração para Bovary./ Charles acabava por dar mais valor a si próprio pelo fato de possuir uma tal mulher" (pp. 58-59).

parte. O quinto capítulo, observado até aqui, divide-se entre ele e Emma. Os outros quatro, bem como todos os quinze capítulos da segunda parte, estão voltados para ela. Na próxima e última parte, é ainda Emma quem se encontra no centro da maioria dos capítulos, até a sua morte, num total de oito. Os três restantes dividem-se entre vários personagens, dando conta, principalmente, da fase final da vida de Charles e da ascensão do farmacêutico Homais.

A história de Charles ocupa, portanto, o primeiro plano da narrativa, com exclusividade, até o momento em que se estabelece e se firma a situação de matrimônio. Daí em diante, o leitor acompanha a história de *madame* Bovary, ou seja, da esposa de Charles. E esta, vale repetir, começa assim:

> Avant qu'elle se mariât, elle avait cru avoir de l'amour; mais le bonheur qui aurait dû résulter de cet amour n'étant pas venu, il fallait qu'elle se fût trompée, songeait-elle. Et Emma cherchait à savoir ce que l'on entendait au juste dans la vie par les mots de *félicité*, de *passion* et d'*ivresse*, qui lui avaient paru si beaux dans les livres.

Sintomaticamente, é com o pronome *elle* que se inicia o capítulo seguinte. É evidente que há no texto outros momentos de referência a Emma, anteriores ao da mudança de focalização. Mas todo este Capítulo V da primeira parte, especificamente o trecho abordado há pouco, se configura num momento de passagem na narrativa. Charles abandona o primeiro plano, madame Bovary passa a ocupá-lo. Por meio das variações de foco, foi possível acompanhar a maneira como o narrador conduziu essa passagem.

Quando a história de Emma Bovary começa, com as palavras citadas, alguns elementos importantes desse romance se deixam vislumbrar. Há uma divisão entre dois períodos de vida: o antes e o depois do matrimônio, além do reconhecimento de um possível engano: o amor não levou à felicidade a que deveria levar, portanto não era amor. Esse "qui aurait dû résulter" deixa clara a existência de um referencial que possibilita essa formulação. Nas frases finais do trecho esse referencial se explicita: é a literatura.

Está colocada dessa forma a condição básica da personagem: esposa leitora. Delineia-se o seu percurso no romance, a sua busca: "Et Emma cherchait à savoir ce que l'on entendait au juste dans la vie par les mots de *félicité*, de *passion* et d'*ivresse*, qui lui avaient paru si beaux dans les livres".

Assim termina esse capítulo de passagem. O seguinte já começa com um recuo no tempo, rico em elementos que mostram a formação desse referencial e a busca que ele vai encetar.

Há ainda, nesse capítulo de passagem, alguns outros elementos a serem considerados. Não é abruptamente que Emma vai assumir o primeiro plano, como já foi dito. No próprio Capítulo V, encontra-se o mais expressivo dos passos nesse caminho, que funciona à maneira de um prelúdio, antecipatório, prefigurando o que vai se dar no romance, na história de Emma. É anterior à cena de intimidade do casal, mas já a prenuncia. É o momento em que Emma vê pela primeira vez o quarto conjugal e seus pertences.

Une boîte des coquillages décorait la commode; et, sur le secrétaire, près de la fenêtre, il y avait, dans une carrafe, un bouquet de fleurs d'oranger, noué par des rubans de satin blanc. C'était un bouquet de mariée, le bouquet de l'autre! Elle le regarda. Charles s'en aperçut, il le prit et l'alla porter au grenier, tandis qu'assise dans un fauteuil (on disposait ses affaires autour d'elle), Emma songeait à son bouquet de mariage, qui était emballé dans un carton, et se demandait, en rêvant, ce qu'on en ferait, si par hasard elle venait à mourir (p. 320)[4].

O ponto de exclamação marca o momento em que o foco se desloca da exterioridade da cena para dentro da personagem. Sua

4. "Uma caixa de conchas decorava a cômoda; e sobre a escrivaninha, perto da janela, havia num jarro um buquê de flores de laranjeira, amarrado com fitas de cetim branco. Era um buquê de noiva, o buquê da outra! Ela olhou-o, Charles percebeu, agarrou-o e foi levá-lo ao sótão, enquanto, sentada numa poltrona (estavam dispondo suas coisas ao seu redor), Emma pensava em seu buquê de noiva, empacotado numa caixa de papelão e perguntava-se, devaneando, o que fariam com ele se por acaso ela viesse a morrer" (p. 49).

imaginação leva-a a relacionar matrimônio – por meio de um signo usual como o buquê de noiva – à morte. O buquê da esposa anterior é substituído em sua mente pelo seu, o destino da outra pelo seu próprio destino.

Sentada no quarto conjugal de sua antecessora com os objetos que pertenciam à viúva, cercada pelo que trouxe consigo, seus próprios pertences, Emma coloca lado a lado a probabilidade de morte e a continuidade do signo que representa o matrimônio. A manutenção de uma condição é contrastada com a perecibilidade dos indivíduos que por ela passam.

Como contraponto a essa espécie de suspeita que paira no ar, presencia-se, mais adiante, ao fim dessa primeira parte, uma outra cena. Emma prepara-se para mudar-se de Tostes com Charles:

> Un jour qu'en prévision de son départ elle faisait des rangements dans un tiroir, elle se piqua les doigts à quelque chose. C'était un fil de fer de son bouquet de mariage. Les boutons d'oranger étaient jaunes de poussière, et les rubans de satin, à liséré d'argent, s'effiloquaient par le bord. Elle le jeta dans le feu. Il s'enflamma plus vite qu'une paille sèche. Puis ce fut comme un buisson rouge sur les cendres, et qui se rongeait lentement. Elle le regarda brûler. Les petites baies de carton éclataient, les fils d'archal se tordaient, le galon se fondait; et les corolles de papier, racornies, se balançant le long de la plaque comme des papillons noir, enfin s'envolèrent par la cheminée.
>
> Quand on partit de Tostes, au mois de mars, madame Bovary était enceinte (p. 353)[5].

5.   "Um dia em que, prevendo a mudança, ela arrumava sua gaveta, feriu os dedos com alguma coisa. Era um arame de seu buquê de noiva. Os botões da laranjeira estavam amarelos de pó e as fitas de cetim com debrum de prata estavam desfiadas. Atirou-o ao fogo. Ele ardeu com maior rapidez do que palha seca. Depois, houve como uma sarça vermelha nas cinzas que roía a si mesma, lentamente. Ela olhou-o enquanto queimava. Os pequenos arcos de papelão rebentavam, os fios de arame retorciam-se, o galão fundia-se; e as corolas de papel, endurecidas, que se balançavam ao longo da chapa como borboletas negras, enfim, voaram pela chaminé. / Quando partiram de Tostes, no mês de março, a Sra. Bovary estava grávida" (p. 84).

AS HEROÍNAS

O buquê fere os dedos de Emma e é atirado ao fogo. Ela põe-se a observá-lo enquanto queima. O signo do casamento se destrói em segundos, revoando pela lareira. A comparação com as negras borboletas em que o buquê se metamorfoseia remete tanto à fragilidade e à efemeridade de sua duração quanto à morte. É a cena que precede a segunda parte do livro, a mais extensa das três, em que Emma viverá o adultério com Rodolphe e Léon, contrairá dívidas, e seus conflitos com a realidade se acirrarão.

No nível do enredo, a queima do buquê anuncia o adultério e, mesmo, o fim funesto da protagonista. Isso evidencia um segundo recurso usado pelo narrador. O primeiro, já observado, é a variação de foco. O segundo corresponde à colocação de uma cena que cifradamente anuncia a continuidade do enredo. Mas nele encontram-se embutidos um terceiro e um quarto recursos. O terceiro se confunde com a utilização da alegoria[6], como o buquê de noiva em relação ao casamento. O quarto é essa espécie de paralelismo de elementos ou situações que aparecem uma primeira vez e depois retornam ao texto, em geral degradados ou deteriorados, mantendo sempre uma relação muito próxima com o destino da heroína[7].

Além de cumprir uma função específica na construção e na continuidade do enredo e da narrativa, essa cena, seguida da frase final, de teor informativo, revela uma associação de elementos: matrimônio, morte, maternidade.

É significativo o fato de que o narrador, após essa descrição, ao comunicar a gravidez da personagem tenha preferido referir-se a ela como "madame Bovary" – a esposa – em vez de simplesmente Emma – o indivíduo – como ele faz outras tantas vezes.

---

6. No sentido estrito, em que a alegoria é considerada um discurso que oculta – ou revela – outro.
7. Exemplo disso seriam essas duas aparições do buquê de noiva; os dois bailes que marcam períodos da vida da heroína, o do marquês e o de máscaras; os dois encontros com o Visconde, no baile do marquês e às vésperas do suicídio.

O matrimônio e, mais tarde, a paternidade são o final feliz, ainda que provisório, da história de Charles; em contrapartida, para Emma essas experiências marcam o início de um percurso pessoal atormentado. Assim considerado, o percurso de Charles, no que diz respeito aos padrões vigentes no romance burguês tradicional, é mais "feminino" do que o de Emma. Feminino e feliz.

Percursos

O percurso feminino, tal como é detectável tanto no âmbito romanesco convencional[8] quanto na maior parte do romance da burguesia oitocentista, admite para a mulher uma única possibilidade viável de realização pessoal: o casamento, identificado ao Amor, e, seguindo-se a ele, a maternidade. Para o homem, a realização pessoal passa pela profissão ou pela satisfatória posse de bens, pelo prestígio social, a política, ou, enfim, pela possibilidade de ascensão social propriamente dita.

Charles em nenhum momento parece acalentar expectativas dessa espécie. Quando dá um passo nessa direção é sempre sob forte influência alheia, ou mesmo por uma relativa coerção, como no caso da cirurgia de Hippolyte, que redunda em evidente fracasso. É Emma quem o instiga, principalmente.

Em um determinado momento do texto Emma se situa diante desse percurso tipicamente feminino, produzindo, porém, alterações e deslocamentos. A essa altura, já é mãe e já é também amante de Rodolphe há algum tempo. Recebe uma carta do pai que a faz recordar seus tempos de solteira, na fazenda e no convento:

Quel bonheur dans ce temps-là! quelle liberté! quel espoir! quelle abondance d'illusions! Il n'en restait plus maintenant! Elle en avait dépensé

---

8. Tomado aqui este termo como denominação do vasto campo do imaginário, a matriz literária, descrita e estudada por Northrop Frye (1980), como um primeiro deslocamento do mito.

à toutes les aventures de son âme, par toutes les conditions successives, dans la virginité, dans le mariage et dans l'amour; – les perdant ainsi continuellement le long de sa vie, comme un voyageur qui laisse quelque chose de sa richesse à toutes les auberges de la route (p. 449)[9].

Emma já não identifica o matrimônio ao amor. O amor, subentende-se, identifica-se ao adultério. Não se trata ainda de uma época em que a mulher possa escolher com total liberdade o futuro marido. É preciso reconhecer, no entanto, que Emma não foi exatamente forçada a se casar com Charles, embora seu pai demonstrasse certo interesse nisso, especialmente no tocante ao aspecto financeiro envolvido na questão. Mas, se nem sempre se escolhia o marido, era possível, no entanto, escolher o(s) amante(s).

Também é digno de nota o fato de que Emma não enumera entre essas condições sucessivas a maternidade. Esta não chega jamais a ser um objetivo, não se torna para ela uma das grandes satisfações da vida, como previa o percurso típico feminino.

Emma se queixa de que cada instância desse percurso e até mesmo seu desvio – como se percebe, tanto um como outro colocados sempre em razão da mediação do masculino – não lhe trouxeram felicidade. E lembra, saudosa, a "abondance d'illusion" – sua maior riqueza, a mais identificável e pessoal delas – com que vestiu (ou investiu em) cada um desses momentos, desperdiçando-a e empobrecendo-se.

Seria isso o bastante para atribuir um caráter viril a Emma? É como Baudelaire a vê: "...madame Bovary, no que ela tem de mais enérgico e de mais ambicioso, e também de mais sonhador, madame Bovary permaneceu um homem"[10]. Baudelaire arrola "pro-

---

9. "Que felicidade naquele tempo! Que abundância de ilusões! Não mais existiam agora! Ela as gastara em todas as aventuras de sua alma, em todos os estados sucessivos, na virgindade, no casamento e no amor – perdendo-as assim, continuamente, ao longo da vida, como um viajante que deixa alguma coisa de sua riqueza em todas as estalagens da estrada" (pp. 187-188).
10. Baudelaire, 1992, p. 50.

vas" dessa suposta virilidade: a imaginação substituindo o coração; a capacidade de agir ("Energia repentina de ação, rapidez de decisão, fusão mística do raciocínio e da paixão, que caracterizam os homens criados para agir"); gosto "imoderado pela sedução, pela dominação", que Baudelaire resume nos termos: "dandismo, amor exclusivo pela dominação"[11].

Diz ainda, e é digno de nota: "No entanto, madame Bovary se entrega; arrebatada pelos sofismas de sua imaginação, entrega-se magnificamente, generosamente, de uma maneira toda masculina, a canalhas que não são seus iguais, do mesmo modo que os poetas se entregam a mulheres impudentes"[12].

Se as observações de Baudelaire quanto à relação entre a personagem e seu criador – sendo este a fonte da virilização daquela – encontram eco vez ou outra na fortuna crítica flaubertiana, motivadas mesmo em algumas ocasiões pela famosa frase de Flaubert – "Madame Bovary c'est moi"; se as vinculações ligeiras que estabelece entre o Santo Antônio da *Tentation* e madame Bovary, no que concerne à relação com a imaginação, tocam em características cruciais da obra de Flaubert – principalmente o embate entre imaginação, fantasia e a apreensão da realidade objetiva –; se, enfim, sua percepção das diferenças entre Emma Bovary e as personagens femininas usuais no romance apontam para a realidade, suas conclusões, no entanto, traem seu profundo comprometimento com uma série de parâmetros tomados como verdadeiros e eternos e que não são mais do que frutos de uma ideologia de dominação da mulher.

Não foi outro, senão o próprio Baudelaire, quem afirmou: "A mulher é o contrário do Dândi. Deve, pois, causar horror... A mulher é natural, isto é, abominável. Por isso ela é sempre vulgar, isto é, o contrário do Dândi"[13]. E ainda: "Amamos as mulheres à proporção que elas nos são mais estranhas. Amar as mulheres

11. *Idem*, p. 51.
12. *Idem, ibidem*.
13. Baudelaire, 1981, p. 55.

inteligentes é um prazer de pederasta. Assim, a bestialidade exclui a pederastia"[14].

As formulações de Baudelaire são particularmente de interesse para este estudo por vários motivos. Primeiro, porque ele nota uma diferença entre a personagem Emma e a personagem feminina tradicional, atribuindo esse fato à existência de um caráter viril sob forma feminina; segundo, porque, por meio dessa operação, dá um testemunho de época bastante claro dos mecanismos pelos quais a sociedade burguesa do século XIX criou sua imagem do feminino e manteve a mulher sob domínio, a saber: sua identificação com uma natureza da qual o homem, no processo do esclarecimento, pretende se separar e dominar. Em terceiro lugar, como decorrência, leva à observação da figura de Emma Bovary e seu percurso no romance com o olhar informado pela situação da mulher no século XIX, o que abre perspectivas interpretativas para o romance.

Baudelaire recorre à explicação mais comumente aceita para uma situação em que a mulher não se comporta estritamente de acordo com o parâmetro estabelecido pela dominação masculina: essa mulher não é "feminina", há algo de "viril" nela.

De certa forma, a afirmação de Baudelaire, crucial por ser contemporânea ao romance, deixa entrever o que estudos, séria e iluminadamente conduzidos, apontam sobre a condição feminina na sociedade moderna. A referência aqui é especificamente a Adorno e a Hans Mayer.

Toma-se, inicialmente, o aspecto da identificação do feminino com o natural e a questão do casamento:

No debate do esclarecimento e do mito, cujos vestígios a epopéia ainda conserva, a poderosa sedutora já se mostra fraca, obsoleta, vulnerável, e precisa dos animais submissos para escolta [Adorno refere-se à Circe, na *Odisséia*]. Como representante da natureza, a mulher tornou-se na sociedade burguesa a imagem enigmática da sedução irresistível e da

14. *Idem*, p. 20.

BOVARISMO E ROMANCE

impotência. Ela espelha assim para a dominação a vã mentira que substitui a reconciliação pela subjugação da natureza[15].

O casamento é a via média que a sociedade segue para se acomodar a isso: a mulher continua a ser impotente na medida em que o poder só lhe é concedido pela mediação do homem[16].

O homem dominador recusa à mulher a honra de individualizá-la. A mulher tomada individualmente é, do ponto de vista social, um exemplo da espécie, uma representante de seu sexo e é por isso que ela, na medida em que está inteiramente capturada pela lógica masculina, representa a natureza, o substrato de uma subsunção sem fim na Idéia, de uma submissão sem fim na realidade. A mulher enquanto pretensamente natural é produto da história que a desnatura. A vontade desesperada de destruir tudo aquilo que encarna a fascinação da natureza, do inferiorizado fisiológica, biológica, nacional e socialmente, mostra que a tentativa do cristianismo fracassou... Extirpar inteiramente a odiosa, irresistível tentação de recair na natureza, eis aí a crueldade que nasce na civilização malograda, a barbárie, o outro da cultura[17].

Se Adorno proporciona uma visão convincente da necessidade de a sociedade esclarecida identificar o ser feminino com a natureza e fazer de sua relação com ambos uma relação de dominação que se reflete na própria instituição do casamento burguês, Hans Mayer oferece uma tipologia feminina moldada a partir dessa necessidade e seus referenciais históricos. Adorno fala em dialética entre mito e esclarecimento, Mayer prefere a idéia de uma Contra-Ilustração.

Avançando ainda um pouco para retornar ao texto com o olhar mais informado, toma-se um segundo aspecto, que é o da "virilização", e, ainda, a questão do casamento. Segundo Hans Mayer, quando a burguesia se estabelece como classe dominante, no desejo de manutenção dessa posição, abandona um dos pon-

15. Adorno & Horkheimer, 1985, p. 74.
16. *Idem, ibidem.*
17. *Idem*, p. 106.

AS HEROÍNAS

tos defendidos pela Revolução de 1789, que a impulsionou até aí: o princípio da igualdade. Nesse momento se dá o processo da Contra-Ilustração burguesa.

Na literatura, filosofia e arte de toda a Europa, vai-se limpando a mulher de todos os aspectos de igualdade e, conseqüentemente, para dizer como Nietzsche, da desfeminização. Daí se segue que a imagem da mulher emancipada, e por isso feliz, acaba reprimida em favor de uma representação de mulheres que não querem viver como minoria e se destroem precisamente por sua qualidade de minoria: Bovary, Karenina, Effi Briest. É uma literatura de ilusões perdidas[18].

Justamente ao se iniciar o novo século, o XIX, multiplicaram-se, não só na realidade, mas também na Literatura, os indícios de que a família burguesa havia-se constituído daí por diante como desigual. Pôs-se em marcha o processo de discriminação contra a mulher política e, portanto, "não feminina", que iria importunar ao século com intermináveis debates sobre o direito das mulheres ao voto, o acesso da mulher aos estudos, ao casamento livre. A mulher solteira intelectual passa a ser figura de pilhérias: como "solteirona" *hombruna* e como *blue stocking*, como meia azul[19].

[...] imagem da mulher significa imagem masculina que a mulher assume, aceita em sua vontade e imita, até o ponto de poder apresentar de fato essa imagem a si mesma como imagem feminina[20].

Emma

As considerações desses dois estudiosos, quando relacionadas com o romance de Flaubert e com a visão de Baudelaire sobre Emma Bovary, permitem evidenciar alguns traços da personagem e de seu percurso narrativo.

Emma Bovary, insatisfeita com o casamento, busca o amor no adultério. É um desvio, mas até certo ponto ilusório, na medida

18. Mayer, 1982, p. 40.
19. *Idem*, p. 70.
20. *Idem*, p. 147.

em que nele também a possibilidade de realização pessoal feminina fica restrita unicamente à mediação masculina.

Emma não advoga para si a igualdade com o ser masculino.
Reconhece neste um privilégio inacessível à mulher, e há inúmeras passagens no romance que o atestam. Duas delas se destacam:
a primeira é a aceitação incondicional de um padrão de virilidade
que por si só pressupõe a desigualdade, a superioridade e a dominação; a segunda é o desejo de que o filho que gestava fosse
homem e não mulher: "Un homme, au contraire, ne devait-il pas
tout connaître, exceller en des activités multiples, vous initier aux
énergies de la passion, aux raffinements de la vie, à tous les
mystères? Mais il n'enseignait rien, celui-là, ne savait rien, ne
souhaitait rien" (p. 328)[21].

O ideal de virilidade, que nesse trecho se confronta com a
realidade de Charles, em nenhum momento é questionado. Emma
nunca chega a conceber grandes transformações em sua vida sem
a mediação, superior, do homem. Esse ideal se formou na leitura,
o que não é de estranhar, pois que a literatura quanto mais convencional, mais depositária se torna de concepções cristalizadas.
A dialética mito/esclarecimento e os padrões referentes aos papéis sexuais estão presentes na literatura lida por Emma:

> Elle souhaitait un fils; il serait fort et brun, et s'appellerait Georges;
> et cette idée d'avoir pour enfant un mâle était comme la revanche en
> espoir de toutes ses impuissances passées. Un homme, au moins, est
> libre; il peut parcourir les passions et les pays, traverser les obstacles,
> mordre aux bonheurs les plus lointains. Mais une femme est empêchée
> continuellement. Inerte et flexible à la fois, elle a contre elle les mollesses
> de la chair avec les dépendances de la loi. Sa volonté, comme la voile de
> son chapeau retenu par un cordon, palpite à tous les vents, il y a toujours
> quelque désir qui entraîne, quelque convenance qui retient.

21. "Um homem, pelo contrário, não deveria conhecer tudo, ser exímio em
    múltiplas atividades, iniciar uma mulher nas energias da paixão, nos refina-
    mentos da vida, em todos os mistérios? Mas ele nada ensinava, nada sabia,
    nada desejava" (p. 58).

Elle accoucha un dimanche, vers six heures, au soleil levant.
"C'est une fille!" dit Charles.
Elle tourna la tête et s'évanouit (pp. 371-372)[22].

Os elementos presentes nesses dois trechos indicam a aceitação do ideal masculino sem questionamentos e da idéia de que o Amor é a única via de existência para a mulher, isto é, as coisas do coração – "les mollesses de la chair" – são o seu domínio, ou a parte que lhe diz respeito na vida, uma vez que lei e natureza a tornam desigual, menos livre e firme que o homem. Emma não duvida disso.

Não parece muito adequada a idéia de Emma como uma reivindicadora de igualdade, nem a sua virilização se explica por outro fenômeno que não o ideológico, contido na mente de quem o formulou. Mas, se Emma não cumpre o destino feminino, se ao fim do livro toma atitudes formalmente masculinas para a época (como fumar, receber uma procuração para administrar bens em lugar do marido etc.), onde situá-la, então, fora da caracterização viril e da caracterização libertária?

Para responder a essa pergunta, convém retomar a associação entre a tríade *Félicité, Passion, Ivresse* e a literatura, nutrientes fundamentais da vida interior de Emma. A cena idílica vivida com Charles se desfaz diante dessa tríade desejada.

O leitor tem a oportunidade de acompanhar de modo minucioso a formação dessa expectativa, moldada pela literatura e por

---

22. "Desejava um filho; ele seria forte e moreno e se chamaria Georges; e a idéia de ter um filho homem era como a esperança da compensação de todas as suas impotências passadas. Um homem pelo menos é livre; pode percorrer as paixões e os países, atravessar os obstáculos, agarrar a mais longínqua felicidade. Mas uma mulher é continuamente impedida. Inerte e flexível, ao mesmo tempo, tem contra si a languidez da carne com as dependências da lei. Sua vontade, como o véu de seu chapéu preso por uma fita, palpita ao sabor de todos os ventos, há sempre algum desejo que arrasta, alguma conveniência que retém. / Ela deu à luz num domingo, pelas seis horas, ao nascer do sol./ – "É uma menina!" disse Charles./ Ela virou a cabeça e desmaiou" (pp. 106-107).

algumas outras formas de expressão, cuja natureza será preciso especificar, mas que, em traços gerais, procede da fantasia. Seja mediante pratos pintados, livros de prendas, músicas, romances, seja mediante comparações de Cristo como amante eterno, todo um universo de exacerbação dos sentidos, de desmedida das sensações se vai acercando de Emma[23]. Sob os influxos dessa hegemonia da sensação, por um lado, e sob os influxos da Contra-Ilustração, por outro, o caráter de Emma vai sendo moldado pela regra da demasia, conjugando Amor e possibilidade de felicidade. *Passion* e *Ivresse*.

A cena aparentemente idílica de intimidade que é o despertar do casal, selecionada como momento especialmente revelador da problemática tratada neste trabalho, se desdobra em uma segunda cena mediante a atitude de um marido apaixonado, quando Charles regressa precipitadamente a casa movido por paixão. Onde se situa o ponto em que essa cena se dissocia do ideal literário?

Na tranqüilidade e na unilateralidade que a permeia. Há paixão, mas não embriaguez, como se a realidade fosse um pálido reflexo da imaginação. Emma vive com a imaginação, através dela e por ela. É dela que vem toda sua dor e toda sua vitalidade. A imaginação da paixão lhe interessa mais do que a verdadeira, oferecida por Charles. Vivendo com a imaginação, ela é quase que uma escritora sem caneta e papel, podendo existir apenas como personagem do seu romance imaginário. A vida real é para ela literalmente morte.

Emma, enquanto personagem, não perde suas ilusões, no sentido de que trata Hans Mayer. Ela nem sequer as tinha: igualdade na sociedade, por exemplo, não era um de seus ideais. Em outras palavras, esta não é exatamente uma literatura de ilusões perdidas, se observada de dentro da mente da personagem, mas de ilusões desperdiçadas, como ela própria formula justamente quando verifica seu percurso pessoal em confronto com o percurso feminino.

23. Cf. Flaubert, 1951, Parte I, Cap.VI.

De um lado, Emma considera a ilusão sua maior riqueza. Ilusão que, operacionalizada pela imaginação, é forjada no âmbito da literatura. De outro, Emma nunca chega realmente a questionar a desigualdade sexual. Tal configuração leva a considerar a possibilidade de que a ilusão, em *Madame Bovary*, vincula-se a uma tentativa de concretização, em forma mais realista e próxima da humana, da personagem feminina de romance e à representação da impossibilidade dessa concretização. Emma é a suprema negação dessa personagem na medida em que, em cada mínimo detalhe, tenta encarnar uma produção ficcional de séculos. Ela é o malogro cabal da heroína do romance existente até o momento e do ideal que a desenhou, prova de que essa personagem é uma construção artificiosa e irrealizável.

Emma deseja a imagem feminina que encontra na literatura, não questiona a idéia de que, como as heroínas que admira, seu caminho na vida esteja traçado predominantemente no terreno do Amor; entretanto, seu percurso pessoal, na tentativa de corresponder a esses dois pressupostos – o da imagem do feminino e o da relação com o Amor – revela o que há de falso nessa configuração.

Para cumprir-se como ideal do feminino, Emma, ironicamente, assume atitudes que a distanciam dele. Não é libertária ou emancipadora, é convencional e em nome da convenção infringe suas regras. O adultério é desvio, mas sem caráter contestatório. É desvio para encontrar algo convencionalmente atribuído ao percurso feminino tradicional – a experiência do Amor. Não é a um homem que seja seu igual que vai buscar nos amantes, mas homens que se pareçam mais com o ideal literário, cuja base, como já foi observado, fundamenta-se na desigualdade, na superioridade e na dominação.

Consumado o adultério com Rodolphe, o narrador flagra um momento de intimidade de Emma que contribui para a tentativa de traçar-lhe o contorno sobre o pano de fundo das heroínas tradicionais no Romance:

Mais, en s'apercevant dans la glace, elle s'étonna de son visage. Jamais elle n'avait eu les yeux si grands, si noirs, ni d'une telle profondeur. Quelque chose de subtil épandu sur sa personne la transfigurait.

Elle se répétait: "J'ai un amant! un amant!" se délectant à cette idée comme à celle d'une autre puberté qui lui serait survenue. Elle allait donc posséder enfin ces joies de l'amour, cette fièvre du bonheur dont elle avait désespéré. Elle entrait dans quelque chose de merveilleux où tout serait passion, extase, délire...

Alors elle se rappela les héroïnes des livres qu'elle avait lus, et la légion lyrique de ces femmes adultères se mit à chanter dans sa mémoire avec de voix de soeurs qui la charmaient. Elle devenait elle-même comme une partie véritable de ces imaginations et réalisait la longue rêverie de sa jeunesse, en se considérant dans ce type d'amoureuse qu'elle avait tant envié (pp. 439-440)[24].

A autocontemplação no espelho é acompanhada de sua satisfação diante de uma conquista nem mais nem menos valiosa do que a de um homem que conseguisse como amante uma mulher casada, na época, como aparece, por exemplo na primeira *Éducation Sentimentale*, de Flaubert. Em ambos os romances, a conquista de amantes leva os que a efetuaram a se vangloriarem de forma parecida, como se estivessem obtendo o mesmo prestígio. Na realidade, essa "obtenção de prestígio" só seria assim considerada eventualmente para um homem, nunca para uma mulher, na sociedade da época.

24. "Porém, ao perceber sua imagem no espelho, surpreendeu-se com seu rosto. Nunca tivera os olhos tão grandes, tão negros, nem de tal profundidade. Algo de sutil, disseminado em sua pessoa, a transfigurava. / Dizia a respeito de si mesma: 'Tenho um amante! Um amante!' deleitando-se com essa idéia como com a de uma outra puberdade que a tivesse atingido. Portanto ela ia possuir enfim aquelas alegrias do amor, aquela febre de felicidade da qual desesperara. Entrava em algo maravilhoso onde tudo seria paixão, êxtase, delírio.... / Lembrou então as heroínas dos livros que lera e a legião empírica daquelas mulheres adúlteras pôs-se a cantar em sua memória com as vozes das irmãs que a encantavam. Ela mesma tornava-se como uma parte real daquelas imagens e realizava o longo devaneio de sua juventude vendo-se como aquele tipo de amante que tanto desejara ser" (p. 178).

A idéia de uma segunda puberdade parece trazer a reboque a pretensão de viver uma segunda vida, como se a primeira não tivesse valido. É começar a vida de novo, mas agora do jeito "certo". Só que o jeito adequado é um desvio da norma real, podendo apenas se vincular a uma outra norma – a de um tipo de literatura.

Note-se que o tempo verbal utilizado pela personagem denuncia que, na verdade, ela ainda não consumou, de fato, a possibilidade de realizar suas expectativas: ela "*allait* posséder enfin ces joies de l'amour", nesse novo estado "tout *serait* passion, extase, délire". Ou seja, Emma ainda não saiu do âmbito da imaginação, do qual, aliás, não sai nunca.

Assim, se, por um lado, a maneira como se conduz pode parecer filiada a um aspecto "viril" de personalidade, no sentido ideológico já explicitado, ou a um desejo emancipatório, por outro, percebe-se que essa atitude está sempre posta em razão da possibilidade de concretizar um ideal feminino que exclui concessões à virilidade ou desejos de igualdade. Na sua tentativa desesperada de encarnar a heroína tradicional, torna-se a sua suprema negação. Emma destrói por dentro essa figura.

É assim que Emma Bovary se configura como a personagem feminina de romance por excelência, ou seja, aquela que, na tentativa de realizar todas as virtualidades da heroína de cunho romanesco, desnuda essa heroína e a si mesma, desnuda aspectos de uma época, desnuda a condição literária feminina e, por extensão, a própria condição feminina.

Há algo de trágico nesse movimento, num destino que se cumpre pela negativa daquilo que se empenha tanto em afirmar.

Olhares

Retomando a cena que aparece na abertura deste trabalho, é possível perceber ainda um outro aspecto nela presente que, ao ser expandido, pode dar o contorno nítido de que as hipóteses analítico-interpretativas explanadas até agora ainda podem carecer. Trata-se da troca de olhares entre Charles e Emma.

O olhar de Charles, como já foi observado, encontra os olhos de Emma para remetê-lo a si mesmo. O olhar de Emma não encontra nos olhos de Charles a possibilidade dessa mesma reflexão. Ele pode se ver nos olhos dela, ela não consegue se ver nos olhos dele, e ambos jamais vêem o outro na troca de olhar.

Esse desencontro é perceptível também na seguinte reflexão da personagem Emma, posterior àquela primeira cena de intimidade do casal Bovary:

> Si Charles l'avait voulu, cependant, s'il s'en fût douté, si son regard, une seule fois, fût venu à la rencontre de sa pensée, il lui semblait qu'une abondance subite se serait détachée de son coeur, comme tombe la récolte d'un espalier, quand on y porte la main. Mais, à mesure que se serrait davantage l'intimité de leur vie, un détachement intérieur se fasait qui la déliait de lui (p. 328)[25].

A esse trecho segue-se a descrição da mediocridade de Charles em contraposição ao ideal de virilidade advindo das leituras. O olhar de Charles não pode refletir adequadamente Emma, porque não está dotado para isso.

Autocontemplação

Quando da consumação do adultério com Rodolphe, Emma, de volta a casa, de passagem diante do espelho, surpreende-se com a própria fisionomia, principalmente os olhos. Ela os vê agora, negros e profundos, como Charles os observara naquela primeira cena.

Emma, que antes se queixara do olhar do marido que não se encontrava com o seu, não logra esse encontro com o amante.

---

25. "Se Charles o tivesse desejado, todavia, se o tivesse suspeitado, se seu olhar por uma única vez tivesse ido ao encontro de seu pensamento, parecia-lhe que uma abundância súbita ter-se-ia destacado de seu coração como cai a colheita de uma espaldadeira ao ser sacudida. Mas, à medida que se estreitava mais a intimidade de suas vidas, realizava-se um afastamento interior que a desligava dele" (pp . 57-58).

AS HEROÍNAS

Diante do espelho, é a si mesma que deve o olhar amoroso, mas somente após uma espécie de transfiguração, que não se dá propriamente na relação amorosa, mas no tipo de identificação que ela pode propiciar: "Alors elle se rappela les heroïnes des livres... Elle devenait elle-même comme une partie véritable de ces imaginations...".

Essa transfiguração se opera por meio de outro, mas não se relaciona com esse outro. O que o adultério efetivamente lhe proporciona é essa identificação com as heroínas romanescas – a imagem do seu desejo. Rodolphe, nesse momento, está fora do círculo estreito da intimidade, o que favorece que ela mantenha a seu respeito uma visão marcada pelas características que o identificam ao ideal masculino apreendido nos livros, em vez de percebê-lo em sua realidade individual. Ao contrário de Charles, que não sabia explicar-lhe um termo de equitação que ela vira num romance, Rodolphe passeia numa cavalgada com ela, ambos vestindo trajes adequados. Essas e outras particularidades de Rodolphe o credenciam como homem ideal. Ao torná-la sua amante, eleva-a automaticamente ao nível do ideal também, irmanando-a às heroínas de romance. É isso o que Emma enxerga em seus próprios olhos, diante do espelho.

Há ainda um outro momento em que essa mesma configuração de elementos está presente. Um momento bastante significativo: a morte de Emma. Na fase final de sua agonia, já quase morta, Emma pede um espelho. Mira-se e aquilo parece de alguma forma confortá-la, a despeito de lágrimas silenciosas que acompanham essa contemplação.

Mais uma vez, irmanada às dezenas de heroínas suicidas, ela consegue uma contemplação satisfatória de si mesma. No espelho, novamente assiste a uma transfiguração. Esse momento, no entanto, precede uma morte atormentada pela canção do velho Cego. Essa espécie de aedo, de longas reminiscências na história da literatura, dá um encaminhamento bastante trágico ao percurso de Emma. O encontro último de Emma com seu ideal feminino é o fim funesto que cifradamente o Cego lhe apresenta em sua balada – uma canção de autoria de Réstif de La Bretonne:

> Souvent la chaleur d'un beau jour
> Fait rêver fillette à l'amour.
> ...
> Pour amasser diligemment
> Les épis que la faux moissonne,
> Ma Nanette va s'inclinant
> Vers le sillon qui nous les donne.
> ...
> Il souffla bien fort ce jour-là,
> Et le jupon court s'envola! (p. 589)[26].

Traçado de uma Problemática

Tanto nos desencontros de todos esses olhares quanto na busca do próprio reflexo de acordo com um ideal e, ainda, mediante o recurso poderoso de variação de foco, uma situação de confronto se desenha.

Na mencionada passagem do capítulo V, em que o centro da narrativa vai se deslocando de Charles para Emma, o narrador observa, exteriormente, cenas idílicas e, depois, de maneira sutil, vai contrastando-as com o que se passa na mente dos dois seres que dela participam. Por meio desse contraste, o divórcio entre realidade e expectativa, entre ideal e possibilidade real de experiência, aparece com toda clareza.

Localizar como uma fonte primordial dessa disparidade entre real e ideal a tentativa de encarnar a heroína tradicional de romance traz como conseqüência a possibilidade de conhecer a anatomia dessa personagem de ficção e suas repercussões na forma literária que a engendra – o Romance. Dessa maneira, é possí-

---

26. "Com freqüência o calor de um belo dia / Faz a menina pensar no amor... / Para amontoar deligentemente / As espigas que a foice ceifa / minha Nanette vai se inclinando / Para o sulco que no-la dá... / Ventou muito naquele dia / E a saia curta levantou vôo!" (pp. 341-342).

vel perceber nos conflitos e contradições da personagem feminina Emma Bovary um ponto privilegiado para a observação de uma forma literária num momento vital de seu processo.

Existe um famoso bordão criado por Jules de Gaultier, quando denominou Bovarismo a uma formulação filosófica a partir da obra de Flaubert, que é preciso considerar: "le pouvoir départi à l'homme de se concevoir autre qu'il n'est"[27].

O aspecto que neste momento interessa abordar, dentre os vários que se encontram nessa definição, diz respeito à aproximação entre esse "pouvoir" e o movimento que se evidencia no manejo hábil de foco pelo narrador, nos olhares narcisistas e desencontrados – em que o indivíduo se torna objeto refletor – na transfiguração buscada em referência a um padrão feminino. Desse modo, a relação de Emma Bovary com as heroínas tradicionais dos romances que lê coincide em certa medida com esse "poder" de se conceber outro.

Na medida em que o mecanismo dessa tentativa de Emma, desse poder de se conceber outro se põe em movimento, a própria forma literária se vê, simultaneamente, colocada sob o foco de observação. O Bovarismo, sempre a partir da definição de Gaultier, somado às considerações feitas neste capítulo, está indissociavelmente vinculado a Romance. A mediação dessa vinculação passa pela constituição de uma personagem feminina.

Resta assim averiguar, por um lado, no que o percurso de Emma realmente se transforma e, por outro, que literatura é essa

---

27. Trad.: "o poder concedido ao homem de conceber-se outro que não é". Essa definição encontra-se em Gaultier, 1902. Cabe ressaltar que essa obra é de difícil acesso, não tendo sido possível localizá-la por ocasião da redação da dissertação, o que só veio a ocorrer anos depois (em tradução para o italiano: *Il Bovarysmo*, trad. Elisa Frisia Michel, Milano, Istituto Editoriale Italiano, 1946). Para tanto, foram consultados exemplares da fortuna crítica de Flaubert, que está permeada por passagens inteiras desse texto. No presente caso, a citação foi extraída de Douchin, 1970, p. 55, embora possa ser encontrada em muitos outros autores, como Thibaudet, Girard e o brasileiro Augusto Meyer (cf. Meyer, 1956).

de onde provém o ideal de heroína almejado por Emma, quais as suas formas e as suas características, que atributos traz para o romance.

O traçado dessa problemática impõe a percepção de que investigar essa tentativa de encarnar um tipo de heroína de romance é também investigar as peculiaridades dessa forma literária, assim como a pertinência e o alcance da denominação dessa temática de conflito como Bovarismo.

2

Em Busca de Joan Foster

A Autora: Margaret Atwood

Margaret Atwood é canadense e é, sobretudo, uma escritora da língua inglesa.

Olhando pelo lado externo, factual, encontram-se informações biográficas que o leitor talvez desconheça. Ela nasceu em Ottawa, em 18 de novembro de 1939. Graduou-se em Letras, iniciou pós-graduação em Literatura de Língua Inglesa, especializou-se em época vitoriana. Tornou-se escritora aos dezesseis anos.

Lecionou em universidades de seu país, dos Estados Unidos e da Austrália. Tem sido, também, escritora-residente em alguns desses lugares. Viajou pela Europa, exercendo diferentes atividades. Ganhou prêmios literários de variado porte, como o Union Poetry Prize de Chicago (1969), o Los Angeles Times Fiction Award (1986), ou ainda a indicação para o Booker Prize – melhor romance em língua inglesa – de 1989. Obteve títulos acadêmicos pelo Radcliffe College, e deixou inacabada sua tese para Ph.D pela Universidade de Harvard.

Sua capacidade criativa expressa-se na poesia, no romance e no conto, e, aliada à sua capacidade crítica, expressa-se também no ensaio e nas investigações literárias. Os títulos dessa variada produção, relacionados pelas escolhas de gênero e perspectiva, são os seguintes.

Produção poética: *Double Persephone* (1961), *The Circle Game* (1966), *The Animals in that Country* (1967), *The Journals of Susanna Moodie* e *Procedures for Underground* (1970), *Power Politics* (1973), *You Are Happy* (1974), *Selected Poems* (1976), *Two Headed Poems* e *Up in the Tree* (1978), *True Stories* (1981), *Interlunar* (1984), *Selected Poems II* (1986). Essa produção não está acessível, por meio de traduções, ao público brasileiro.

Produção romanesca: *The Edible Woman* (1969), *Surfacing* (1973), *Lady Oracle* (1976), *Life Before Man* (1979), *Bodily Harm* (1981), *The Handmaid's Tale* (1986), *Cat's Eye* (1988). Esses romances encontram-se traduzidos para o português, com exceção de *Bodily Harm*. *The Handmaid's Tale* foi adaptado para o cinema, há alguns anos, mas não chegou às salas de projeção no Brasil e às videolocadoras. *Cat's Eye*, o último de seus romances de que se tem notícia, foi o que lhe valeu a indicação para o Booker Prize[1].

Produção de contos: *Dancing Girls and other stories* (1977), *Bluebeard's Egg and other stories* (1987). Como se vê, é a produção menos extensa. Não existe, até o momento, tradução para o português desses livros.

Produção ensaística e crítica: *Survival − A Thematic Guide to Canadian Literature* (1973), *Oxford Book of Canadian Verse in English* e *Second Words: Selected Critical Prose* (1982). Não existem edições dessas obras disponíveis para o público brasileiro.

Resta, ainda, dentro da perspectiva informativa sobre essa autora, mencionar o fato de que Atwood pertence à Anistia Internacional, em nome da qual percorreu vários países, de diversos continentes.

---

1. As edições em português dessas obras, indicadas na Bibliografia, são as seguintes: *A Mulher Comestível* (1987); *O Lago Sagrado* (1989); *Madame Oráculo* (1984); *A Vida Antes do Homem* (1986); *A História da Aia* (1987); *Olho de Gato* (ed. bras., 1990, e ed. port. 1988). Posteriormente à dissertação, Atwood publicou, em agosto de 1993, ainda dois romances: *The Robber Bride* (1993), traduzido com o título de *A Noiva Ladra* (1995, edição na qual a ficha catalográfica equivocadamente indica a obra como pertencendo à literatura norte-americana e não à canadense) e *Alias Grace* (1996), ganhadora do Giller Prize de 1996, ainda sem tradução no Brasil.

AS HEROÍNAS

Uma outra visada pode complementar essa introdução a uma autora ainda pouco conhecida no Brasil. Na seqüência deste trabalho, haverá a oportunidade de penetrar na poética dessa escritora, pois um de seus romances é objeto de análise. Entretanto, é possível, à maneira de preâmbulo, esboçar um breve perfil poético de Margaret Atwood, que talvez proporcione uma certa familiaridade com esta que é uma conhecidíssima autora no contexto norte-americano e europeu, e uma ilustre desconhecida no contexto brasileiro, onde seus romances são encontrados nas estantes de *best-sellers* ou de literatura feminista.

THIS IS A PHOTOGRAPH OF ME

It was taken some time ago.
At first it seems to be
a smeared
print: blurred lines and grey flecks
blended with the paper;

then, as you scan
it, you see in the left-hand corner
a thing that is like a branch: part of a tree
(balsam or spruce) emerging
and, to the right, halfway up
what ought to be a gentle
slope, a small frame house.

In the background there is a lake,
and beyond that, some low hills.

(The photograph was taken
the day after I drowned.
I am in the lake, in the center
of the picture, just under the surface.

It is difficult to say where
precisely, or to say
how large or small I am:

the effect of water
on light is a distortion

but if you look long enough,
eventually
you will be able to see me.)[2]

O retrato, feito agora no interior da produção poética, funde, em suas imagens, uma reflexão sobre a poesia e um profundo enraizamento no contexto canadense. Essa fusão é característica marcante da obra de Atwood. Pode ser percebida, quanto ao primeiro elemento, no uso de recursos literários, na teoria da representação que comporta; quanto ao segundo elemento, aparece na constituição da paisagem em que o eu-poético se situa.

Não há pretensão de exaustiva análise numa introdução como esta; contudo, aproximar um pouco mais o olhar pode contribuir para a familiarização do leitor.

Assim, no vértice da reflexão sobre poética, nota-se que a autora não faz uso de fórmulas tradicionais. A linguagem é coloquial, a expressão não utiliza rebuscamentos. Um traçado quase infantil da paisagem vai se evidenciando. O indivíduo está presente, mas integrado ao todo, aparentemente destacado, porém indissociável do que o cerca. A representação poética atrela-se formalmente à realidade mais simples, lançando-se, contudo, para dimensões extremamente profundas dessa realidade. Esse

---

2. Atwood, 1976, p. 8: "ESTA É UMA FOTOGRAFIA DE MIM / Foi tirada há algum tempo. / À primeira vista parecer ser / uma manchada / impressão: linhas borradas e pontos cinzentos / mesclados ao papel; // depois, quando você repara / nela, você vê no canto da esquerda / uma coisa que é como um galho: parte de uma árvore / (bálsamo ou abeto) emergindo / e, à direita, no meio / do que deve ser um suave / aclive, uma pequena casa de madeira. // No fundo há um lago / e, além desse, algumas colinas baixas. // (A fotografia foi tirada / um dia depois de me afogar. / Eu estou no lago, no centro / do quadro, logo sob a superfície. // É difícil dizer onde / precisamente, ou dizer / quão grande ou pequena eu sou: / o efeito da água / sobre a luz é uma distorção // mas se você olhar o bastante, / ao final / você será capaz de me ver.) (Trad. de Maria Amélia Dalsenter).

contraste entre uma aparente superficialidade formal e a profundidade a que ela lança o leitor está presente em toda a produção de Margaret Atwood.

A representação, nesse poema, parte da exterioridade de uma paisagem para a profunda e íntima relação entre esta e o ser humano. As baixas colinas, o lago podem estar relacionados a uma tradição poética, especialmente inglesa, que é a da "Lake Poetry". Poesia melancólica, pré-romântica, de paisagens européias, centrada nos lagos.

Atwood parece dialogar com essa tradição, mas sua paisagem já não é mais a européia usual nesse gênero de poemas. As colinas são baixas e os lagos suíços são agora os grandes lagos canadenses, à beira dos quais não se encontram os chalés e as pedras do velho mundo, mas as típicas casas de madeira – "a small frame house". A melancolia, por sua vez, transfigura-se, adquirindo colorações de mais aguda desolação. Uma desolação silenciosa, de espaços abertos, sem desespero.

A fotografia do eu-poético fusiona-se com a da paisagem canadense, a tal ponto que aquele encontra-se submergido nesta. O uso dos parênteses particulariza, mas também integra.

Desvenda-se assim um outro traço fundamental da poética de Atwood, que é a consciência permanente de uma tradição herdada com a colonização a par com uma profunda atenção às especificidades do colonizado.

No romance *Surfacing*, a heroína, como o título indica e a tradução brasileira reforça [*O Lago Sagrado*], emerge desse lago, num local limítrofe entre a colonização francesa e a colonização inglesa, ao mesmo tempo, abrigando ainda remanescências da presença indígena. A heroína emerge, sobrevivente, de sua busca da identidade no fundo do lago.

E é com esse caráter de sobrevivência que a literatura canadense constrói sua especificidade literária, segundo a discípula de Northrop Frye, integrante do "Thematic Group" dos estudos literários canadenses, Margaret Atwood. A questão da colonização e constituição do Canadá por pioneiros diante dos inóspitos e estranhos aspectos naturais de uma terra dotada para o isolamento confere à literatura que dela nasce a característica de ser produzida, de uma forma ou de outra, por sobreviventes do contato com uma nova realidade – *Survival – A Thematic Guide to Canadian Literature.*

Assim, poesia, prosa e crítica constituem-se a partir daquele caráter fusional entre o indivíduo e a realidade especificamente canadense na qual se insere, dando contornos à poética da autora.

O leitor talvez se encontre agora mais próximo do universo de Margaret Atwood, depois desse olhar breve para dentro e de dentro dele. É possível, então, dar um segundo passo, diretamente ao centro de um romance: *Lady Oracle.*

O Romance: Lady Oracle

Lady Oracle é o terceiro romance de Margaret Atwood, publicado pela primeira vez no Canadá, em 1976. Teve grande repercussão na época de seu lançamento. O modo irônico e, por vezes, satírico que se deixa captar em sua escrita é o amadurecimento de um traço de estilo que já estava presente nos dois romances anteriores.

A crítica costuma dividir a obra de Atwood, quanto aos seus romances, em dois momentos. O primeiro é a fase inicial, onde se encontram, ao lado de *Lady Oracle, The Eddible Woman* e *Surfacing.* O segundo compreende seus romances subseqüentes. A marca constitutiva dessa primeira fase é a busca de uma identidade e de uma ética no nível pessoal. A marca da segunda fase é a busca de um sentido para a própria idéia de identidade e de ética, em vários níveis.

Ildikó de Papp Carrington resume essas divisões e a especificidade de cada romance atribuindo-lhes perguntas implícitas: "cada romance reformula a questão da identidade. *A Mulher Comestível* pergunta: *O que é uma mulher?* E, por trás dessa pergunta: *Quem eu estou me tornando? O Lago Sagrado* pergunta: *O que é um ser humano?* E *O que é um Canadense?* Em *Madame Oráculo* as novas perguntas são: *O que é um artista?* E por trás dessa pergunta: *O que eu me tornei?*"[3]

A simplicidade dessa visão tem sua relativa utilidade na percepção da questão da busca da identidade, que efetivamente o leitor das obras de Atwood pode observar, mas deixa de considerar outros aspectos e interrogações, igualmente marcantes em *Lady Oracle*, que com o decorrer das análises se evidenciam.

Nesse romance, a aparente superficialidade da representação do real também está remetendo para as mais profundas instâncias deste, a exemplo do que ocorre na poesia da autora. A história é contada com um fôlego de novela policial, criando suspenses e expectativas no leitor, ao mesmo tempo pontuando a trajetória da personagem principal com situações desconcertantes ou divertidas. Trata-se da vida de Joan Foster, uma escritora de romances góticos – assinados com o pseudônimo de Louisa K. Delacourt – e autora de um livro de poemas, de grande sucesso, chamado "Lady Oracle" – assinado com seu verdadeiro nome. É ela própria quem conta sua história.

Passagens

A escritora sem caneta e papel Emma Bovary dá lugar à escritora com sua máquina de escrever Joan Foster. O universo da província francesa, periférica, a que Bovary dá nome, cede lugar ao Canadá. A problemática traçada no âmbito de *Madame Bovary* também se encontra presente em *Lady Oracle*, alcançando uma dimensão histórica, isto é, inscrevendo-se em um eixo temporal dinâmico.

A heroína de Atwood também procura encarnar o ideal feminino tradicional no romance. A transfiguração que opera se dá, igualmente, pela imaginação, pela ilusão, porém adquire a forma

---

3. Carrington, s. d., p. 16. Esta e as demais traduções das citações oriundas de entrevistas cedidas por Margaret Atwood foram revisadas por Maria Amélia Dalsenter.

concreta de romances de consumo. Ou seja, além de buscar nos amantes um ideal masculino com o qual, ao se relacionar, pode acreditar-se ela também parte de um ideal, irmanada às heroínas tradicionais, Joan escreve seu romance imaginário, transfere para o papel sua característica de viver pela imaginação, vende o que resulta disso, sobrevive economicamente dessa atividade, fornece a outras – suas leitoras – a identificação com essas fantasias. Assim, ela não só procura agir de acordo com o romance da moda, mas ela faz parte do circuito que fabrica essas modas, sem deixar, no entanto, de consumi-las.

Num processo de *mise en abîme*, o título da obra da personagem Joan, cujo processo de escritura marca o momento de contradição máxima entre real e ideal em sua vida – o livro de poemas "Lady Oracle" – é também o título de sua história, isto é, do romance de Atwood – *Lady Oracle*.

O título traz combinados os elementos de um ideal feminino no romance: *Lady*, de acordo com as caraterísticas dos séculos XVIII e XIX, e *Oracle*, de acordo com o universo da literatura "gótica". A *lady* delicada, discreta, melancólica, prestativa, por um lado, e, por outro, sustos, mistérios, elementos sobrenaturais ameaçadores ou reveladores do universo gótico, que colocam a frágil heroína numa posição de extrema vulnerabilidade na defesa de sua honra virginal, aguardando o socorro masculino que pode ser outra ameaça disfarçada ou, enfim, o sonhado matrimônio. Mas esse nome do ideal, na realidade, dá o título para a primeira obra da personagem Joan que se conflitua com ele. "Lady Oracle" é a expressão de uma dissonância.

Para que se possa acompanhar a constituição de problemática semelhante à de *Madame Bovary* no nível da tessitura íntima do texto, convém ressaltar alguns momentos pontuais, algumas passagens reveladoras do texto:

I'd always been fond of balconies. I felt that if I could only manage to stand on one long enough, the right one, wearing a long white trailing gown, preferably during the first quarter of the moon, something would

AS HEROÍNAS

happen: music would sound, a shape would appear below, sinous and dark, and climb towards me, while I leaned fearfully, hopefully, gracefully, against the wrought-iron railing and quivered. But this wasn't a very romantic balcony. It had geometric railing like those on middle-income apartment buildings of the fifties, and the floor was poured concrete, already beginning to erode. It wasn't the kind of balcony a man would stand under playing a lute and yearning or clamber up bearing a rose in his teeth or a stiletto in his sleeve[4].

Joan encontra-se na Itália, na minúscula vila de Terremoto, após forjar sua morte e fugir do Canadá. Está tomando sol na sacada do apartamento quando começa a pensar sobre sua vida. A sacada onde os amantes se encontram, a lua, o vestido branco, a música, enfim, todo o cenário e situações que ela compõe fazem parte de um padrão literário, onde o amor é a grande aspiração. Nesse padrão, a figura feminina tem por função aguardar disponível, mas recatada, a chegada do homem ideal, como a própria Joan sublinha através da colocação seqüencial dos advérbios *fearfully, hopefully, gracefully*.

O homem que vai chegar, no entanto, compartilha de uma ambigüidade com as demais figuras masculinas nesse romance. Ele pode ser o amante que traz uma rosa entre os dentes ou o vilão que traz um estilete. A donzela de branco na sacada aguarda, de

---

4. Atwood, 1988b, Parte 1, Cap.1, pp. 3-4. Os fragmentos em português são oriundos da tradução de Domingos Demasi para a primeira edição brasileira da obra: *Madame Oráculo* (1984): "Sempre gostei de sacadas. Achava que se conseguisse ficar numa o tempo suficiente, na sacada certa, usando um longo vestido branco, de preferência durante o primeiro quarto da lua, algo aconteceria: música soaria, um vulto surgiria abaixo, sinuoso e escuro, e subiria em minha direção, enquanto eu me curvaria temerosamente, esperançosamente, graciosamente contra o parapeito de ferro batido, e estremeceria. Mas esta não era uma sacada muito romântica. Tinha um parapeito geométrico como aqueles dos prédios de apartamento de renda média dos anos cinqüenta, e o chão era de cimento bruto já começando a erodir. Não era o tipo de sacada em que um homem ficaria embaixo tocando alaúde, ansioso, nem a escalaria carregando uma rosa nos dentes ou um estilete na manga" (p. 8).

qualquer maneira, a chegada deste que, de uma forma ou de outra, faz parte de seu destino. O traço ameaçador vincula-se à ficção de caráter gótico que é a matriz literária principal com a qual
Joan se relaciona, já sob a forma de um clichê, de uma convenção.

É digno de nota o fato de que Joan anseia por pertencer a esse
universo literário, por ser mais uma donzela de branco na sacada.
A impossibilidade que vislumbra para a concretização dessa expectativa passa muito mais pelas condições que a cercam, neste
momento – a sacada, tal como descrita, não é a ideal –, do que
pela percepção da disparidade entre esse ideal almejado e a realidade em que está inserida.

Aos poucos, a personagem vai adquirindo relativa consciência dessa disparidade, num nível mais concreto. Contudo, menos
do que uma tomada de contato com a realidade, o que daí resulta
é a sensação de estar excluída de algo a que gostaria de pertencer:

I covered myself with bubbles and submerged myself in *Nurse of the
High Arctic...*
I longed for the simplicity of that world, where happiness was
possible and wounds were only rituals ones. Why had I been closed out
from that impossible white paradise where love was as final as death,
and banished to this place where everything changed and shifted?[5]

Em momento bem posterior na narrativa, Joan mergulha numa
banheira levando consigo o último livro publicado pelo seu ex-
amante – um romance de enfermeira, isto é, centrado nas ventu-
ras e desventuras amorosas de uma enfermeira, cujo enredo se
reduz a uma fórmula utilizada à exaustão. O mundo que vislumbra, apesar de banalizado em uma convenção barata, é ainda o de
uma literatura em que o bem maior é o desenlace amoroso feliz,

---

5. *Idem*, Parte 4, Cap. 20, p. 286. "Cobri-me com bolhas e mergulhei na *Enfer-
    meira da Região Ártica ...* / Eu ansiava pela simplicidade daquele mundo, onde
    a felicidade era possível e os ferimentos eram apenas os rituais. Por que me
    fora fechado aquele impossível paraíso branco onde o amor era definitivo
    como a morte, e eu fora banida para este outro lugar onde tudo era diferente
    e distorcido?" (pp. 290-291)

depois de obstáculos superáveis, onde os sentimentos, e principalmente as sensações, são intensos e cuja heroína é sempre bela e adorada.

Joan sofre com a impressão de exclusão que sente diante desse universo. Sua noção do caráter fantasioso dessa representação literária das relações e sentimentos humanos é mais apurada do que a de Emma Bovary, o que não a impede de buscar, boa parte do tempo, uma maneira de se transformar em uma dessas heroínas e de viver uma história parecida com a delas – o que ela faz sobretudo nas relações com os homens e nas ficções que escreve, a cujas heroínas chega mesmo a emprestar suas características físicas: olhos verdes, cabelos ruivos.

O conflito entre esse universo de percursos preestabelecidos e sua real relação conjugal aparece em passagens como a seguinte:

It was only after I got married that my writing became for me anything more than an easy way of earning a living. I'd always felt sly about it, as if I was getting away with sometinhg and nobody had found me out; but now it became important. The really important thing was not the books themselves, which continued to be much the same. It was the fact that I was two people at once, with two sets of identification papers, two bank accounts, two different groups of people who believed I existed. I was Joan Foster, there was no doubt about that; people called me by that name and I had authentic documents to prove it. But I was also Louisa K. Delacourt[6].

---

6. *Idem*, Parte 4, Cap. 20, pp. 214-215. "Foi só depois que me casei que meus escritos se tornaram para mim algo mais do que uma maneira fácil de ganhar a vida. Eu sempre me sentira astuciosa com relação a isso, como se estivesse fazendo algo errado que ninguém tinha descoberto; mas agora se tornara importante. A coisa mais importante não eram os livros propriamente ditos, que continuavam muito parecidos. Era o fato de eu ser duas pessoas ao mesmo tempo, com dois documentos de identificação, duas contas bancárias, dois grupos diferentes de pessoas que acreditavam que eu existia. Eu era Joan Foster, não restava a menor dúvida; as pessoas me chamavam por esse nome e eu tinha documentos autênticos para provar. Mas eu era também Louisa K. Delacourt" (p. 217).

O trecho faz referência a uma mudança ocorrida na vida da personagem após o matrimônio. Deixa claro que a imaginação gótica já existia antes, mas que após o casamento a dualidade entre o mundo imaginário e o real ganhou tal nitidez, pelo contraste de ambos, que a divisão em uma dupla personalidade se tornou fundamental. Joan Foster é a esposa, Louisa K. Delacourt é a escritora de imaginárias fantasias góticas. No romance de Atwood, a divisão entre o mundo real e o imaginário ganha forma mais concreta a ponto de a personagem possuir efetivamente duas identidades e até mesmo duas contas bancárias.

É o matrimônio que precipita a contraposição de um mundo ao outro. Ao casar-se com Arthur, Joan casa-se com a periférica sociedade canadense do século XX, representada não mais na figura do médico de província, mas cristalizada na figura do pretenso intelectual perdido entre as teorias sociais e políticas de uma sociedade em transformação. Sociedade conflitante com o ideal de heroína, vitoriana, com que a personagem se envolve.

Como se trata de um país do novo mundo, portanto advindo de um processo de colonização, deslocado com relação à cultura européia que deu as bases do que o mundo é hoje, e sendo especificamente o Canadá, o fato de a heroína ter um nome inglês e escolher para a segunda identidade o nome francês de uma tia não é casual. Essa outra dualidade embutida na diferença dos nomes é parte da caracterização dessa sociedade periférica contemporânea.

Observa-se, assim, a constituição de uma personagem feminina envolvida com um mundo de aspirações cujo referencial é a literatura. O percurso tradicional com que ela se envolve tem duas poderosas fontes: uma é a literatura da era vitoriana, na qual as características do percurso feminino são basicamente semelhantes àquelas com que tem de se haver Emma Bovary; a outra encontra-se institucionalizada em formas que preservam, no nível social, apesar de todas as transformações que o mundo sofreu do século XIX para o XX, essas estruturas que nasceram com a ascensão burguesa, com o embate do mito e do esclarecimento. A grande referência, nesse campo, é a instituição das "Brownies" ou "Fadinhas" – grupo feminino dirigido por regras, hierarquia, pautadas por idéias que nada deixam a dever às concepções focalizadas no capítulo anterior. Obviamente que, um século depois, essa estrutura apresenta algumas variações nas roupagens que veste:

We knew all about ceremonies, Brownies was full of them, and I think they got some of the details of what followed from the joining-up ritual, in which you were led across cardboard stepping stones that read CHEERFULNESS, OBEDIENCE, GOOD TURNS and SMILES. You then had to close your eyes and be turned around three times, while the pack chanted,

> *Twist me and turn me and show me the elf,*
> *I looked in the water and there saw...*

Here you were supposed to open your eyes, look into the enchanted pool, which was a hand-mirror surrounded by plastic flowers and ceramic bunnies, and say, "Myself". The magic word[7].

O que esse "eu" pode representar, diante, por exemplo, das etapas que conduzem à sua identificação – no caso, os atributos *Cheerfulness, Obedience, Good Turns* e *Smiles* –, a própria Joan já havia deixado claro poucas páginas antes:

I worshiped Brownies, even more than I had worshiped dancing classes. At Miss Flegg's you were supposed to try to be better than everyone

---

7.   *Idem*, Parte 2, Cap. 6, p. 58. "Sabíamos tudo sobre cerimônias, as fadinhas estavam repletas delas, e eu pensei que elas tinham pensado em alguns dos detalhes que seriam o ritual de adesão, no qual você era levada através de um caminho de pedras com cartolinas onde se lia ALEGRIA, OBEDIÊNCIA, CAMINHO CERTO e SORRISOS. Então, tinha que fechar os olhos e se deixar virar três vezes, enquanto a turma cantava: / *Me virem, me girem e mostrem o que é meu,* / *Olhei na água e quem estava lá era...* / Nesse momento, você abria os olhos, olhava na lagoa encantada, que era um espelho de mão cercado de flores de plásticos e coelhinhos de cerâmica, e dizia: 'eu'. A palavra mágica" (p. 60).

else, but at Brownies you were supposed to try to be the same, and I was beginning to find this idea quite attractive[8].

A honra da individualização, para retomar uma expressão utilizada por Adorno em citação anterior, não faz parte desse universo simbolizado pelo ritual das fadinhas. A cena descrita pela personagem se passa, ao que ela imprecisamente indica, nos inícios da década de 1950, e o que nela se pode vislumbrar é, sob forma quase caricata, uma estrutura social que atribui certas peculiaridades à mulher e determina, a partir daí, seu percurso. Na narrativa escolhida e cultivada pela leitora Joan, variações desse padrão, incluindo seus desvios, se apresentam.

Ao piano, desenho e costura que fazem de Emma uma jovem integrada formalmente ao seu tempo, substitui agora a datilografia: "I was a good typist; at my high school typing was regarded as a female secondary sex characteristic, like breasts"[9].

Essa breve passagem panorâmica sobre trechos que, de maneira bem diversa, constroem-se a partir de uma matéria semelhante a existente no texto de Flaubert leva ao exame de certas considerações e formulações que a crítica canadense erigiu em torno do romance de Atwood e de sua prática como escritora. Trata-se da questão do feminino.

Percursos

Tem-se procurado aqui traçar o pano de fundo da constituição da heroína tradicional e de seu percurso usual no romance, sem desconsiderar algumas raízes ou matrizes que os geraram. A

---

8. *Idem*, p. 50. "Eu adorava as Fadinhas, até mais do que adorava as aulas de dança. Com a Srta. Flegg, você tinha que tentar ser melhor do que qualquer uma, mas nas Fadinhas você tinha que tentar ser igual, e estava começando a achar essa idéia um tanto quanto atraente" (pp. 52-53).
9. *Idem*, Parte 1, Cap.4, p. 29. "Eu era boa datilógrafa; na minha escola secundária, datilografia era considerada uma característica sexual feminina secundária, como os seios" (p. 33).

partir desse pano de fundo, tem-se procurado fazer um recorte que destaca as duas personagens em questão – Emma Bovary e Joan Foster. A percepção de certas peculiaridades da personagem de Flaubert deu margem a algumas tentativas de caracterização, de que a palavra de Baudelaire foi utilizada como porta-voz. No recorte que se faz da personagem Joan, também existem algumas caracterizações que devem ser examinadas.

A partir do tom jocoso com que Joan narra seu envolvimento com esse percurso tradicional, não faltou quem lhe atribuísse uma intenção programaticamente feminista, intenção que, como freqüentemente ocorre na crítica literária, transita da personagem-narradora para a autora incessantemente. É preciso deter-se um pouco nessa questão. É, de forma mais programática e sistematizada, a ampliação da caracterização libertária ou emancipatória já considerada por Hans Mayer ao referir-se ao início do século XIX.

De maneira geral, Atwood é freqüentemente vista pela crítica de seu próprio país e pela crítica norte-americana como uma escritora feminista. Faz parte dessa concepção a existência de um volume sobre Atwood na série Women Writers, da editora Barnes & Noble, de New Jersey. O critério adotado por essa coleção é mais do que óbvio. Não se trata de particularidades intrínsecas aos texto literários ou da especificidade de cada autora, mas o fato de serem autoras. O que – e é sempre bom fazer a ressalva – não impede que alguns volumes sejam de excelente qualidade, dotados de grande percepção, como é o caso de Atwood, sobre quem escreve Barbara Hill Rigney, uma crítica que transita com liberdade pela obra da escritora escolhida.

Desse ponto de vista, Joan é considerada uma representante da mulher contemporânea, em busca de um espaço próprio. É possível relativizar essa visão de duas maneiras. A primeira, considerando o que a própria Margaret Atwood pensa e manifesta a esse respeito. A segunda, levando em conta a crítica embutida ao feminismo presente no próprio romance *Lady Oracle* – especialmente quando esse rótulo de feminista é aplicado a Joan após a publicação de seu livro de poema "Lady Oracle". Essa segunda via será trilhada a seu tempo, no decorrer das análises sobre o efetivo percurso narrativo da protagonista. Quanto à primeira, vale remeter a um trecho de uma entrevista concedida por Margaret Atwood.

> *Feminista* é para mim um adjetivo que não comporta alguém. Não é suficiente dizer que alguém é meramente um feminista. Algumas pessoas escolhem definir-se a si mesmas como escritoras feministas. Eu não negaria o adjetivo, mas não o considero inclusivo. Há muitos outros interesses meus que eu não gostaria que o adjetivo excluísse. As pessoas que entendem meu ponto de vista tendem a ser mulheres da Escócia ou negras dos Estados Unidos, que dizem: *feminista, tal como é usado nos Estados Unidos, geralmente significa americanas brancas de classe média dizendo que* elas todas *são mulheres...*
>
> Alguém que compreenda minha posição advém de uma cultura periférica como a minha, alguém da Escócia ou do Caribe, ou uma feminista negra dos Estados Unidos...
>
> O que o termo *escritora feminista* significa para certas feministas americanas não pode significar o mesmo que para mim. Elas estão dentro, olhando umas para as outras, enquanto eu estou do lado de fora[10].

Em outra entrevista, Atwood dá uma definição concisa de seu feminismo: "Eu estou definindo meu feminismo como igualdade humana e liberdade de escolha"[11].

Quanto à personagem Joan, como representação feminista, nada há de específico. Joan é aproximada às demais heroínas de Atwood, e elas em conjunto é que são consideradas feministas. Há dois trechos de entrevistas de Margaret Atwood, no entanto, que explicitam a confrontação que ela própria faz entre o que seria o percurso feminino na literatura feminista e o que efetivamente ocorre em seus livros:

> Eu comecei a escrever em 1956 e não havia nenhum movimento feminista, que realmente notasse, até cerca de 1969... A ficção feminina

10. Entrevista concedida a Gregory Fitz Gerald e Kathryn Crabbe, em setembro de 1979 (cf. Ingersoll, 1990, p. 139).
11. Entrevista concedida a Jo Brans, em 1982 (cf. Ingersoll, 1990, p. 142).

do início dos anos 70 era muito *ponta-de-lança* – você sabe, *Charge of the Light Brigade*[12] – e havia um certo tipo de enredo do qual me recordo: era a atormentada dona-de-casa, tendo todos aqueles problemas porque seu marido não queria deixá-la fazer isso, aquilo, isso, aquilo, e não se estava comunicando; e o final feliz, que costumava ser o casamento com o Príncipe Encantado, era deixar o marido e arranjar um emprego. Bem, eu nunca escrevi esse tipo de enredo na época nem depois disso. Eu penso que provavelmente meu primeiro romance, *A Mulher Comestível*, que escrevi em 1964, cairia tão facilmente nessa categoria quanto qualquer outro que eu tenha escrito depois[13].

Segundo Atwood, o movimento interno de *Lady Oracle* é bem diferente desse, tendo por suporte outros elementos:

a personagem central é uma escritora de novelas góticas em parte porque sempre me perguntei o que havia de atraente nesses livros – será que tantas mulheres consideram a si mesmas ameaçadas por todos os lados e a seus maridos como assassinos em potencial? E aquela "Esposa Louca" que ficou de *Jane Eyre*? São esses os nossos enredos secretos?

A hipótese do livro, na medida em que haja alguma é: *o que acontece com alguém que vive no mundo "real", mas o faz como se esse "outro" mundo fosse o real* ? Essa pode ser a difícil situação de um número muito maior entre nós do que gostaríamos de admitir[14].

Como se percebe, do ponto de vista da autora, Joan Foster não é propriamente uma personagem feminista; bem como ela própria é mais ampla do que essa classificação.

12. Este é o título de um poema de Tennyson que se tornou frase feita na língua inglesa. Remete a um infeliz ataque empreendido pela cavalaria britânica durante a Guerra da Criméa, em 1854, no qual uma ordem mal-interpretada enviou para a direção errada 637 homens, dos quais 247 foram mortos. Como frase feita, diz respeito aos louváveis, porém inúteis, esforços de alguém ou de um grupo de pessoas. Consulte-se, a propósito: *Oxford Guide to British and American Culture* (Oxford, Oxford University Press, 1999).
13. Entrevista concedida a Beatrice Mendez-Egle, em novembro de 1983 (cf. Ingersoll, 1990, p. 162).
14. Entrevista concedida a Joyce Carol Oates, em fevereiro de 1978 (cf. Ingersoll, 1990, p. 75, grifo meu).

Pelo que se tem observado até o momento nas passagens do romance reportadas, o percurso de Joan é mais abrangente do que a caracterização feminista supõe. Contudo, acontece com a própria autora o mesmo que com quaisquer sistemas de pensamento de caráter libertário: onde existe a preocupação em lidar com a realidade como ela é – o que não quer dizer passividade e conformismo – existirá um movimento rumo à liberdade. E esse movimento, maior do que a estrita classificação feminista que o coloca somente em razão da mulher, está presente na obra de Atwood em geral, e no romance em questão, em especial.

Joan

A troca de olhares narcisistas presenciada em *Madame Bovary*, o espelhamento que devolve como reflexo a imagem do desejo e não a realidade dos indivíduos, também ocorre em *Lady Oracle*. Não é tanto no olhar que esse mecanismo se põe em ação. É preferencialmente na relação especular estabelecida pela personagem com a própria ficção que escreve, o que inclui, no caso de "Lady Oracle", o livro de poemas da protagonista, uma aventura psicológica diante de um espelho.

Conferindo às suas heroínas seus próprios atributos físicos, Joan alcança a duplicação, o espelhamento que é irmanar-se ao ideal apreendido em leituras anteriores. Assim, em *Lady Oracle*, a literatura é ideal a ser mirado, mas é também o lugar onde é possível mirar-se sob forma ideal – ou idealizada –, substituindo, em parte, olhares e espelhos de *Madame Bovary*.

Quanto à relação amorosa propriamente dita, Joan tem muito mais consciência de sua tentativa de convertê-la nesse espelho transformador do que tinha Emma. A certa altura, a caminho do final do livro, a narradora reconhece esta operação:

"*There's magic in love and smiles. Use them every day, in all you do, and see what wonderful things happen*", Brown Owl used to say chirpily, reading it from her little book... Now it seemed to me that *the name of a furniture polish could be substituted for "love" in this maxim* without at all violating its meaning. Love was merely a tool, smiles were another tool, they were both just tools for accomplishing certain ends. No magic, merely chemicals. I felt I'd never really loved anyone, not Paul, not Chuck the Royal Porcupine, not even Arthur. *I'd polished them with my love and expected them to shine, brightly enough to return my own reflection, enhanced and sparkling*[15].

Persistência de uma Problemática

Tendo na memória *Madame Bovary*, diferenças fundamentais para a investigação das relações entre Bovarismo e Romance, no eixo temporal proposto, evidenciam-se por meio da observação dos trechos destacados de *Lady Oracle*. Eles revelam que, no romance

15. Atwood, 1988b, Parte 4, Cap. 28, pp. 284-285, grifo meu. "'Há mágica no amor e no sorriso. Use-os [*sic*] diariamente em tudo o que fizerem, e verão que coisas maravilhosas acontecerão'", a Coruja das Fadinhas costumava dizer pipilante, lendo isso no seu livrinho... Agora me parecia que o nome de algum lustrador de móveis poderia substituir a palavra "amor" nessa máxima sem violar completamente o seu significado. Amor era apenas um instrumento, sorriso era outra ferramenta, eram ambos ferramentas para se conseguir determinados objetivos. Nada de mágica, apenas substâncias químicas. Achava que realmente nunca amara ninguém, nem Paul, nem Chuck, o Porco-Espinho Real, nem mesmo Arthur. Eu os lustrava com o meu amor e esperava que eles brilhassem, reluzissem o bastante para devolver o meu próprio reflexo, realçado e cintilante" (p. 289). Essas frases do romance remetem diretamente ao amor narcisista que, a partir da concepção de Freud, vem norteando várias análises sobre a personagem feminina na literatura. Um exemplo relativamente recente é o estudo de Stein (1984). Essa citação extraída de *Lady Oracle* parece vir bem ao encontro do ensaio de Freud (1948) "Introducción al Narcisismo". Ressalta deste ensaio a seguinte passagem: "Sobre todo en las mujeres bellas nace una complacencia de la sujeto por sí misma que la compensa de las restriciones impuestas por la sociedad a su elección de objeto. Tales mujeres sólo se aman, en realidad, a sí mismas y con la misma intensidad con que el hombre las ama. No necesitan amar, sino ser amadas, y aceptan al hombre que llena esta condición" (p. 1082). Entretanto, como se percebe em *Madame Bovary*, essa operação não está restrita ao ser feminino. Da mesma forma que em *Lady Oracle* há outras passagens que evidenciam essa mesma busca do próprio reflexo nas personagens masculinas. O que indica uma provável via alternativa para a observação desse fato. Via que os próximos capítulos parcialmente recobrem.

de Atwood, a narrativa é conduzida em primeira pessoa, pela própria personagem feminina. Nela não estão presentes, portanto, as diversas focalizações de um narrador que pode dar ao seu leitor a visão exterior dos fatos e a visão do íntimo de suas personagens.

É o leitor quem tem acesso à disparidade entre o aspecto externo da cena de despedida e o que vai pela mente de Charles e pela mente de Emma. Cada personagem tem acesso, mesmo que limitado, apenas à sua própria interioridade.

Em *Lady Oracle*, é a personagem feminina quem narra sua vida conflituosa. Ou seja, além de viver essa vida focalizando-a de dentro de sua própria mente, ela a transforma em objeto de narração depois de ter decorrido algum tempo. Trata-se de uma rememoração, com pequena distância temporal dos fatos – olhando-os, portanto, focalizando-os já de uma posição menos introspectiva, mais ou menos exterior.

Essa diferença constitui um fator que abre, para a personagem Joan, a possibilidade de transformação dos ideais que alimentavam sua imaginação, no contato com a realidade. Ao contrário do que ocorre no romance de Flaubert, portanto, a personagem tem maior possibilidade de acesso ao aspecto exterior dos fatos, podendo assim estabelecer contrastes e eventualmente modificar padrões internos a partir disso. Já foi observada a maneira como o narrador de *Madame Bovary*, deslocando o foco do exterior para o interior das diversas personagens, revelava o divórcio entre ideal e realidade, sem que, no entanto, Emma Bovary desenvolvesse a mesma capacidade de abandonar o ponto de vista exclusivamente introspectivo.

Outra característica da utilização desse recurso de focalização e de voz narrativa em primeira pessoa, tão distinto do de Flaubert, é que necessariamente tudo aquilo que faz parte da formação da personagem vai se transmitir ao seu texto.

Esse texto não tem a beleza e a grandeza do estilo de Flaubert, como o desse autor talvez tivesse outras características se fosse Emma Bovary quem contasse a própria história. Nesse caso, o autor talvez se servisse de outros recursos. Se nessa perspectiva não é possível encontrar a grandeza estilística de um Flaubert na escrita de *Lady Oracle*, esta não deixa de ter seus próprios méritos.

O texto da narradora Joan vem marcado, como já se disse, de tudo o que perfaz sua formação. Assim, não é de estranhar a presença de artifícios góticos, de linguagem extremamente coloquial, enfim, de passagens forjadas na leitura de revistas, livros, e tudo aquilo que do século XIX para cá se produziu especificamente para o público feminino.

Dar caneta e papel a Emma Bovary não é só presenciar a construção de um enredo imaginativo de acordo com o ideal feminino literário, é, também, refletir, por meio da expressão e da escolha dos recursos, tudo o que, de uma forma ou de outra, contribuiu para a formação desse ideal. O texto vem, portanto, informado pela experiência da personagem-narradora.

Assim, não faltam no texto de Atwood diversas formas de transposição de contos de fadas; de elementos dos jornais ou revistas femininas, de que também Emma à sua época fora leitora, como testemunha do momento de seu surgimento; de romances góticos; fotonovelas e melodramas do cinema da década de 1940 e 1950 – o aperfeiçoamento da indústria cultural que também Emma viu nascer.

A constituição da personagem Joan também se serve de um movimento rumo à literatura no intuito de conceber-se diferente do que é. E mesmo com as variações existentes, em *Lady Oracle* as peculiaridades da forma romance também acabam inevitavelmente por ser objeto de observação.

Desse modo, o estudo de uma obra remete ao estudo da outra, e nessa relação vai dando a conhecer um pouco mais do processo do romance, pela mediação da personagem feminina.

II

As Águas e a Torre

1

Novos Percursos

Paredes Minadas

Son voyage à la Vaubyessard avait fait un trou dans sa vie, à la manière de ces grandes crevasses qu'un orage, en une seule nuit, creuse quelquefois dans les montagnes. Elle se résigna pourtant: elle serra pieusement dans la commode sa belle toilette et jusqu'à ses souliers de satin, dont la semelle s'était jaunie à la cire glissant du parquet. Son coeur était comme eux: au frottement de la richesse, il s'était placé dessus quelque chose qui ne s'effacerait pas...

...Et peu a peu, les physionomies se confondèrent dans sa mémoire; elle oublia l'air des contredanses; elle ne vit plus nettement les livrées et les appartements; quelque détails s'en allèrent, mais le regret lui resta[1].

Estas são as reações de Emma após a experiência de participar de um baile do Marquês d'Andervilliers. São muitas as inter-

---

1. Flaubert, 1951, Parte I, Cap. VIII, p. 342. "Sua viagem ao castelo de Vaubyessard fizera um buraco em sua vida, como aquelas grandes fendas que uma tempestade, numa só noite, cava às vezes nas montanhas. Resignou-se, contudo: fechou piedosamente na cômoda seu belo vestido e até seus sapatos de cetim, cuja sola amarelara-se com a cera deslizante do assoalho. Seu coração era como eles: ao atrito da riqueza adquirira alguma coisa que não se apagaria... / ...E pouco a pouco as fisionomias confundiram-se em sua memória; ela esqueceu as melodias das contradanças; não viu mais nitidamente as librés e as salas; alguns detalhes apagaram-se, mas o pesar permaneceu" (p. 73).

pretações possíveis. Pode-se examinar essa situação do ponto de vista das relações entre as expectativas de Emma, herdadas da literatura, e o ambiente da aristocracia; também pode ser considerada, pela referência à riqueza, como prenúncio da maneira pouco adequada à sua condição social com que Emma tentará viver, levando à dívida e à falência; para citar as mais evidentes.

Observando-a a partir dos elementos que a constituem, percebe-se a formação de uma imagem, por meio da associação de duas idéias principais: um espaço compacto – as montanhas, ou a vida da personagem – e um elemento que o invade ou rompe – a tempestade. A imagem é a da erosão causada pela chuva, a abertura de fendas.

Tal imagem tem presença marcante no texto de Flaubert, sob a forma de variações do que se encontra no trecho acima, ou sob a forma de certas situações do enredo em que permanece subjacente, mesmo que não diretamente mencionada:

> Quant à Emma, elle ne s'interrogea point pour savoir si elle l'amait. L'amour, croyait-elle, devait arriver tout à coup, avec de grands éclats et de fulgurations, – ouragan des cieux qui tombe sur la vie, la bouleverse, arrache les volontés comme des feuilles et emporte à l'abîme le coeur entier. Elle ne savait pas que, sur la terrasse des maisons, la pluie fait des lacs quand les gouttières sont bouchées, et elle fût ainsi demeurée en sa sécurité, lorsqu'elle découvrit subitement une lézarde dans le mur[2].

Trata-se das reflexões de Emma sobre o amor diante de uma ainda tênue suspeita a respeito dos sentimentos de Léon para com ela. Pode-se observar que a imagem da reclusão – *sa sécurité* – invadida ou rompida pelas águas retorna ao texto, sob a forma

---

2. *Idem*, Parte II, Cap. IV, p. 382. "Quanto a Emma, ela não se interrogou para saber se o amava. O amor, pensava, devia chegar de repente com grande estrondo e fulgurações, – furacão dos céus que cai sobre a vida, transforna-a, arranca as vontades como as folhas e arrasta para o abismo o coração inteiro. Ela não sabia que no terraço das casas a chuva faz lagos quando as calhas estão entupidas e permaneceu assim em sua segurança quando descobriu uma fenda no muro" (p. 118).

da tempestade, como quer a personagem, ou sob a forma da água parada que corrói a parede, como propõe o narrador.

Esse espaço fechado ou de reclusão está vinculado à existência de uma personagem feminina. Chega mesmo a ser mencionado como a "segurança". É possível, assim, supor uma relação entre essa instância de confinamento e a condição feminina no século XIX, especialmente a situação de matrimônio. Nas duas ocasiões, é como a esposa Bovary que Emma experimenta ou concebe a possibilidade de existirem frestas que levem para fora, de alguma maneira, de sua real condição.

Quanto às águas, elas aparecem, da primeira vez, relacionadas à riqueza, ao luxo, à aristocracia. No nível do enredo de *Madame Bovary*, esses elementos redundam na tentativa da personagem de levar uma vida além de suas posses, além de sua condição social e econômica.

As águas também podem estar relacionadas à experiência amorosa. Emma imagina a chegada do amor como algo que causa alterações profundas na vida de quem ama. O narrador, porém, observa o que se passa com Emma em relação a esse sentimento e constata a presença de indicadores de uma deterioração, de forma escusa ou velada, de algo previamente existente – como ocorre nos casos de adultério. No nível do enredo, portanto, esses elementos apontam para a busca da personagem de concretizar sonhos amorosos – *Félicité, Passion, Ivresse* – e à conseqüente consumação dos adultérios.

Aquela primeira aparição da imagem ocorre no momento em que a monotonia da relação conjugal já está totalmente estabelecida. O casal Bovary reside na pequena vila de Tostes, e a vida parece não ter perspectivas para Emma. Por essa época, ela tem por hábito sair todos os dias para um passeio, acompanhada de uma cadelinha que lhe fora presenteada por um dos pacientes do marido. O passeio se transforma em uma rotina e ilustra a sensação de confinamento experimentada pela personagem[3].

3.   *Idem*, Parte I, Cap. VII, pp. 330-333.

Essa rotina consistia em ir sempre ao mesmo lugar, procurar em vão por mudanças na paisagem desde a última vez em que lá estivera e deixar os pensamentos seguirem seu curso até se fixar em uma mistura de lamentação pelo fato de ter se casado com Charles e de devaneios sobre um outro virtual matrimônio se ela tivesse esperado um pouco mais.

O local escolhido para essa tentativa de espairecer e sair da monotonia fica ao pé de um pavilhão abandonado. Entre lamentações e melancolias, entre conversas com o pequeno animal que a acompanha, surge a descrição de uma alteração climática que leva Emma de volta a casa.

Il arrivait parfois des rafales de vent, brises de la mer qui roulant d'un bond sur tout le plateau du pays de Caux, apportaient, jusqu'au loin dans les champs, une fraîcher salée. Les joncs sifflaient à ras de terre et les feuilles des hêtres bruissaient en un frisson rapide, tandis que les cimes, se balançant toujours, continuaient leur grand murmure. Emma serrait son châle contre ses épaules et se levait.

Dans l'avenue, un jour vert rabattu par le feuillage éclairait la mousse rase qui craquait doucement sous ses pieds. Le soleil se couchait; le ciel était rouge entre les branches, et les troncs pareils des arbres plantés en ligne droite semblaient une colonnade brune se détachant sur un fond d'or; une peur la prenait, elle appelait Djali, s'en retournait vite à Tostes par la grande route, s'affaissait dans un fauteuil, et de toute la soirée ne parlait pas[4].

---

4. *Idem*, Parte I, Cap. I, p. 332. "Chegavam, às vezes, rajadas de vento, brisas do mar que, rolando repentinamente sobre todo o planalto da região de Caux, traziam até os campos longínquos um frescor salgado. Os juncos assobiavam rente ao chão e as folhas das faias sussurravam num estremecimento rápido enquanto as cimas, balançando sempre, continuavam seu grande murmúrio. Emma apertava seu chale em seus ombros e levantava-se./ Na avenida, o reflexo esverdeado da folhagem iluminava a grama rasteira que estalava suavemente sob seus pés. O sol punha-se; o céu mostrava-se vermelho entre os galhos e os troncos uniformes das árvores plantadas em linha reta pareciam uma colunata que se destacava sobre um fundo dourado; o medo a invadia, ela chamava Djali, voltava rapidamente para Tostes pela estrada, caía numa poltrona e não mais dizia uma palavra pelo resto da noite" (p. 62).

A modificação do clima exterior acompanha o estado de mente da personagem. Trata-se de um fim de dia nos limites do horizonte da pequena vila de Tostes. O dia termina num misto de monotonia e prenúncio de perigo. A sensação de desolamento vai se ampliando, aos poucos, primeiro pela brisa e pelo vento, depois pela luz e pela coloração do dia que finda, num crescendo, até atingir uma espécie de clímax que deflagra a ação de retorno a casa, assustada e calada. É uma paisagem da qual o narrador se serve para traçar um quadro de abandono, monotonia, desolação.

O parágrafo que se segue no texto dá a notícia, já ao fim do mês de setembro, do convite para o baile em La Vaubyessard, caracterizado da seguinte forma: "quelque chose d'extraordinaire tomba dans sa vie..."[5].

A escolha do verbo "tomber", de múltiplos sentidos, encadeia-se com a maneira como essa experiência no castelo será vivida por Emma. Há um caráter de algo imprevisto e súbito, ao mesmo tempo que de fatalidade nesse verbo. Essa coisa extraordinária é anunciada de uma maneira condizente com as conseqüências que suscita.

Na segunda vez que a imagem da erosão aparece, ocorre também uma aproximação a cenas pintadas com o tom da desolação; no caso, um tom invernal. Esta variação da imagem fecha o Capítulo IV, da segunda parte. O seguinte, abre-se com uma visita, sob neve, a uma fiação de linho nos arredores de Yonville. Durante esse passeio, Emma se dá conta de amar e ser amada por Léon. Assim começa este capítulo: "Ce fut un dimanche de février, une après-midi qu'il neigeait"[6].

O narrador inicia circunstanciando um fato, uma ocorrência, sem, no entanto, mencioná-la explicitamente, o que prenuncia a sua importância ou gravidade. O grupo que faz a visita à fiação é

---

5. *Idem*, "algo de extraordinário caiu em sua vida..." (p. 62).
6. *Idem*. Parte II, Cap. V, p. 383. "Foi num domingo de fevereiro, numa tarde em que nevava" (p. 118).

69

constituído pelo casal Bovary, Homais e seus filhos Napoléon e Athalie, seu ajudante Justin e Léon:

> Rien pourtant n'était moins curieux que cette curiosité. Un grand espace de terrain vide, où se trouvaient pêle-mêle, entre des tas de sable et de cailloux, quelques roues d'engrenage déjà rouillés, entourait un long bâtiment quadrangulaire que perçaient quantité de petites fenêtres. Il n'était pas achevé d'être bâti et l'on voyait le ciel à travers les lambourdes de la toiture. Attaché à la poutrelle du pignon, un bouquet de paille entremêlé d'épis faisait claquer au vent ses rubans tricolores[7].

Muitos elementos se revelam nessa visita à fiação, alguns convergentes a aspectos que se vem tentando abordar.

O local, conforme descrito pelo narrador, possui semelhanças com aquele onde Emma se punha a refletir sobre sua vida, em Tostes, acompanhada pelo animal de estimação. A fiação de linho, semiconstruída, com seu caráter de coisa inacabada, ecoa o pavilhão abandonado em Banneville. A idéia de abandono se prolonga nas engrenagens já enferrujadas. A desolação se reforça na paisagem invernal.

Das duas vezes, portanto, que a imagem das águas invadindo o espaço recluso aparece, encontra-se em suas cercanias uma cena que comporta, de forma mais ou menos contundente, a idéia de destruição, ou, mais propriamente, de deterioração. Em ambas as ocasiões, há algo relevante por acontecer. Na primeira, o narrador anunciava a ocorrência de um fato extraordinário na vida da personagem – o baile. Dessa vez, aponta para uma nova importante situação pela maneira como inicia o capítulo.

Tal capítulo traça o seguinte quadro, feito aparentemente de fragmentos: uma fiação de linho, a percepção de Emma de um

---

7. *Idem*. "Nada, contudo, era menos curioso do que aquela curiosidade. Um grande terreno vazio, onde se viam, misturados entre montes de areia e de pedras, algumas rodas de engrenagem já enferrujadas, rodeava uma longa construção quadrangular aberta por uma grande quantidade de pequenas janelas. Ainda não estava acabada e via-se o céu através das traves do teto. Preso à vigota da empena, um tufo de palha entremeado de espigas fazia bater ao vento suas fitas tricolores" (p. 119).

virtual amor correspondido com Léon, a aparição mais freqüente na história da personagem Lheureux, tentando vender artigos caros a Emma e insinuando a possibilidade de emprestar-lhe dinheiro se ela viesse a precisar.

Olhando mais de perto, tem-se a impressão de que o fato importante, que o narrador deixa entrever logo na primeira frase, é o início do encaminhamento de Emma rumo às duas brechas, às duas frestas abertas na sua vida: o adultério, no plano amoroso, e a busca do luxo com o conseqüente endividamento, no plano da condição socioeconômica.

Da mesma forma que o quinto capítulo da primeira parte se configurava como um momento de passagem no texto – a mudança de foco para Emma, já então uma Bovary – o quinto capítulo da segunda parte revela-se como uma nova virada no enredo, marcando o momento em que Emma começa a se deslocar na direção das frestas que se foram abrindo em sua vida cotidiana e que as imagens da erosão pontuam, indicando que, talvez mais do que aberturas no confinamento, essas frestas sejam, na realidade, sinal funesto de uma ruína: paredes minadas, em lugar de novas portas e janelas.

Como naquele importante capítulo da primeira parte, em que a circunstância deflagradora das atitudes da personagem vinculava-se à situação de matrimônio, aqui também essa associação ressoa, ampliando-se.

Ao fim do capítulo, a duplicidade de Emma Bovary já está totalmente colocada pelo narrador. Para a população de Yonville, e para o próprio marido, Emma exibe então uma aparência irretocável de esposa virtuosa[8]. Volta a freqüentar a igreja regularmente, cuida da casa com dedicação, posa diante de Léon como uma esposa devotada e apaixonada.

Confronta-se a essa imagem exterior de Emma Bovary uma condição interior bem diversa: "Mais elle était pleine de convoitises,

---

8. Cf. *idem*, Parte II, Cap. V, p. 389: "Les bourgeoises admiraient son économie, les clients sa politesse, les pauvres sa charité". ["As burguesas admiravam sua economia, os clientes sua polidez, os pobres sua caridade"] (p. 125).

de rage, de haine. Cette robe aux plis droits cachait un coeur bouleversée, et ces lèvres si pudiques n'en racontaient pas la tourmente"[9].

Vivendo nessa duplicidade repleta de contradições, Emma, por vezes, tem crises de choro presenciadas por Félicité, a fiel empregada, que oferece um relato como contraponto ao que se passa com a patroa. Félicité conta a história de uma jovem das redondezas, filha de um pescador, dada às mesmas crises, e que por vezes era vista, em meio a elas, à beira do mar. Ninguém lograva resolver o problema da moça, nem médico nem padre, até que ela se casou, e as crises cessaram. Emma arremata essa passagem com uma frase que também encerra o capítulo e estabelece a vinculação referida: "– Mais, moi, reprenait Emma, c'est après le mariage que ça m'est venu"[10].

Essa breve descrição de fatos até certo ponto evidentes, alguns dos quais conhecidos no âmbito da fortuna crítica de Flaubert, flagra a construção do percurso real de Emma e de sua duplicidade. Para aprofundar a percepção dessas construções, convém, por um instante, confrontá-las com a busca da personagem, sintetizada nas palavras *Félicité, Passion, Ivresse*, antes de acompanhar o enveredar de Emma Bovary pelas supostas frestas abertas.

Anos de Formação

O capítulo que se segue à primeira menção das palavras que revelam a busca da personagem descreve a formação de Emma no Convento das Ursulinas. Logo no início, antes mesmo do surgimento da imagem da erosão – portanto sem servir-se dela –, há uma descrição que, de certa forma, já a prenuncia, configurando,

9. *Idem*. "Porém, ela vivia cheia de cobiça, de raiva, de ódio. Aquele vestido de pregas retas escondia um coração perturbado e os lábios tão pudicos não contavam sua tormenta" (p. 125).
10. *Idem*, Parte II, Cap. V, p. 391. "– Mas eu, respondia Emma, foi depois do casamento que isto começou" (p. 127).

pela primeira vez no texto, a relação entre a idéia presente naquela imagem e os universos que correspondem às frestas apontadas no texto – o terreno do amor e o do luxo e da abastança:

> Lorsqu'elle eut treize ans, son père l'amena lui-même à la ville, pour la mettre au couvent. Ils descendirent dans une auberge du quartier Saint-Gervais, où ils eurent à leur souper des assiettes peintes qui réprésentaient l'histoire de Mademoiselle de La Vallière. Les explications légendaires, coupées çà et là par l'égratignure des couteaux, glorifiaient toutes la religion, les délicatesses de coeur et les pompes de la Cour[11].

Em um prato, objeto da vida prosaica apropriado ao consumo, Emma depara com uma espécie de emblema daquilo que vai permear sua existência daí em diante, seja nas suas fantasias seja na realidade.

No decorrer do capítulo, muitas são as maneiras sob as quais aparecerão diante dela os mesmos três elementos do prato pintado: "la religion, les délicatesses de coeur et les pompes de la Cour", às vezes juntos, às vezes separados. Sempre são representações artesanais ou artísticas. Há, por exemplo, dentro das formas artesanais, os livros de prendas pertencentes às colegas de Emma. Neles, misturam-se ilustrações do universo romanesco e as assinaturas de condes e viscondes. Esta mistura a fascina. No âmbito das formas artísticas, há música e literatura. A religião é apreciada pelas delicadezas do coração, e as comparações de Cristo como esposo eterno, amante celestial, produzem um certo encantamento em Emma.

Observado com vagar, o Convento das Ursulinas apresenta-se como um mundo fechado, onde as jovens pequeno-burguesas passam o tempo a criar expectativas sobre o mundo adulto exte-

---

11. *Idem*, Parte I, Cap. VI, p. 323. "Quando fez treze anos, seu pai levou-a pessoalmente à cidade, para interná-la no convento. Hospedaram-se num albergue no bairro Saint-Gervais onde tiveram, ao jantar, pratos pintados, que representavam a história da Srta. de La Vallière. Todas as explicações sob forma de legendas, cortadas cá e lá pelos arranhões das facas, glorificavam a religião, as delicadezas do coração e as pompas da Corte" (p. 51).

rior e sobre o destino que geralmente as aguarda; o casamento. Nesse espaço, suas fantasias transitam entre os três elementos encontrados nos pratos pintados. Eles são tênues insinuações das frestas que mais tarde se abrirão para Emma Bovary.

As pompas da Corte aparecem mescladas com o universo romanesco amoroso, de forma, aliás, bastante concreta nos referidos livros de prendas, com suas assinaturas aristocráticas. As delicadezas do coração estão um pouco por toda a parte como uma espécie de tonalidade que perpassa os objetos, as atitudes, as maneiras como as relações se estabelecem.

A religião se encontra no próprio espaço e nas pessoas com quem Emma o compartilha, criando uma atmosfera assim descrita pelo narrador: "Vivant donc sans jamais sortir de la tiède atmosphère des classes et parmi ces femmes au teint blanc portant des chapelets à croix de cuivre, elle s'assoupit doucement à la langueur mystique qui s'exhale des parfums de l'autel, de la fraîcheur des bénitiers et du rayonnement des cierges"[12].

O ambiente recluso parece assemelhar-se a uma estufa, das quais as jovens, e entre elas Emma, parecem ser um tipo de produto. Em qualquer das três instâncias por onde transita, o que parece conduzir a personagem é uma paixão, um tanto errante, que se plasma a diversos objetos, mesclando-os em razão da exacerbação que podem propiciar quando combinados:

A invasão de nossas literaturas, tanto burguesas quanto "proletárias", pelo romance, e o romance de amor, parece-nos que traduz exatamente a invasão de nossa consciência pelo conteúdo totalmente secularizado do mito. Deixa de ser um verdadeiro mito a partir do momento em que fica privado de seu âmbito sagrado e que o segredo místico que expressava ocultando-o se vulgariza e se democratiza. *O direito à paixão* dos românticos se converte então na vaga obsessão de luxo e de aventu-

---

12. *Idem*. "Vivendo, pois, sem nunca sair da tépida atmosfera das aulas e entre aquelas mulheres de tez branca, com o terço e sua cruz de cobre, ela entorpeceu-se docemente ao langor místico que se exala dos perfumes do altar, do frescor das pias de água benta ou do reflexo dos círios" (p. 52).

ras exóticas que os "romancezinhos de banca de jornal" bastam para satisfazer simbolicamente[13].

A análise monumental que Rougemont desenvolve sobre a paixão, preferencialmente o amor-paixão e sua relação com a morte no Ocidente, evidencia um movimento de degradação, de progressivo deslocamento do mito inicial. Nesse sentido, coincide com um pressuposto do crítico Northrop Frye, que examina a literatura justamente a partir desse deslocamento do mito até a sua reposição como tal. O primeiro deslocamento do mito que Frye considera é o romanesco, e a ele dedica uma obra inteira[14].

Os dois autores falam da secularização ou profanação do mito: Rougemont, considerando os rumos do amor-paixão no ocidente; Frye, considerando as derivações desse deslocamento do mito na estrutura literária.

Como quer que se vejam as relações entre paixão, morte, amor e estruturas literárias no Ocidente, alguns elementos extremamente pertinentes àquela espécie de tríade emblemática – *Félicité*, *Passion*, *Ivresse* – que rege a vida de Emma ficam evidenciados.

Há pouco foram mencionados dois veículos de expressão dessa tríade: o campo artesanal e o artístico. Ambos têm em comum o fato de atualizarem, de expressarem em suas variadas formas um mesmo universo, que em termos genéricos recobre em parte a vasta superfície denominada por Frye de romanesco, com eventuais tendências para o fantástico ou a fantasia, na maior parte das vezes por meio da elaboração que o período romântico lhe conferiu.

Assim, o espaço recluso ou confinado, revelando a formação feminina pequeno-burguesa de meados do século XIX, compreende várias instâncias, tais como o convento, lugar da educação na juventude, e o matrimônio, extensivo à maternidade, na vida adulta, no qual os ideais, relacionados ao amor e à condição so-

---

13. Rougemont, 1986, p. 238. Esta, bem como as demais traduções de originais em espanhol, são de minha autoria.
14. Frye, 1980.

cial estável, são criados de acordo com o universo de cunho romanesco, expresso na arte, no artesanato, nos prosaicos pratos pintados.

Após o casamento com Charles, Emma ingressa na segunda instância de confinamento, o matrimônio, que reproduz o espaço fechado e limitado do Convento, porém sem a mesma profusão de ilusões e esperanças. Assim, casamento e situação pequeno-burguesa estável na província francesa traduzem esse novo espaço fechado, que parece ser uma grande fonte de conflito no romance. As frestas que se abrem aparecem, conseqüentemente, relacionadas a essas duas esferas, esses dois aspectos da reclusão.

Surge a indagação a respeito do que aconteceria se uma mulher quisesse alterar a condição social que um determinado matrimônio lhe propiciou, e se, ainda, tivesse o empenho de exercer a própria paixão, através da tentativa de encontrar-se com uma concepção de amor de caráter romanesco-romântico.

A resposta, para Emma Bovary, parece ser que, inevitavelmente, rachaduras que se assemelhavam a aberturas para uma vida melhor ou mais de acordo com as expectativas, acabam se revelando como ruína, como destruição: as paredes minadas de que se tratava há pouco.

Emma só tem disponível a via amorosa, uma vez que a melhora da condição social está completamente colocada – e mal colocada – nas mãos do marido. É o que o episódio da operação de Hipollyte ilustra[15].

15. Esse episódio parece corresponder a uma espécie de rito de passagem malogrado. Se Bovary fosse bem-sucedido na cirurgia, um campo promissor de integração ao mundo da burguesia da metrópole poderia se abrir diante do casal. O afeto de Emma migra, nesse momento, do amante de volta para o marido. É uma espécie de encruzilhada na qual Emma se encontra entre dois universos: o da realização de um ideal amoroso não mais possível na sua própria época ou o da integração a uma camada social, em tudo oposta àquele ideal, mas que é signo privilegiado dessa mesma época. Com o fracasso de Charles, fracassa também a derradeira possibilidade de Emma viver de acordo com os objetivos e constituição da época em que está inserida. Esse episódio encontra-se no Cap. XI da Parte II. A expectativa de Emma, no

A busca sintetizada nas palavras: *Félicité, Passion, Ivresse* encontra-se, pois, articulada a um segundo trio: *religion, délicatesses de coeurs, pompes de la court*. A primeira é o objeto da busca; a segunda é um meio que pode comportá-lo, com uma espécie de revestimento que o século lhe conferiu, por meio do romanesco-romântico.

As paredes minadas dão conta, portanto, da maneira como essa busca realmente vai se dar, ao que ela realmente conduz. Na medida em que as aberturas se revelam, no fundo, enganosas, a própria relação com o real se vê questionada. O resultado final desse percurso é a morte da personagem. É essa a única via efetiva para fora do universo confinado de sua condição. A busca da paixão, ou do lugar da paixão, se revela encontro com a morte, uma combinação formalmente antiga, mas, já em pleno deslocamento com relação ao mito, composta de outras substâncias.

O mais potente elemento dessa transformação interna da combinação original constitui-se a perda ou a quebra da transcendência.

caso, se explicita em frases como: "Elle ne demandait qu'à s'appuyer sur quelque chose de plus solide que l'amour" (p. 450); ["Ela bem que gostaria de apoiar-se em algo mais sólido do que o amor" (p. 189)]. Ou ainda: "et elle se trouvait heureuse de se rafraîchir dans un sentiment nouveau, plus sain, meilleur, enfin d'éprouver quelque tendresse pour se pauvre garçon qui la chérissait. L'idée de Rodolphe, un moment lui passa par la tête; mais ses yeux se reportèrent sur Charles..." (p. 453); ["e ela sentia-se feliz por renovar-se num sentimento novo, mais são, melhor, enfim, por sentir alguma ternura por aquele pobre rapaz que a amava. A idéia de Rodolphe passou-lhe pela cabeça por um momento mas seus olhos voltaram-se para Charles..." (p. 192)]. O que de fato ocorre é que ela desiste de se vincular ao homem que falhou em conduzi-la a uma espécie de ascensão na realidade, para voltar-se novamente, com todo empenho, ao homem que lhe parece dotado para elevá-la no mundo do ideal.

Paixão e Transcendência

A análise efetuada por Rougemont remonta ao século XII da era cristã, por meio do mito da paixão amorosa apresentado na história de Tristão e Isolda. Aprofundando-se no mito, o autor conclui que não é um ao outro que os dois amantes amam, mas o próprio amor que sentem[16].

Para esse autor, a origem religiosa desse mito do amor-paixão advém das transformações na relação com Eros, e o predomínio de Ágape no cristianismo. Sua formulação é bastante clara e evidencia da maneira mais apropriada o que é essa transformação: "Para Eros a criatura não era mais que um pretexto ilusório, uma oportunidade de se inflamar; era necessário desprender-se dela, posto que o objetivo era arder sempre mais, arder até morrer! O ser particular não era muito mais que um defeito e um obscurecimento do ser único". Com o cristianismo: "O novo símbolo do Amor já não é a *paixão* infinita da alma em busca de luz, mas o *matrimônio* de Cristo e da Igreja"[17].

Vale citar ainda a diferença que o autor estabelece entre Eros e Ágape, a partir das formulações acima, uma vez que ela vem ao encontro do ponto que se pretende aqui precisar um pouco mais:

> Eros quer a união, isto é, a fusão essencial do indivíduo em deus. O indivíduo distinto – esse erro doloroso – deve elevar-se até se perder na perfeição divina.
>
> Para o Ágape não há fusão nem dissolução exaltada do eu em Deus. O Amor divino é *a origem* de uma nova vida cujo ato criador se chama comunhão. E para que haja uma comunhão real é totalmente necessário

---

16. Rougemont, 1986, p. 43. Desenvolvendo esse ponto de vista, estabelece a relação entre essa paixão e a morte: "Tristão e Isolda não se amam. Eles mesmos o dizem e tudo o confirma. O que amam é o amor, o fato mesmo de amar. E agem como se tivessem compreendido que tudo o que se opõe ao amor o preserva e o consagra no coração, para exaltá-lo até o infinito no instante do obstáculo absoluto, que é a morte".

17. *Idem*, pp. 69-70.

que haja dois sujeitos e que estejam presentes um diante do outro; ou seja, que sejam próximos um do outro[18].

Acompanhar, pois, o deslocamento em relação ao mito é também observar mudanças na concepção da individualidade e sua relação com o mundo, ou com a totalidade. Percebe-se, assim, que a busca do lugar da paixão em *Madame Bovary* articula-se com a concepção que se tenha da individualidade; com a decorrente relação de fusão ou de comunhão – Eros ou Ágape – com o outro e com a totalidade; e, ainda, com a quebra ou manutenção da idéia ou da experiência da transcendência. Daí, no âmbito literário, decorrem conseqüências para o processo da forma Romance.

Penetrar nos meandros dessa articulação não é tarefa fácil, mas é imprescindível para a observação de certos elementos fundamentais em *Madame Bovary*: uma busca – como aparece configurada no quinto capítulo da primeira parte – e a maneira como ela realmente ocorre e ao que conduz – como evidencia o quinto capítulo da segunda parte. O que leva a uma maior compreensão das contradições e dos conflitos entre realidade e expectativa, centrais nesse romance.

A questão do reflexo narcisista, das trocas desencontradas dos olhares, da busca da boa superfície refletora que transforma o outro de indivíduo em objeto repõe-se, portanto, como a questão essencial da constituição problemática da individualidade, nos limites de possibilidade da sociedade moderna.

Rougemont parte da mística do amor cortês. Neste, o amor dos amantes é tão mais completo quanto menos realizado nos termos da vida cotidiana, porque é uma via para a transcendência (termo, aliás, que Rougemont não utiliza); portanto, algo que supera e ultrapassa os desenlaces – ou enlaces – da pura imanência física, do indivíduo separado.

Duas concepções diferentes da individualidade determinam a forma como se pode viver a paixão, se fusão no Eros ou se

18. *Idem*, pp. 72-73.

comunhão no Ágape. A primeira concepção seria a clássica, herança grega que Rougemont observa como uma heresia, a heresia cátara na Idade Média cristã. O indivíduo mal tem consciência de sua interioridade separada. Não busca o todo porque não tem clara sua separação com ele. Ou, nos dizeres de Hegel, na arte clássica: "a individualidade humana ainda não atingiu o mais alto grau de interioridade, aquele em que o sujeito tem em si mesmo os elementos das suas decisões e os motivos dos seus actos"[19]. A segunda concepção, cristã, contrária à heresia, segundo Rougemont, ou romântica, nos termos de Hegel, funda-se sobre a idéia da subjetividade, da interioridade de um sujeito que se percebe separado do todo, e que procura com ele reintegrar-se.

A primeira não comporta praticamente a idéia de transcendência porque não se dá conta da separação. A segunda comporta a idéia de transcendência e seu objetivo é realizá-la. Nada é mais exato como expressão dessa busca, fora do universo místico-religioso, do que a formulação de Hegel de que o amor é "a religião profana do sentimento".

A comunhão de que fala Rougemont, o próprio Hegel a concebe quando trata, por exemplo, da cavalaria, assunto a ser retomado mais adiante.

A verdadeira essência do amor consiste em suprimir a consciência de si mesmo, em esquecer-se num outro eu, com o fim de, nesse olvido e nessa supressão, se reencontrar e reapossar de si mesmo. Esta mediação do espírito consigo mesmo e a sua elevação à totalidade, constituem o Absoluto... é o Absoluto, o conteúdo da subjetividade, que se mediatiza consigo mesmo num *Outro*; é o espírito que só se satisfaz quando chega a saber-se e a querer-se como Absoluto num outro espírito[20].

O mesmo Hegel acrescenta mais adiante:

19. Hegel, 1972, vol. IV, p. 62.
20. *Idem*, p. 207.

Por um lado, temos os interesses profanos como tais: vida familiar, as leis, o direito, os costumes etc. Por outro lado, vemos surgir, no seio desta vida fixa e estável, nas almas mais nobres e mais ardentes, o amor, essa religião profana do sentimento, que não tarda a contrair, com a religião propriamente dita, relações variadas...[21]

É assim que os estados de paixão se encontram configurados nas leituras de Emma Bovary. No entanto, para ela mesma tal formulação já não é mais possível. Esse absoluto de que fala Hegel, esse caráter místico que Rougemont atribui ao amor-paixão, como via para algo além da satisfação imediata dos amantes, resta somente como vestígio, como marca de uma ausência.

O universo em que Emma Bovary se insere não tem mais nem a tranqüilidade clássica aquém do princípio de interioridade subjetiva, nem tem mais de forma íntegra a via da transcendência encarnada na relação amorosa como mediação da subjetividade para o absoluto.

Está assim evidenciada uma situação cindida, que redunda na própria duplicidade da personagem. Por um lado, Emma Bovary, por meio de sua formação, tem acesso a um mundo que preconiza a transcendência, a integração da subjetividade no todo tanto na esfera místico-religiosa quanto na esfera do amor profano, onde se dá o encontro transcendente através do outro. Por outro, porém, a realidade que encontra é a da perda dessa noção de transcendência, que procura repor dentro daquilo com que depara pela frente.

Esse segundo aspecto poderia ser expresso da seguinte forma: perdida a transcendência, fraturada a possibilidade do encontro com o absoluto, resta ao indivíduo a tentativa de reprodução exterior de seus efeitos. O sujeito tenta, em lugar do Absoluto inacessível, uma espécie de "eternidade profana", que se traduz no consumo e na moda. Isto é, a reposição constante do objeto (que perde sua singularidade individualizada – o detalhe, como diz Benjamin

21. *Idem*, p. 247.

na *Origem do Drama Barroco Alemão*[22]) que se transformara então, dentro do esquema capitalista de produção, em mercadoria.

Uma vez quebrada, rompida a transcendência, a paixão encontra-se reduzida ao sensorial, à pura exterioridade, aos estímulos sensoriais. Eles é que se encontram em condições, dentro do mundo moderno, de produzir um efeito mais próximo do enlevamento e do elevamento transcendentes. Em lugar da elevação do sentimento ocorre a elevação dos sentidos e das sensações. O Outro passa a ser não mais uma mediação como individualidade, mas um instrumento – objeto.

É desse vértice que a exacerbação dos sentidos, a busca das sensações pode ser observada em *Madame Bovary*. E é essa exacerbação que ela vai identificar à paixão – a paixão dos sentidos.

Emma Bovary está presa na pura imanência, numa espécie de presente eterno, sem possibilidade de alteração. Semelhante, neste ponto, à falta de perspectiva escatológica ou soteriológica que Benjamin aponta, por outras vias e no contexto da Contra-Reforma, no Barroco alemão.

O contexto é agora outro, e as duas cenas, ou, mais precisamente, os dois locais que se avizinham do momento em que a imagem da erosão aparece no texto lhe dão forma. A cena nos arredores de Tostes, em Banneville, transmite com exatidão a falta da perspectiva de modificação, de alteração.

A cena nos arredores de Yonville, na inacabada fiação de linho, quando combinada a outros elementos do mesmo capítulo, como o surgimento de Lheureux, a maneira contrastante a de Emma com que Homais observa o novo local – indício de progresso – informam sob a transformação dos recônditos espaços da província francesa rumo à industrialização e ao sistema de produção capitalista.

O percurso da personagem se torna assim extremamente emblemático na medida em que encarna uma cisão e aponta para

22. Benjamin, 1984.

suas conseqüências na sociedade e no indivíduo. Vale ressaltar, nesse sentido, que em nenhum outro indivíduo da época essa cisão se veria mais adequadamente representada do que na figura feminina, cuja condição era a mais evidentemente fechada na falta de perspectivas.

Segundo Benjamin, o Barroco foi a única das épocas cindidas da história européia que viveu sob uma hegemonia cristã incontestada: "A via medieval da revolta – a heresia – estava obstruída... a expressão autêntica e imediata do homem estava excluída..."[23]

As cenas de *Madame Bovary* examinadas até aqui apontam também para uma época de cisão e para a forma como ela se desdobra dentro do indivíduo. Essa cisão, porém, já não está sob uma hegemonia cristã incontestada, mas sob a hegemonia da "coisa", que o processo de industrialização traz consigo.

A cisão no contexto social em que vive Madame Bovary – e não por acaso aparece uma fiação de linho nesta história – alimenta o conflito entre a realidade e a expectativa da personagem, expressa na busca a que ela se propõe. A noção de Amor e a de individualidade são pontos por onde essa cisão e suas conseqüências transitam. Assim, o indivíduo romântico, nos termos de Hegel, presente nas leituras de Emma, cede lugar à fratura da própria noção de individualidade, de interioridade do sujeito.

Amor e morte estão combinados não mais enquanto esta é via de transcendência junto àquele, o obstáculo supremo que o eleva, mas na medida em que representam uma impossibilidade.

Ao buscar o lugar da paixão relacionando-se com o percurso feminino tradicional, ocorrem dois processos com Emma Bovary. O primeiro, relacionado ao amor, toma forma a partir do momento em que a personagem julga encontrar frestas na direção de um mundo onde a concepção da individualidade é aquela que se encontra em sua leitura. A via não é a da heresia cristã, mas a do adultério. E adultério, nesse caso, estaria próximo do que ocorre na história de Tristão e Isolda – uma das mais famosas histórias

23. *Idem*, p. 101.

de adultério. Esse é um delito quando observado do ponto de vista moral, mas uma virtude quando os seus parâmetros são os do Amor romântico, em que os obstáculos terrenos servem à busca da transcendência.

Entretanto, não sendo mais sujeito romântico, tendo a via da transcendência obliterada, a personagem acaba vivendo essa experiência de forma falsificada. E aí está o segundo processo, que fica ainda mais claro com relação à outra fresta, que é a da ascensão social. Trata-se então da tentativa de enquadramento a uma sociedade que, em lugar de transcendência, oferece consumo, em lugar de sentimento, sensação, ou, como diz Rougemont, em trecho de citação anterior: "O *direito à paixão* dos românticos se converte então na vaga obsessão de luxo e de aventuras exóticas que os 'romancezinhos de banca de jornal' bastam para satisfazer simbolicamente".

Adultério e morte são, pois, instâncias necessárias por onde este trabalho deve passar para desenvolver mais a fundo essas idéias, uma vez que são também as verdadeiras frestas por onde a personagem vai enveredar. Por isso, a eles são dedicados os outros dois capítulos dessa segunda parte. As implicações com a via do consumo e com as mudanças literárias são campo mais vasto e por isso requerem espaço próprio, no caso, a terceira parte deste trabalho.

"Lady of Shalott"

Em *Lady Oracle*, várias das implicações da busca do lugar da paixão dentro de uma época cindida se encontram ampliadas. Joan, de forma talvez mais aguda, dado o tamanho do abismo que a separa da concepção romântica da individualidade, também se vê às voltas com um percurso pontuado por aquilo que metaforicamente a imagem da erosão representava em *Madame Bovary*.

Alguns dos elementos básicos da imagem retornam, sob outro aspecto. O espaço de reclusão adquire a forma da Torre, onde a donzela aguarda o seu destino, sonhando com o amor. A torre fica numa ilha cujas águas não são aquelas que de alguma maneira invadem ou rompem o espaço fechado, mas a própria mulher é quem sai para enfrentá-las, em um barco que corre rio abaixo sob uma tormenta. Essa imagem não foi criada por Atwood, mas por um dos mais conhecidos poetas ingleses vitorianos, Lord Tennyson, e se encontra no poema "The Lady of Shalott".

Esse poema e sua imagem principal reverberam no texto de Atwood, transfigurando-se em situações criadas ou vividas pela personagem, o que o torna uma espécie de paradigma. O elemento da reclusão e aquilo que de alguma forma pode rompê-la, na forma da água, continua presente nesse texto como no de Flaubert, relacionado também à condição feminina e ao efetivo percurso da personagem.

A balada de Tennyson é composta por quatro partes e conta a história da Lady de Shalott, que vivia numa ilha cantando e tecendo uma trama a partir dos reflexos, das sombras do mundo exterior que um espelho mágico lhe fornecia. Sob ela pesava uma maldição obscura, que interditava o olhar na direção de Camelot e do vilarejo cujas imagens a Lady contemplava através do espelho. Toda a vida cotidiana e os atos dos cavaleiros, especialmente de Sir Lancelot, eram observados por ela. Um dia, a maldição se cumpre. Cansada das sombras, a Lady toma um barco, escreve na proa o seu nome, e sob o forte vento leste segue rio abaixo rumo a Camelot, cantando sua última canção. Ao amanhecer, o barco à deriva chega ao vilarejo. Todos os moradores e cavaleiros contemplam a mulher morta que se encontra dentro dele e, assustados, fazem o sinal da cruz. Lancelot, no entanto, repara na encantadora beleza da jovem donzela morta.

A alusão direta ao poema de Tennyson ocorre na terceira parte do livro, que dá conta do período londrino da vida de Joan. Quando o poema aparece, sua função primeira é de contraponto à decepção que a personagem está sentindo com relação a Inglaterra real, tão diversa das idealizações que poemas como os de Tennyson estimularam em sua mente.

Logo no início dessa terceira parte, Joan acaba de herdar o dinheiro que lhe fora deixado pela tia, após cumprir a única condição para isso: deixar de ser obesa, como o fora desde a infância. Dinheiro ganho, a protagonista voa para Londres. Esse capítulo, o de número 14, é extremamente importante na narrativa porque nele os principais conflitos do romance se evidenciam e uma das referências básicas para a construção da imagem de que se vem aqui tratando é explicitada – o poema de Tennyson. Ele é comparável em importância aos capítulos de *Madame Bovary*, tão longamente referidos há pouco.

Joan tem seu primeiro relacionamento amoroso: um "Conde" polonês, refugiado da Segunda Guerra Mundial. Ela está nesse momento tentando encontrar-se com o universo feminino tradicional, num mundo que lhe parece ser o lugar adequado para isso, o lugar de origem desse universo: a velha Inglaterra. Em vez de encontrar, porém, castelos e princesas, acaba encontrando uma cidade sem brilho, sem conforto, muito parecida com a realidade desagradável da qual tentara se evadir ao sair do Canadá. Em vez de encontrar um príncipe ou um Sir Lancelot, encontra um "Conde", que exerce a função de lavador de pratos e cujo título nobiliárquico nenhum sentido tem no contexto em que ele se encontra.

Esse capítulo fundamental começa com uma frase do Conde, reportada pela narradora. Uma espécie de clichê da linguagem amorosa: "'You have the body of a goddess', the Polish Count used to say, in moments of contemplative passion"[24].

É possível dividir esse romance em duas partes: antes e depois da ida à Inglaterra. Antes, Joan era a obesa leitora de romances, cuja condição física a tornava completamente incompatível com o ideal feminino que seus livros, entre outras coisas, proclamavam. Ela estava longe de ter o perfil de sílfide etérea que a lite-

---

24. Atwood, 1988b, Parte 3, Cap.14, p. 141. "'– Você tem o corpo de uma deusa' – o Conde Polonês costumava dizer, em momentos de paixão contemplativa" (p. 144).

AS ÁGUAS E A TORRE

ratura, particularmente a romanesca, geralmente atribui à mulher. Nesse tipo de literatura, a beleza feminina é o maior atributo das heroínas, e esse padrão estético não inclui a obesidade. Nessa parte do livro, portanto, Joan exclui-se, resiste ao percurso feminino tradicional de maneira bastante concreta.

Com a ida à Inglaterra, que se está aqui referindo como uma segunda parte do livro, Joan já emagreceu, tornando-se assim viável como feminino tradicional e aceitando o percurso que ele implica. Nessa parte do livro, ela também deixa de ser mera leitora para se tornar escritora.

Àquela primeira frase do Conde, de abertura do capítulo em questão, segue-se a decepção de Joan para com a Inglaterra, e sua lembrança do poema de Tennyson:

I was disappointed by what I'd seen of England on the bus from the airport. So far it was too much like what I had felt, except that everything looked as though two giant hands had compressed each object and then shoved them all closer together. The cars were smaller, the houses were crowded, the people were shorter; only the trees were higger. And things were not as old as I'd expected them to be. I wanted Castles and princesses, the lady of Shalott floating down a winding river in a boat, as in *Narrative Poems for Juniors*, which I studied in Grade Nine. I'd looked up *Shalott*, fatally, in the dictionary: *Shalot, kind of small onion.* The spelling was different but not different enough.

I am half-sick of shadows, said
The Lady of Small Onion.

Then there was that other line, which caused much tittering among the boys and embarassment among the girls:

The curse is come upon me, cried
The Lady of Shalott[25].

25. *Idem*, Parte 3, Cap. 14, pp. 142-143. "Estava desapontada com o que vira da Inglaterra no ônibus do aeroporto. Até então era muito igual ao que eu deixara, exceto que tudo parecia como se duas mãos gigantescas tivessem comprimido cada objeto e então empurrado uns para junto dos outros. Os carros eram menores, as casas eram amontoadas, as pessoas mais baixas;

A menção a essa passagem do poema é significativa porque traz a idéia de uma mulher que finalmente vai fazer parte do destino comum das pessoas de seu sexo, e que pretende ir além das sombras, dos reflexos dessa nova realidade, como ocorre com a própria Joan, com a transformação corporal, com o início da relação amorosa, e, enfim, com a passagem de leitora para escritora – de receptora para produtora.

É importante ressaltar, ainda, que a assunção do percurso feminino comporta uma viagem à Inglaterra e uma confrontação entre a realidade e as imagens literárias, e antigas, desse lugar que é, em última instância, o lugar de origem do Anglo-Canadá de onde Joan partiu.

Joan aproxima a lembrança do poema de Tennyson e a frase que abre o capítulo, dita pela Conde, ao declarar: "I really wanted, then, to have someone, anyone, say that I had a lovely face, even if I had to turn into a corpse in a barge-bottom first"[26].

Ocorre que o poema de Tennyson termina com essa imagem. A Lady de Shalott, após abandonar sua ilha rumo a Camelot, encontra-se morta dentro do barco. Sir Lancelot a contempla e diz:

She has a lovely face;

apenas as árvores eram maiores. E as coisas não eram tão velhas quanto esperava que fossem. Queria castelos e princesas, a Lady de Shalott flutuando numa canoa em um rio castigado pelo vento, como em *Narrative Poems for Juniors*, no qual estudara no nono grau. Procurara Shalott, é claro, no dicionário: Shalott, uma espécie de cebolinha. A pronúncia era diferente, mas não o bastante. / Eu já ando farta de sombras, disse / a Lady de Cebolinha. / Então havia aquele outro verso, que provocava risinhos abafados entre os rapazes e embaraço entre as moças: / A maldição caiu sobre mim, gritou / A lady de Shalott" (pp. 144-145). (Na verdade, a palavra correspondente a essa definição – tipo de cebolinha – é "Shalot", como se encontra no texto original, e não "Shalott", como aparece na tradução.)

26. *Idem*, p. 143. "Eu queria de verdade, na ocasião, ter alguém, qualquer um, que dissesse que eu tinha um rosto lindo, mesmo que para isso eu tivesse que me tornar um cadáver no fundo de uma barcaça" (p. 145).

God in his mercy lend her grace,
The Lady of Shalott[27].

De forma um tanto diversa da que se encontra em *Madame Bovary*, a mesma combinação de elementos reaparece em essência: uma reclusão da qual sair em busca, por exemplo, do amor é perecer.

Antes de acompanhar a reverberação da imagem no romance, é importante perceber as condições e características que cercam sua aparição no texto, como se procedeu com a obra de Flaubert, pois, nesse ponto também, o paralelo se mantém, mesmo que com algumas alterações.

Não é, obviamente, gratuito o fato de a imagem ser evocada durante a estada londrina da personagem.

Dimensões

Há pouco se viu que a descrição feita da Inglaterra, e especialmente de Londres, estava marcada pela questão da dimensão – o pequeno e o grande, ou o maior e o menor.

Joan tem sua primeira experiência amorosa com Paul, o Conde Polonês.

Na Inglaterra, para complementar sua renda como lavador de pratos, esse conde se transforma em Mavis Quilp, autora de romances de enfermeira. Ele não é só o primeiro amante, como também aquele que aproxima, de forma mais marcante, Joan do contexto literário.

Ele próprio vai explicar a origem de seu pseudônimo e de sua atividade, no capítulo seguinte. Chegado a Londres, Paul resolve escrever um épico em três volumes sobre a história de uma família aristocrática antes, durante e depois da guerra. Família que é obviamente a sua. Ao terminar o texto, com muita dificuldade, procura um editor. Sua falta de informação na área acaba levan-

---

27. Tennyson, 1938, Parte IV, p. 57. "Ela tem adorável semblante; / Deu-lhe graça Deus Clemente, / A Lady de Shalott." Trad. de Maria Amélia Dalsenter.

do-o a uma editora que só publica *westerns*, romances de enfermeira e romances históricos – na vulgarização que o tempo lhe conferiu, em que a História é pretexto para enredos convencionais, essencialmente semelhantes aos outros gêneros.

Sua narrativa é rejeitada, mas impressionado com a quantidade de páginas escritas, o editor lhe oferece a oportunidade de escrever o gênero de literatura de consumo que vendia. Paul escolhe ó romance de enfermeiras, porque é fácil, não demanda grandes pesquisas e funciona como escapismo para ele:

> He had chosen his pseudonym beacuse he found the name Mavis to be archetypically English. As for Quilp...
> "Ah, Quilp", he sighed. "This is a character from Dickens, it is deformed, malicious dwarf. This is what I see myself to be, in this country; I have been deprived of my stature, and I am filled with bitter thoughts".
> *Status*, I thought; but I did not say it. I was learning not to correct him[28].

Paul, um Conde Polonês, é também Mavis Quilp. Como Joan será – e a essa altura o leitor já teve essa informação no livro – também Louisa K. Delacourt. No entanto, Paul acaba revelando sua vida dupla a Joan, que, ao contrário, procura esconder a sua de todas as pessoas que irá conhecer depois de Paul, incluindo o marido.

Mavis Quilp, como Louisa K. Delacourt, escreve literatura de evasão. Paul rejeita todos os gêneros considerados masculinos – *western*, história de espionagem e mesmo, em certa medida, o romance assim denominado histórico –, preferindo um gênero "feminino" e um pseudônimo "feminino". É, pois, sob a égide do

---

28. Atwood, 1988b, Parte 3, Cap. 15, p. 155. "Tinha escolhido o tal sobrenome [*sic*] porque achava o nome Mavis arquetipicamente inglês. Quanto a Quilp.../ – "Ah, Quilp" – ele suspirou. – "É um personagem de Dickens, um anão deformado e maldoso. É dessa maneira que me vejo neste país; fui privado de minha estatura, e estou cheio de pensamentos amargos". / *Status*, pensei, mas não falei nada. Estava aprendendo a não corrigi-lo" (p. 158).

AS ÁGUAS E A TORRE

feminino que ele pode submeter-se à condição de escritor de romances baratos e à evasão.

O nome procura unir uma identidade facilmente reconhecível como inglesa, Mavis, e uma alegoria da condição que a Inglaterra lhe proporciona, Quilp – o anão deformado e malicioso de um conhecidíssimo escritor inglês, ao contrário de muitos outros não um aristocrata, mas, como costumam dizer as histórias literárias, alguém do povo: Dickens[29].

Como há pouco mencionado, no início de sua descrição da Inglaterra, Joan estabelece contrastes a partir da noção de dimensão: tudo é menor na Inglaterra. Tudo o que é construído pelas mãos dos ingleses, incluindo os próprios ingleses, é pequeno. A única coisa grande, ou maior do que o existente no Canadá, são as árvores urbanas, ou seja, algo que independe da intervenção dos ingleses.

O polonês escolhe no pseudônimo o nome de um anão da literatura inglesa. O paralelo, portanto, continua. Um anão criado por um escritor, ele próprio diminuído pelo sistema vitoriano durante o qual escrevia. Dickens é um dos poucos autores do período vitoriano que figuram nas antologias e histórias da literatura como um homem do povo, sem formação superior e sem o selo de classe de seus demais companheiros escritores, quase todos aristocratas ou burgueses aceitos pela aristocracia, na época.

Contemporâneo de Lord Tennyson, citado um pouco antes no romance, Dickens não escreve sobre castelos e princesas, mas sobre os desatinos do sistema educacional, sob e sobre a miséria e a carência em que a população inglesa trabalhadora se encontrava. Assim, de outro ângulo, a questão da dimensão, do pequeno e do grande, das casas amontoadas e dos castelos ainda se mantém.

29. Sobre o nome Mavis Quilp, há uma coincidência a ser apontada. Uma das personagens criadas por Paul chama-se Lucie Gallant. Há uma escritora canadense, citada vez ou outra por Atwood em seus ensaios críticos, cujo nome é Mavis Gallant. Até que ponto se trata de uma coincidência ou de um trocadilho proposital é difícil determinar.

É então que Paul declara: "I have been deprived of my stature", que mentalmente Joan corrige para *status*, atribuindo o uso da palavra "estatura" aos problemas vocabulares do amante. Aqui, o paralelo firmado no contraste das dimensões grande e pequena se explicita. O Conde Polonês é, na Inglaterra, efetivamente Mavis Quilp, um anão como Quilp. Desprovido de estatura e de *status*. De conde na Polônia passa a similar de um anão criado pelo proletário escritor inglês. Joan, portanto, não encontra Sir Lancelot ou um príncipe, mas o exilado Conde Polonês/Mavis Quilp.

O que em *Madame Bovary* se avizinhava da imagem da erosão eram outras formas de deterioração ou abandono, interligadas ao contexto social e histórico. Em *Lady Oracle*, a deterioração sai da esfera do processo físico concreto e alcança o sentido da diminuição, do apequenamento. As paisagens da província francesa cedem a vez, nesse romance, aos elementos ancestrais, as paisagens do país colônia, onde aquele que retorna é presa de um processo de diminuição, que o verbo utilizado por Paul, *to deprive*, sintetiza muito bem.

Há que se considerar ainda, com mais vagar, a duplicidade de Paul como escritor. Como Conde Polonês, é autor de um épico volumoso, escrito com extrema dificuldade na língua nativa do local onde se encontra, ao passo que, como Mavis Quilp, é autora de rápidos, fáceis e deglutíveis romances de enfermeiras. Joan Foster, autora – porém consagrada, ao contrário de Paul – de um livro de poemas nascido de experimentalismo é também Louisa K. Delacourt, a autora de repetitivos, fáceis e deglutíveis romances góticos.

A questão da dimensão aparece, portanto, no próprio âmbito da criação literária. A identidade "Joan Foster" desabrocha como escritora no Canadá, enquanto Louisa Delacourt nasce na Inglaterra. Quando fala de si mesmo e de sua origem, o Conde Polonês não encontra espaço. Ao abrir mão de sua identidade, até mesmo a sexual, tornando-se Mavis Quilp, Paul é um bem-sucedido – financeiramente falando – escritor.

Como um Sir Lancelot diminuído, Paul reconhece atributos de beleza em Joan. As vinculações de Paul com o universo da cavalaria estão presentes em outros momentos do texto, o que confere às suas ações um caráter até certo ponto anacrônico, revelando que os epígonos, modificados e deteriorados, da cavalaria são hoje os tipos facilmente encontráveis na produção de massas, especialmente a das histórias de detetive e de espionagem. Tome-se, como exemplo, a seguinte passagem, bem mais adiante, no texto. Trata-se de um reencontro com Paul no Canadá. Ele supõe que Joan esteja em perigo e resolve resgatá-la. Na realidade, Joan está efetivamente recebendo ameaças, e desconfia que talvez o marido, Arthur, tendo descoberto um relacionamento extraconjugal que mantivera, estivesse tentando se vingar. Paul não sabe disso, mas supõe que o fato de Joan estar casada com um comunista é por si só um grande perigo do qual salvá-la:

> Paul was already walking toward me. Ceremoniously he kissed my hand and led me with gentle melancholy towards a table.
> Was that a slight bulge under his arm, could he possibly be wearing a shoulder holster? I thought, in rapid succession, of heroin, opium, atomic weapons, jewels and state secrets[30].
> [...] he wanted the adventure of kidnapping me from what he imagined to be a den of fanged and dangerous Communists, armed to the teeth with brain-suction devices and slaughterous rhetoric, I in their midst bound hand and foot by jargon[31].

30. Atwood, 1988b, Parte 4, Cap. 27, pp. 280-284. "Paul já vinha caminhando em minha direção. Cerimoniosamente, beijou minha mão e com uma gentileza melancólica me encaminhou para uma mesa. / Aquela pequena protuberância debaixo do seu braço poderia ser um coldre? Imaginei, em rápida sucessão, heroína, ópio, armas atômicas, jóias e segredos de estado" (pp. 286-287).

31. *Idem*. Parte 4, Cap. 28, p. 285. "[...] desejava a aventura de me raptar do que ele imaginava ser um covil de comunistas dentados e perigosos, armados até os dentes com aparelhos para sugar mentes e retórica sanguinária. E eu no meio deles com pés e mãos atados por jargões" (p. 290).

O principal atributo de Sir Lancelot, na Lenda do Rei Arthur e os Cavaleiros da Távola Redonda, era resgatar damas em perigo. Paul, o Conde diminuído, mantém-se, ainda que de forma adulterada, compatível com esse parâmetro, que o acompanha desde sua entrada no romance.

Assim as dicotomias se ampliam: Lord Tennyson e Dickens; castelos e cidade espremida; sonho com príncipes da literatura e relacionamento com um Conde Polonês lavador de pratos/Mavis Quilp; Joan Foster e o surgimento de Louisa K. Delacourt; épico em três volumes (ou livro de poemas, no caso de Joan) e romances de enfermeira (ou romances góticos); e também, Canadá e Inglaterra – novo e velho mundos, colonizado e colonizador, ou ainda, centro e periferia.

Esses são os desdobramentos que a questão da dimensão permite alinhar. É digno de nota, ainda, o fato de que Joan tem acesso ao poema de Tennyson não em alguma publicação das obras do laureado poeta inglês, muito menos na famosa edição Moxon ilustrada pelos principais pintores pré-rafaelitas, mas por meio de uma coletânea didática, escolar: *Narrative Poems for Juniors*. A propósito de pré-rafaelitas, grupo menor das artes plásticas, são comuns as referências diretas ou indiretas a eles no texto.

Lady Oracle é um livro que se pauta programaticamente pelo menor, pela diluição do maior, em qualquer nível em que seja observado. Tennyson, Dickens, pré-rafaelitas, literatura gótica fazem parte do contexto vitoriano para o qual a narradora insistentemente se volta, mas isso não explica a tendência para o apequenamento que eles vêm ajudar a exprimir.

Vale lembrar que a imagem tennysoniana adentra o texto justamente no momento em que a questão da dimensão e do apequenamento é evidenciada. Também é o momento em que Joan parou de resistir ao percurso feminino, essencialmente tradicional mas com alterações, uma vez que se trata do ano de 1976.

Dessa forma, tanto as paredes minadas em *Madame Bovary* quanto os barcos à deriva em *Lady Oracle* parecem associar con-

dição feminina, morte e imagens que vinculam o contexto de época
à idéia de deterioração ou diminuição.

Barcos à Deriva

Pela seqüência, a primeira reverberação da imagem tennysoniana encontra-se nos poemas de "Lady Oracle", livro publicado pela personagem Joan; a seguir, aparece na vida da personagem; por último, aparece numa das ficções escritas por Joan, já
quase no fim do livro.

A primeira vez, encontra-se no único livro publicado por Joan
com seu próprio nome – *Lady Oracle*. São poemas escritos pela
personagem surgidos a partir de experiências com a escrita automática. Combinam balada e elementos da literatura gótica. A imagem está nos dois únicos poemas citados como subtexto:

> Who is the one standing in the prow
> who is the one voyaging
> under the sky's arch, under the earth's arch
> under the arch of arrows
> in the death boat, why does she sing
>
> She kneels, she is bent down
> under the power
> her tears are dark
> her tears are jagged
> her tears are the death you fear
> Under the water, under the water sky
> her tears fall, they are dark flowers.

At first the sentences centered around the same figure, the same
woman. After a while I could almost see her: she lived under the earth
somewhere, or inside something, a cave or a huge building; sometimes
she was on a boat. She was enormously powerful, almost like a goddess,
but it was an unhappy power. This woman puzzled me. She wasn't like
anyone I'd ever imagined, and certainly she had nothing to do with me.
I wasn't at all like that, I was happy. Happy and inept.

There another person, a man, began to turn up. Something was happening between the two of them... This man was evil, I felt, but it was hard to tell. Sometimes he seemed good. He had many disguises[32].

A própria personagem interpreta e informa sobre os poemas que escreve, partindo, mesmo que pela negativa, da perspectiva identificatória.

O outro poema é introduzido como subtexto durante um encontro entre Joan e os editores interessados em publicar os poemas. Eles procuram um título para o livro.

> This sort of caught my eye. Section five:
> She sits on the iron throne
> She is one and three
> The dark lady   the redgold lady
> the blank lady   oracle
> of blood, she who must be
> obeyed   forever
> Her glass wings are gone
> She floats down the river
> singing her last song

---

32. *Idem*, Parte 4, Cap. 21, pp. 223-224. "Quem é aquela de pé na proa / Quem é aquela viajante / debaixo do arco do céu, debaixo do arco da terra / debaixo do arco de flechas / no barco da morte, por que ela canta // Ela se ajoelha, ela está curvada / sob o poder / suas lágrimas são negras / suas lágrimas são dentadas / suas lágrimas são a morte que você teme / debaixo da água, sob o céu aquoso / suas lágrimas caem, elas são flores negras. / A princípio, as frases se centravam na mesma figura, na mesma mulher. Após algum tempo quase mesmo conseguia vê-la: ela vivia em algum lugar debaixo da terra, ou dentro de alguma coisa, uma caverna ou um edifício enorme; às vezes ela se encontrava num barco. Era tremendamente poderosa, quase como uma deusa, mas era um poder infeliz. Essa mulher me intrigava. Não era como ninguém que eu jamais imaginara, e certamente não tinha nada a ver comigo. Eu não era nada disso, eu era feliz. Feliz e inepta. / Então outra pessoa, um homem, começou a aparecer. Estava acontecendo algo entre os dois... Esse homem era mau, eu sentia, mas era difícil perceber. Às vezes ele parecia bom. Tinha muitos disfarces" (pp. 226-227).

And so forth.'

"What I mean is, here's your title", said Sturgess. *"Lady Oracle*. That's it, I have nose for them. The women's movement, the occult, all of that"[33].

Diante das considerações do editor, Joan começa a olhar de maneira um pouco diferente para seu próprio texto. O olhar é agora de desconfiança:

I was also beginning to wonder about Arthur. What was he going to think about it, this unhappy but torrid and, I was feeling now, slightly preposterous love affair between a woman in a boat and a man in a cloak, with icicle teeth and eyes of fire?[34]

É importante contrastar cada uma das citações dos poemas com os comentários e preocupações que a personagem manifesta a partir deles. Os dois poemas mantêm relação estreita com a "Lady of Shalott" de Tennyson. São mulheres que cantam, ambas se encontram num barco que desce um rio, às vezes estão numa espécie qualquer de lugar fechado e isolado, ambas estão nas cercanias da morte. A própria idéia de oráculo não é estranha ao poema de Tennyson:

And down the river's dim expanse
Like some bold seër in a trance
Seeing all his own mischance –

33. *Idem*, Parte 4, Cap. 21, p. 228. "– Foi o tipo de coisa que me chamou a atenção. Parte cinco: / ela está sentada no trono de ferro / Ela é uma e três / A madame negra, a madame vermelho-dourado / A sem cor madame oráculo / de sangue, ela deve ser / obedecida para sempre / Suas asas de vidro se foram / Ela flutua rio abaixo / cantando sua última canção / E assim por diante. / – O que estou querendo dizer é que aqui está o seu título – Sturgess falou. Madame Oráculo. Isso mesmo, tenho faro para isso. O movimento feminino, o ocultismo, essas coisas" (p. 231).

34. *Idem*. "Também começava a pensar em Arthur. O que ele pensaria sobre isso, um infeliz mas tórrido e, começava achar agora, levemente grotesco caso de amor entre uma mulher num barco e um homem de capa, com dentes como pingentes de gelo e olhos de fogo?" (p. 231).

With a glassy countenance
Did she look to Camelot.
And at the closing of the day
She losed the chain, and down she lay;
The broad stream bore her far away,
The Lady of Shalott.

Lying, robed in snowy white
That loosely flow to left and right –
The leaves upon her falling light –
Thro' the noises of the night
She floated down to Camelot;
And as the boat-head wound along
The willowy hills and fields among,
They heard her singing her last song,
The Lady of Shalott[35].

É possível estabelecer alguns paralelos entre os três poemas a partir de elementos que têm em comum. Os dois poemas de Joan são quase que glosas, versões modificadas do poema de Tennyson.

Nos três, uma mulher flutua num barco rio abaixo, cantando enquanto ruma para a morte. O primeiro é meramente uma versão da quarta parte de "Lady of Shalott". No segundo, a idéia de poder vem mais fortemente se aliar aos elementos anteriores. A "Lady of Shalott" é uma infeliz criatura sob o peso de uma maldição. A "Lady Oracle" é igualmente infeliz e no primeiro poema

---

35. Tennyson, 1938, Parte IV, p. 56. "E pela indistinta amplidão da corrente / Como num transe um destemido vidente / Todo seu próprio infortúnio presente – / Mantendo cristalino o semblante / Ela olhou em direção a Camelot, / E quando o final do dia deu-se / Ela soltou amarras e deitou-se; / Bem distante com a vasta corrente foi-se / A Lady de Shalott. // Em níveo manto branco reclinada / Que revoava frouxamente para os lados – / As folhas sobre ela caindo delicadas – / Por entre os murmúrios da madrugada / Ela flutuou em direção a Camelot; / E enquanto em curvas a proa avança / Por entre salgueiros nas colinas e campos, / Eles a ouvem cantar seu derradeiro canto, / A Lady de Shallot." Este e os demais fragmentos do poema de Tennyson foram traduzidos por Maria Amélia Dalsenter.

está curvada sob um poder forte que a subjuga, mas, no segundo, ela própria adquire algum poder ao sentar-se num trono de ferro e dever ser obedecida, mesmo que seu fim continue funesto.

A figura masculina que surge nos poemas não é apresentada diretamente ao leitor, mas aparece reportada pela personagem, nos seus comentários a respeito dos poemas. Em lugar de Sir Lancelot, o herói absoluto, há um homem com capa, que pode ser tanto vilão quanto herói. A figura masculina, portanto, é a personagem típica do gótico convencional. É Heathcliff e Linton ao mesmo tempo, é semelhante a todos os personagens masculinos criados por Joan em suas ficções. Dois gêneros da literatura vitoriana se vêem assim representados pelo casal dos poemas de Joan: a poesia laureada de Tennyson e a literatura gótica.

No poema de Tennyson, toda a terceira parte é dedicada a Sir Lancelot. Adjetivos e verbos descrevem-no como uma figura fulgurante, dourada. O tom principal é o dourado: "And blamed upon the brazen greaves/Of bold Sir Lancelot"; "The gemmy bridle glitter'd free,/Like to some branch of stars we see/Hung in the golden galaxy"; "The helmet and the helmet-featter/Burn'd like one burning flame together"; "His broad clear brow in sunlight glow'd".*

Esses versos deixam entrever o aspecto solar e ígneo, extremamente idealizado em torno da personagem masculina. Ao escolher a dubiedade, a ambigüidade gótica em lugar da clara certeza de pureza na personagem masculina, a imagem criada por Joan já começa a se afastar do paradigma. A relação que estabelece com o modelo é de paródia. Ou seja, mantendo o paradigma de forma tão explícita, apesar de algumas dissonâncias para com ele, torna-se um canto ao lado de outro: paródia.

Todas as reminiscências do universo gótico trazem colorações escuras, tons sinistros. No poema de Tennyson, o escuro e o

---

* "A brida brilhava livre, recoberta em pedraria, / Como para algum ramo de estrelas que se via / pendente na dourada galáxia." "O elmo e sua pluma / Ardiam juntos como uma só ardente chama". "Seu semblante claro e amplo ao sol brilhava."

lúgubre se acercam da Lady de Shalott quando a maldição vai se cumprir e quando ela ruma para a morte, em contraste com o universo amarelo-dourado de Sir Lancelot.

No poema de Joan, a Lady transita pelos dois universos e atinge um terceiro, que é o da ausência da cor, que lhe abre perspectivas oraculares: "The dark lady", traz a coloração gótica; "the redgold lady", comporta o universo romanesco idealizado; "The blank lady oracle", evidencia a transformação.

A Lady de Shalott é interpretada, às vezes, pela crítica canadense, como a figura de uma mulher artista que tem sempre que escolher entre sua arte – ficando então excluída da vida, apenas contemplando-a – e ser mulher – dentro do percurso tradicional. As duas coisas ao mesmo tempo seriam impossíveis e levariam à morte.

Barbara Rigney vê a reverberação desse padrão nas menções aos contos "A Sereiazinha" e "Sapatinhos Vermelhos", de Andersen, e quanto a este último, também nas alusões ao filme estrelado por Moira Shearer, de mesmo nome, igualmente recorrente em *Lady Oracle*. Em todos, a seu ver, a mulher é colocada diante do mesmo dilema: amor ou arte. Assim, tanto a personagem do conto morre em virtude de seus sapatos vermelhos dançantes, que não lhe permitem parar e viver mais nada além da dança, quanto a personagem de Moira Shearer no filme, que entre o amor e a dança acaba atirando-se para a morte diante de um trem. A Sereiazinha perde seu maior dom – cantar – literalmente trocando sua língua pela possibilidade de ter pernas e poder conquistar o príncipe, que, no entanto, casa-se com outra levando a sereiazinha à morte[36].

A fortuna crítica de Margaret Atwood, no Canadá e nos Estados Unidos, sempre tem feito essa mesma leitura da presença do poema de Tennyson no romance em correlação com outras matrizes literárias nele presentes. Barbara Hill Rigney, que de todos é quem faz as interpretações mais conseqüentes, aprofundadas e seriamente conduzidas, chega a mencionar que a imagem da morte

36. Rigney, 1987.

por afogamento, associando mulher/barco/água, surge no romance em outros momentos, como no segundo, que será examinado aqui na seqüência: a morte forjada de Joan.

Apesar de tais reflexões serem procedentes, parece, no entanto, que elas são parciais, principalmente porque partem já de uma conotação derivada dos elementos básicos da imagem sem, contudo, levarem-nos muito em consideração. Neste momento, esses elementos básicos é que interessam, apesar de que o que deles deriva ser matéria extremamente pertinente para reflexões posteriores.

Assim, o conteúdo primeiro da imagem parte de um ponto fundamental: a divisão entre dois mundos e a maneira como uma personagem feminina se relaciona com eles. A ilha de Shalott, a torre onde ela se encontra são um espaço de reclusão. Em contrapartida, existe Camelot e personagens são citadas: padre, pastor de ovelhas, moças do mercado, camponeses mal-humorados, cavaleiros, damas. Cenas diárias e comuns são descritas: funerais, casamentos, grupos de amigos conversando, passeios de cavaleiros.

Sair da reclusão é o que precipita a maldição, isto é, a morte da Lady de Shalott. Todo contato que ela tem com o mundo exterior, para além da ilha, ocorre a partir de um espelho. Tudo o que pode ver no espelho transforma magicamente, fantasiosamente em trama colorida no tecido.

Veja-se o início da segunda parte:

There she weaves by night and day
A magic web with colors gay.*

O tecido é mágico e as cores são alegres, isto é, há uma transformação daquilo que é contemplado a fim de dar-lhe maior encanto. E, no entanto, o que ela contempla e transforma a partir de sua própria fantasia não é exatamente um reflexo do mundo

---

* "Lá ela tece noite e dia / Um tecido mágico com cores de alegria."

exterior senão, mais propriamente, sombras, apesar do espelho ser claro:

> And moving tro' a mirror clear
> That hangs before her all the year,
> Shadows of the world appear.*

Há, pois, um mundo exterior real e um mundo de reclusão que opera transformações, no intuito de incrementar o aspecto positivo e agradável daquilo que do mundo real se percebe como sombras.

> But in her web she still delights
> To weave the mirror's magic sights[37].

Uma mulher reclusa usa sua fantasia e imaginação para transformar imagens do mundo exterior, do qual só pode participar como excluída – os camponeses ouvem-na cantar durante sua lida:

> Only reapers, reaping early
> In among the bearded barley,
> Hear a song that echoes cheerly[38].

Emma Bovary também tocava seu piano, ouvido por toda Tostes e depois por toda Yonville, enquanto consumindo imagens prontas, ou fabricando-as em sua mente, na reclusão da vida diária, sobre o mundo exterior.

Quando a Lady de Shalott resolve abandonar as sombras, sair da reclusão por meio de um bote escondido pelas árvores, é em busca do amor que ela vai, atrás da figura dourada, elevada, idea-

---

* "E por um espelho diáfano / Que à sua frente fica todo o ano, / Sombras do mundo vão assomando."

37. Tennyson, Parte II, p. 54. "Apenas no tecido ela ainda se delicia / Em tecer as cenas mágicas que no espelho via."

38. *Idem*, Parte I, p. 53. "Apenas ceifeiros, ceifando ao sol nascente, / Por entre a cevada penugente / Escutam um canto ecoar alegremente."

lizada de Sir Lancelot, e é a morte o que ela encontra. Aliás, matrimônio e morte são as últimas imagens vislumbradas pela Lady antes de Sir Lancelot reluzir no espelho encaminhando para a decisão de abandonar as sombras – ou tentar realizá-las da maneira como elas são transformadas em seus tecidos:

> For often thro' the silent nights
> A funeral, with plumes and lights
> > And music, went to Camelot;
> Or when the moon was overhead,
> Came two young lovers lately wed:
> "I am half sick of shadows", said
> > The Lady of Shalott[39].

E é justamente por meio desses últimos versos que a narradora introduz o poema de Tennyson no romance, como há pouco se pode observar.

Nos poemas de Joan, é mais a ameaça da morte do que a sua consumação que se faz presente. E o homem, já se viu, não é mais o dourado Sir Lancelot. Os poemas de Joan, como o tecido de Shalott, também nascem de uma contemplação no espelho, entretanto suas cores não são apenas as alegres, e a travessia pelo rio faz emergirem os padrões sedimentados da realidade ao lado das idealizações de que são objeto. Quando a Lady de Shalott sai rio abaixo, o tecido flutua no ar; quando a Lady Oracle sai rio abaixo, de certa forma, está começando a questionar o que se encontrava no tecido:

> Out flew the web and floated wide;
> The mirror crack'd from side to side[40].

39. *Idem*, Parte II, p. 54. "Pois muitas vezes quando a noite silencia, / Um funeral, com plumas e cantoria / E luzes, segue para Camelot; / Ou quando a lua no alto estava, / Dois jovens amantes recém-casados passavam, / "Estou um pouco farta de sombras", queixava / A Lady de Shalott."

40. *Idem*, Parte III, p. 56. "O tecido voou e na amplidão flutuou; / De lado a lado o espelho trincou."

Como excluídas e reclusas, a participação possível na realidade se dá por meio da idealização desta, pela intensificação fantasiosa das cores que apresenta. Pouca coisa, nessa primeira reverberação do paradigma tennysoniano, se altera com relação ao modelo. Poucas, mas significativas, principalmente no que diz respeito à substituição do dourado Sir Lancelot pela ambígua figura de capa, que do caráter ígneo guarda apenas ameaçadores olhos de fogo.

Outro dado relevante é o fato de que a contemplação no espelho, que levou Joan aos poemas de "Lady Oracle", também a conduz ao reconhecimento como artista, como escritora. Joan não morre, mas consagra-se como escritora e inicia um relacionamento amoroso com um amante que usa capa.

De certa forma, esta pode ser considerada uma segunda aproximação do modelo tennysoniano. A primeira seria, pois, extremamente próxima da citação direta de "Lady of Shalott", enquanto ocorre o relacionamento com Paul, o diminuído exemplar de Lancelots e príncipes.

A segunda, representada pelos poemas que substituem Sir Lancelot pelo gótico homem ambíguo de capa, é seguida pelo relacionamento com um amante com essas características – Chuck Brewer ou "The Royal Porcupine" que, como o pseudônimo indica, é um exemplar ainda mais diminuído da aristocracia – à parte o fato de ele ser devoto monarquista como atestam algumas passagens do texto. Como Paul, ele também possui uma dupla identidade, porém há uma inversão. Paul era o Conde Polonês refugiado e, como escritor, apequenava-se em Mavis Quilp. Chuck Brewer é o cidadão canadense comum, que trabalha em uma indústria química, e como artista eleva-se em Royal Porcupine.

O pseudônimo de Paul congregava algo inglês – sua nova pátria – com a visão pessoal acerca de si mesmo. O pseudônimo de Chuck Brewer congrega algo marcadamente canadense – sua pátria – sob a forma do animal "Porcupine" com uma visão, ou melhor, uma expectativa idealizante sobre si mesmo – "Royal".

Além de ocorrer uma correlação entre as modificações do modelo tennysoniano e as situações vividas pela personagem-narradora, a questão da dimensão continua presente, sob variadas formas.

A terceira aproximação da imagem de Tennyson ocorre na vida da personagem. Joan acabara de safar-se do chantagista Fraser Buchanam, ele próprio um poeta frustrado, rejeitado por muitas revistas literárias e editoras, que descobrira a dupla identidade de Joan e ameaçava revelá-la. Através de sedução ela conseguira ludibriá-lo, mas vinha recebendo telefonemas silenciosos e animais mortos na porta de casa. Não sabia quem era o responsável por isso.

Paul, o Lancelot diminuído, oferece-se para resgatá-la de possíveis vilões, propondo raptá-la, como já foi visto. Chuck Brewer, o herói gótico degradado havia se afastado, contra a sua vontade, mas por iniciativa de Joan. Ela chega a cogitar que, ressentido, fosse ele o autor das ameaças. Entretanto, também coloca o marido Arthur – cujo nome é bastante significativo num contexto tão cheio de referências à cavalaria e ao próprio ciclo arthuriano – na lista dos suspeitos, movido pelo desejo de vingar-se, amedrontando-a, após, talvez, ter descoberto seus segredos e traições. Conclui, então, que o melhor era forjar a própria morte e fugir do Canadá. Para tanto, literalmente enreda os amigos numa história mirabolante, levando-os a colaborarem com a farsa.

Joan, inspirada por uma antiga notícia de jornal que guardara como possível ponto de partida para uma de suas ficções, sugere que a morte seja por afogamento depois de uma encenada queda de um barco durante um passeio pelo Lago Ontario.

No barco estão Joan e dois amigos de Arthur que são amantes, Sam e Marlene, sendo que Marlene é casada com um outro amigo do grupo, Don. Com muita dificuldade, os três conseguem controlar, relativamente bem, o barco. Joan pinta o rosto de azul e, vestida também com essa cor, pretende assim confundir-se facilmente com a água após a queda, de modo a não ser percebida da margem, por eventuais observadores.

"Oh, God, I just remembered something," Marlene said...

"What?"

"Don... this will be all over the papers, and he'll know we were together."

"Tell him you're just friends now!" I screamed.

"It won't work", Marlene said, pleased that the thing she wanted revealed was going to be brought to light with no intervention by her; and in her despair or joy, she let go of the tiller. The boat swung, the sail collapsed, Sam ducked, and the flailing boom hit me in the small of the back and knocked me overboard.

I was unprepared and got a mouthful of unprocessed Lake Ontario water as I sank... I rose to the surface, caughing and gasping...

I couldn't climb back into the boat and do it again the right way; I would have to proceed from here[41].

Joan havia planejado a queda do barco e o aparente afogamento, mas realmente cai e quase se afoga, tendo que se livrar de um binóculo pendurado ao pescoço para não afundar por causa do peso:

I tore the binoculars off my neck – they were wrighing me down – and attempted to heave them into the boat, with no success; they sank forever. I spot out more of the lake and lay back as flat as I could; if there's one thing I knew how to do it was float[42].

41. Atwood, 1988b, Parte 4, Cap. 29, pp. 304-306. "– 'Oh, meu Deus, acabo de me lembrar de uma coisa' – disse Marlene... / – 'O quê?' / – 'Don... isto vai aparecer em todos os jornais, e ele saberá que estivemos juntos'. / – 'Diga-lhe que vocês dois são apenas amigos agora!' – berrei. / – 'Não vai adiantar' – disse Marlene, agradecida porque a coisa que ela queria revelar viria à tona sem a sua interferência; e em seu desespero ou felicidade, largou o leme. O barco balançou, a vela desabou, Sam jogou-se no chão e o bataló me atingiu na parte inferior das costas e me jogou para fora. / Eu não estava preparada e engoli um bocado da água não tratada do Lago Ontario enquanto afundava... Emergi tossindo e arquejando... / Eu não podia subir de volta para o barco e fazer a coisa novamente da maneira certa; tinha que continuar dali" (pp. 310-311).

42. *Idem.* "Arranquei o binóculo do pescoço – estava pesando – e tentei jogá-lo para o barco, sem sucesso; afundou para sempre. / Dei mais algumas braçadas no lago e deitei de costas o mais rígido possível; se havia uma coisa que eu sabia fazer era flutuar" (p. 311).

Embora a situação, relacionada ao modelo tennysoniano, ocorra na vida da personagem e não em seus poemas ou ficções, é algo que se dá a partir de um enredo criado por ela. Enredo do qual ela chega a se arrepender[43].

Efetivamente, Joan escolheu um modo de forjar a própria morte que oferecia perigo real a si mesma e aos amigos, pois nenhum deles sabia verdadeiramente velejar e o dia escolhido não oferecia um clima dos mais propícios, chegando a ser desaconselhável pela intensidade dos ventos. Além do barco, do Lago Ontario, da mulher no barco, há também, portanto, o vento que caracteriza a passagem correspondente no poema de Tennyson.

Na primeira vez que recorda o poema, Joan diz: "I wanted castles and princesses, the Lady of Shalott floating down a winding river in a boat". No original, o vento é um elemento bem marcado:

In the stormy east-wind straining,
The pale yellow woods were waning,
The broad stream in his banks complaining,
Heavily the low sky raining
Over tower'd Camelot[44].

Quando Joan usa elementos do poema de Tennyson como parte de um enredo, no qual ela é a personagem principal e que traz conseqüências tão sérias para sua vida, nova transformação do modelo ocorre. O fato de tudo ser uma farsa motivada pela suposta perseguição masculina – tão de acordo com o universo gótico que também aparecia nos poemas de "Lady Oracle" – traz, além da paródia, uma conotação irônica.

---

43. Cf. *idem*: "Why had I concoted this trashy and essentilly melodramatic script, which might end by getting us all killed earnest?"; ["Por que eu imaginara esse *script* vagabundo e essencialmente melodramático, que no final das contas poderia nos matar a todos de verdade?"] (p. 309).

44. Tennyson, 1938, Parte IV, p. 56. "No tempestuoso vento leste se retorcendo, / Árvores amarelecidas vão desaparecendo, / A vasta corrente nas margens se lamuriando, / Pesadamente o baixo céu chovendo / Sobre as torres de Camelot".

A seqüência que leva à queda do barco é marcada por uma série de tropeços. É como se, ao tentar imitar, realizar seu modelo, o ato de Joan indicasse o desvão que tem com relação a ele, tornasse-o motivo de riso, desmistificando-o.

Em geral, não se consegue rir daquilo que está mistificado. O tom quase jocoso com que a cena da morte forjada é descrita, ao mesmo tempo aproxima o modelo de Tennyson para em seguida afastá-lo quase como algo descabido, adentrando os domínios de certas peripécias de folhetim ou de um de seus derivados na época atual, como as histórias mirabolantes de espionagem[45].

Desse ponto de vista, não se trata mais de um canto ao lado do outro, porque traz embutido um questionamento, até uma certa incredulidade com relação a esse outro. É um processo de subversão que está começando a ocorrer.

Note-se que a balada de Tennyson deriva para poemas menores, depois para um enredo melodramático – segundo a própria personagem – que lida com o inverossímil tal como é aproveitado pela indústria cultural. E não pára por aí, como se verá. De qualquer forma, é mais uma variação do apequenamento, da diluição; enfim, é mais uma vertente da questão da dimensão.

O fato de o binóculo afundar para sempre, depois de Joan ter se livrado dele para não se afogar, faz um contraponto com sua declaração de que boiar, flutuar era algo que ela sabia realmente desempenhar. O binóculo serve para aproximar a visão do que está longe – como quando se procura olhar para o passado. Quando invertido, serve para afastar algo que está próximo – como quando se busca evasão. Aproximar algo que está distante e afastar algo que está próximo. Duas operações que Joan executa com certa desenvoltura e hábito.

Metaforicamente, portanto, o binóculo representa os fundamentos do que vinha sendo a vida de Joan, ou de como ela a vivia, até então, inclusive na farsa da morte. Mas o binóculo po-

---

45. Histórias mirabolantes que originaram filmes ou séries de fácil consumo, como o famoso espião inglês 007.

dia levá-la ao fundo, fazê-la efetivamente afundar, morrer. E ela então desfaz-se dele prenunciando o que acontecerá na última parte do livro. Joan pode flutuar bem, livre do verdadeiro e metafórico binóculo. Ela pode, pois, sobreviver.

E aqui, retorna um tema recorrente na crítica e na obra de Atwood: a sobrevivência. E retorna também uma imagem constante em sua poética: o lago, ou, mais especificamente, o mergulho no lago e a possível morte por afogamento, como se pode vislumbrar na introdução sobre essa autora em momento anterior deste trabalho.

O interessante é que novamente aparecem colocados lado a lado os elementos dicotômicos que foram apontados há pouco quando se tratava do relacionamento de Joan e Paul, e a ida para a Inglaterra.

Essa passagem do texto, no fim da quarta parte, incrementa a dicotomia expressa na variação da dimensão associada a aspectos de uma mesma sociedade ou a sociedades distintas – Inglaterra e Canadá, no caso. Os elementos dessa dicotomia se recombinam, ao se associar o modelo do laureado poeta inglês com aspectos muito próprios da cultura canadense. Assim, Joan não sucumbe como a Lady de Shalott tennysoniana; ela sobrevive como, em essência, os canadenses acreditam estar fazendo.

Dessa forma, estão combinados não só os aspectos dicotômicos contidos na parelha colonizador/colonizado, como também as relações possíveis com o percurso feminino – amor e morte, reclusão e aberturas – que a imagem da mulher no encontro com as águas dá forma simbólica.

É sintomático, porém, que Joan emerja do lago não como a heroína, em *O Lago Sagrado*, para uma nova visão de seu próprio país, mas para a ida à Itália. Algo que ela mesma frisa, na quinta parte do romance:

I was here, in a beautiful southern landscape, with breezes and old-world charm, but all the time my own country was embedded in my brain, like a metal plate left over from an operation; or rather, like one of those pellets you drop into bowls of water, which expand and

BOVARISMO E ROMANCE

turn into garish mineral flowers. If I let it get out of control it would take over my head[46].

Segundo Atwood, uma das formas de morte mais freqüentes na literatura e no imaginário canadenses é a morte por afogamento, seguida de perto pela morte por congelamento – reflexos da relação do homem com a natureza naquele país. A natureza aparece sob a forma de algo hostil ou indiferente ao homem. Sobreviver a ela é a grande característica do canadense, tradicionalmente.

No trecho reportado, portanto, ela está fazendo convergir um elemento típico canadense com uma tradição inglesa, representada na literatura de Tennyson, produzindo com isso um certo distanciamento de ambos.

A última aparição do modelo transformado de Tennyson não por acaso estará lidando também com a questão da sobrevivência. O fato de ocorrer no âmbito da fantasia gótica criada pela personagem é de grande importância.

Na parte final do romance, Joan continua exercendo seu hábito de escrever novelas góticas para poder se evadir da realidade. Contudo, pela primeira vez, não consegue mais manter o padrão convencional do gênero. A estrutura dessas novelas é sempre a mesma, como se verá em ocasião mais oportuna.

O Capítulo 32 se inicia com o subtexto em itálico. O herói Redmond está viúvo e prepara-se para desposar a virginal heroína Charlotte[47]:

46. Atwood, 1988b, Parte 5, Cap. 30, pp. 311-312. "Eu estava aqui, numa bela paisagem meridional, com brisas e charme do velho mundo, mas o tempo todo meu próprio país se encontrava encravado no meu cérebro, como uma lâmina esquecida numa operação; ou melhor, como uma daquelas bolinhas que se joga em tigelas com água, incham e se transformam em vistosas flores minerais. Se as deixasse sem controle tomariam conta de minha cabeça" (p. 316).

47. Barbara Rigney, na mencionada obra, aponta para o fato de o marido de Joan se chamar Arthur e para o fato de o nome dessa personagem "Charlotte" lembrar sonoramente o nome Shalott.

AS ÁGUAS E A TORRE

Redmond was pacing on the terrace. It was night; the wind was sighing through the shrubberies; Redmond was in mourning. He was relaxed, at peace with himself: now that Felicia was dead, drowned in an unfortunate accident when he surprised her fornicating in a punt with his half brother on the River Papple, his life would be quite different. He and Charlotte had secret plans to marry, though because of the possibility of gossip they would not make these public for some time[48].

Felícia é a esposa, que evidentemente morre por afogamento. Esse é um dos padrões que Joan, aliás, Louisa K. Delacourt, utiliza com freqüência em sua ficções. Segue-se a subversão:

The shrubberies stirred and a figure stepped out from them, blocking his path. It was an enormously fat woman dressing in a sopping-wet blue velvet gown, cut low on the bosom; her breasts rose from the bodice like two full moons. Damp strands of red hair straggled down her bloated face like trickles of blood.

"Redmond, don't you know me?" the woman said in a throaty voice which, he recognized with horror, was Felicia's.

"Well", he said with marked insincerity, "I certainly am glad you didn't drown after all. But where have you been for these last two months?"[49]

48. Atwood, 1988b, Parte 5, Cap. 32, p. 323. Em itálico, no original. "Redmond caminhava pelo terraço. Era noite; o vento suspirava através dos arbustos; Redmond estava de luto. Estava relaxando, em paz consigo mesmo: agora que Felícia estava morta, afogada num infeliz acidente quando ele a surpreendera fornicando num bote com seu meio-irmão no rio Papple, sua vida seria bastante diferente. Ele e Charlotte tinham planos secretos de se casarem, embora, por causa da possibilidade de mexericos, não pretendessem tornar isso público durante algum tempo" (p. 327).

49. *Idem*. "Os arbustos se agitaram e uma figura emergiu de seu interior, bloqueando o caminho. Era uma mulher enorme de gorda usando um vestido de veludo azul encharcado, cortado baixo no peito; seus seios elevavam-se do corpete como duas luas cheias. Mechas molhadas de cabelo ruivo pendiam pelo rosto intumescido como fios de sangue. / – 'Redmond, não me reconhece?' – a mulher falou numa vez gutural que, ele reconhecera com horror, era a de Felícia. / – 'Bem' – ele falou com visível falsidade – 'me alegro por você

O processo agora está completo. A convenção do gênero cai a partir do momento em que se dá a inusitada cena de sobrevivência da esposa. O barco à deriva cumpre parcialmente sua função, entretanto, a heroína, quando emerge, não foge para outro contexto, não se evade, mas, pelo contrário, confronta-se com a realidade.

É uma *lady* que quer se apossar da realidade e não ser excluída por ela. É importante observar as instâncias em que esse desdobramento do padrão tennysoniano se encontra. Aparece na ficção transformadora da personagem, num momento de mudança. Surge depois em sua vida, numa tentativa de evasão. E, por fim, encontra-se exatamente no instrumento preferencialmente usado pela personagem para se evadir. Dessa forma, a última instância que o modelo tennysoniano alcança, já totalmente subvertido, é justamente o espaço em que era mantido como convenção por excelência.

Trazer Felícia das águas, como reverso do percurso a que o barco à deriva e o afogamento a levariam, é questionar não só uma convenção literária, mas também um comportamento, e, mais propriamente, uma condição. Felícia se torna sobrevivente, dentro das conotações mais profundas do termo, porque ela não só sobrevive à queda do barco e ao provável afogamento, como sobrevive a um parâmetro que pressupõe que a saída da torre ou o enveredamento pelas frestas abertas pelas águas só pode trazer a destruição.

A imagem estudada em *Madame Bovary* pontua um enredo em que a personagem sucumbe. A imagem observada em *Lady Oracle* transforma-se, e da personagem que sucumbe chega à personagem que sobrevive.

O confronto entre a maneira como a busca, o percurso feminino e os seus resultados se articulam em *Madame Bovary* e em *Lady Oracle* é inevitável. Para proceder a esse confronto é necessário levar em consideração o que se dá com cada uma das heroínas quando enveredam pelas frestas, ou resolvem tomar o

não ter-se afogado, afinal de contas. Mas onde esteve durante os dois últimos meses?'" (p. 328) barco e enfrentar as águas. Os próximos capítulos procuram dar conta dessa tarefa. Por ora, resta ainda averiguar um outro elemento, pertinente à busca das heroínas, que é a questão da relação entre amor e morte, observada pelo vértice da paixão na era moderna.

Reencontro com Paixão e Transcendência

A imagem que parte da balada "Lady of Shalott", quando somada às aproximações de personagens à figura de Sir Lancelot e ao fato de que o marido da personagem se chama Arthur, leva à percepção de um campo, um terreno sobre o qual ou em contraste com o qual o enredo e o percurso feminino em *Lady Oracle* são construídos. Esse terreno é o da cavalaria, especificamente o da lenda de Arthur, que confundindo mito e história faz parte da tradição que consolida a identidade inglesa como nação.

Além do referencial da cavalaria propriamente dita, há no texto uma segunda referencialidade que se constrói a partir da retomada da época medieval, ou gótica, da literatura inglesa, onde ela ainda mantinha raízes comuns com a francesa. Essa segunda referencialidade é a da literatura da época vitoriana: especialmente Tennyson e literatura gótica.

Concepções diferentes da individualidade ressaltam de cada uma dessas épocas, e sendo a segunda uma retomada parcial da primeira, não é de estranhar que ocorra uma interpenetração dessas concepções.

Já se teve oportunidade de acompanhar, pelas formulações de Hegel, qual o lugar que o amor ocupa nos domínios da cavalaria. Ao amor somam-se a honra e a lealdade, como manifestações da interioridade subjetiva na busca do Absoluto, agora, porém, dentro do sentido de comunidade.

A essa concepção da individualidade combinam-se elementos considerados por Rougemont a partir de uma das histórias que faz parte da lenda de Arthur, e que ocorre com um dos cavaleiros: *Tristão e Isolda*.

No romance de Atwood, é a história de outro desses cavaleiros que desponta – Sir Lancelot – recobrindo, porém, a mesma concepção de individualidade.

Quando há a retomada medieval na literatura inglesa vitoriana, o aspecto privilegiado é o exterior, isto é, os efeitos, o sobrenatural, o misticismo, mas com uma intenção comercial e como uma reação ao racionalismo da época. Os poetas vitorianos voltam à cavalaria arthuriana, como Tennyson, principalmente através da obra de Sir Thomas Malory, *Le Morte Darthur*, finalizada entre 1469 e 1470, portanto, século XV. É um retorno a elementos místicos medievais.

A literatura gótica, de caráter francamente comercial, buscava um misticismo vendável. Segundo Carpeaux: "Em parte, os empresários de aparições de espectros acreditavam no seu negócio, assim como mais tarde os espíritas..."[50]

A noção de individualidade que se deixa entrever nessa retomada romântica é ambígua. Ao mesmo tempo, podem ser encontradas concepções do amor-paixão como apontada por Rougemont, e, também, na época em que a industrialização alcançou até mesmo a produção cultural, a individualidade e a paixão já estão sofrendo as transformações rumo à perda da idéia de transcendência.

Enfim, os dois momentos para o qual o livro de Atwood se volta são os mesmos dois momentos apresentados no confronto da realidade de Emma Bovary e suas leituras. Joan Foster tem acesso à concepção romântica da individualidade e às alterações dessa concepção, que faziam o dilema de Emma, como já se viu, uma vez que ela se volta para uma literatura contemporânea à cisão experimentada por Emma. Ou seja, o que se revelou ser o conflito de concepções de individualidades e de paixão para Emma Bovary está embutido no olhar ao passado de Joan Foster.

Ocorre, porém, que Joan está num terceiro momento. Assim, a época de Joan, e principalmente esta personagem, se volta para a era vitoriana, onde se encontra a mesma cisão já apontada quanto

---

50. Carpeaux, 1980, vol. IV, p. 971.

ao contexto de *Madame Bovary*; essa era vitoriana, por sua vez, se volta para uma época anterior, especialmente a era medieval, na tentativa de resgatar uma concepção de individualidade, de paixão que não lhe era mais acessível.

Em lugar do Absoluto e da transcendência resgata seus efeitos exteriores, como os elementos sobrenaturais, e o misticismo. O próprio Carpeaux, ao falar do sobrenatural, do misticismo que a época vitoriana levou ao primeiro plano, faz uma comparação com o espiritismo em época posterior.

Em *Lady Oracle*, a busca de uma transcendência perdida se dá justamente por meio do misticismo e do espiritismo. A época contemporânea ecoa assim a mesma busca impossível da época de Emma Bovary, só que num grau de deturpação ainda maior.

O livro de poemas de Joan nasce da experiência com a escrita automática, tal como esta lhe havia sido ensinada no centro espírita, repleto de falsificações e de elementos claramente falsos, que freqüentara com a tia, apesar de não ter muita fé no que lá se passava. Joan se vê no mesmo dilema, na mesma cisão que Emma, porém, extremamente agravada, porque num grau em que a transcendência só se repõe como farsa, mais ou menos óbvia.

Os cavaleiros com quem Joan depara soam anacrônicos e com eles não é mais possível viver a paixão romântica. A busca do lugar da paixão para Joan como para Emma é uma viagem através das principais mudanças que a sociedade moderna atravessou. A maneira como essas duas personagens se colocam diante do percurso feminino, as frestas, ruinosas ou não que nele se abrem, revelam essas mudanças e suas conseqüências para a forma literária. Mas antes de se falar especificamente dessa forma literária, convém acompanhar mais de perto a passagem dessas personagens por essas frestas.

2

Nas Sendas do Adultério

Nos Tribunais

Voilà le roman; je l'ai raconté tout entier en n'en suppriman aucune scène. On l'appelle *Madame Bovary*; vous pouvez lui donner un autre titre, et l'appeler avec justesse: *Histoire des adultères d'une femme de province*[1].

Essas são as palavras que fornecem a diretriz da acusação do Ministério Público francês no processo de julgamento da obra de Flaubert como atentadora à moral e à religião. M. Ernest Pinard baseia sua acusação na idéia de que *Madame Bovary* seria uma glorificação do adultério, criando até uma expressão bastante curiosa: "Ce que l'auteur vous montre, c'est la *poésie de l'adultère*"[2].

Três pontos se destacam do *Réquisitoire* [Requisitório] apresentado por esse advogado, que traduz um dos vários olhares contemporâneos que o romance recebeu quando foi publicado

---

1. "Procès – Le Ministère Public contre Gustave Flaubert" (cf. Flaubert, 1951, p. 618). "Eis o romance; contei-o integralmente sem suprimir uma única cena. Chama-se *Madame Bovary*: podeis dar-lhe um outro título e chamá-lo com razão: *História dos Adultérios de uma Mulher de Província*." "O Processo – O Ministério Público contra Gustave Flaubert" (p. 370).
2. *Idem*, p. 624, grifo meu. "O que o autor vos mostra é a *poesia do adultério*..." (p. 375).

BOVARISMO E ROMANCE

pela primeira vez, sob a forma de folhetim, entre outubro e dezembro de 1856, na *Revue de Paris*, cujos editor e impressor também se viram acusados.

O primeiro ponto dirige-se ao que M. Pinard entende ser o tema da obra, forjando a expressão reportada há pouco: *poésie de l'adultère*, ou a glorificação do adultério. O segundo diz respeito aos elementos do texto, principalmente as personagens, que teriam sido construídas com o intuito explícito de servir ao tema, sem contestá-lo. As seguintes palavras dão conta desse aspecto da obra que o advogado julga entrever, pela caracterização de Charles como uma nulidade, de Homais e Bournisien como figuras grotescas:

Qui peut condamner cette femme dans le livre? Personne. Telle est la conclusion. Il n'y a pas dans le livre un personnage qui puisse la condamner. Si vous y trouvez un personnage sage, si vous y trouvez un seul principe en vertue duquel l'adultère soit stigmatisé, j'ai tort. Donc, si, dans tout le livre, il n'y a pas un personnage qui puisse lui faire courber la tête; s'il n'y a pas une idée, une ligne en vertue de laquelle l'adultère soit flêtri, c'est moi qui a raison, le livre est immoral![3]

Como se percebe, as implicações dessas características apontadas pelo advogado vinculam-se não só à forma literária, mas, e principalmente, à representação da sociedade que o livro traz e, portanto, às conseqüências sociais da suposta glorificação do adultério. Aqui, M. Pinard coloca suas preocupações tanto em relação à representação de uma sociedade que não pune uma falta moral, a seu ver grave, como o adultério, quanto em relação aos prejuí-

---

3. *Idem*, p. 632. "Quem pode condenar essa mulher no livro? Ninguém. Esta é a conclusão. Não há no livro nem um personagem que possa condená-la. Se encontrardes nele um personagem sensato, se encontrardes um único princípio em virtude do qual o adultério seja estigmatizado, eu estarei errado. No entanto, se em todo o livro não houver nem um personagem que possa fazer-lhe abaixar a cabeça, se não houver uma única idéia, uma linha de virtude da qual o adultério seja aviltado, sou eu que tenho razão, o livro é imoral!" (p. 383).

118

zos que, conseqüentemente, tal representação pudesse favorecer a partir de sua leitura por mulheres, solteiras e casadas, que a ela tivessem acesso.

O terceiro ponto também diz respeito à representação literária, mas já de um outro vértice, oriundo do anterior: o das escolas literárias, como o Realismo, que dariam as normas dessa construção literária tão nociva e irresponsável para com os bons costumes. Questiona, a partir daí, os objetivos reais da arte.

O julgamento moral de *Madame Bovary* revela-se mais abrangente do que isso. Na realidade, é a maneira com que um tema é tratado que se vê inquirida, acusada e defendida. Pode-se conjecturar que talvez tivesse parecido mais conveniente a M. Ernest Pinard que Emma se visse "estigmatizada" – para usar seus próprios termos – como a Hester Prynne, de Hawthorne, cujo estigma justamente dá título ao romance desse autor: *The Scarlet Letter* [*A Letra Escarlate*].

A marginalização dessa outra adúltera, seu período na prisão, sua expiação religiosa, sem espaço para dúvidas, teriam possivelmente lhe parecido maneira mais adequada de lidar com tema tão perigoso.

Adultério e Literatura

The Scarlet Letter foi publicado nos Estados Unidos em 1850, somente seis anos antes da obra de Flaubert. É possível, mesmo provável, que fosse, então, desconhecida do público francês. Entretanto, algumas aproximações e diferenciações podem iluminar aspectos dessas duas obras e da temática que, em parte, lhes é comum.

Segundo Carpeaux, Hawthorne é uma espécie de Flaubert da América, enquanto artista mais consciente da literatura americana até Henry James: "*The Scarlet Letter* é a *Madame Bovary* americana; mas de mais pungente seriedade moral"[4].

4. Carpeaux, 1981, vol. V, p. 1302.

BOVARISMO E ROMANCE

Colocando lado a lado Emma Bovary e Hester Prynne, perce-be-se que há muito mais coisas a separá-las do que a aproximá-las, mesmo que seus criadores remetam ou relacionem-se com um modelo comum a ambos, como Sir Walter Scott.

The Scarlet Letter é a história da expiação de uma culpa. Essa culpa se recorta a partir do fundo puritano que colore toda a obra de Hawthorne. Como bem aponta Roberto Schwarz, o autor não logrou perceber o alcance do percurso de Hester Prynne como questionamento da sociedade puritana:

> O padrão é mais ou menos o seguinte: a natureza (carne) é culpada; culposo, portanto, quem a busca. A virtude é a recusa do natural; sua *naturalidade*, pois, é *mentirosa*... A ordem virtuoso-repressiva tem a mentira como necessidade estrutural, e de seu ponto de vista a verdade aparece como destruição[5].

E ainda:

> Assumindo o seu *pecado*, Hester dá o primeiro passo em direção de uma nova comunidade; aceitando-se inteira, ela toma a perspectiva de uma vida social sem mentira, racional. Denuncia a irracionalidade que o puritanismo cristalizara com nome de *pecado*, esvaziando, pelo exemplo, a noção. Esta *revolução* não cresce, não se transforma em nível conceitual do romance...[6]

Pinard, um advogado representante do Ministério Público, queixa-se de que não há quem possa, no romance, condenar Emma Bovary, porque os representantes da sociedade estabelecida são eles próprios espécimes de alguma forma degradados dessa sociedade.

Tudo o que a assunção da culpa por Hester revela da sociedade puritana, a falta de condenação de Emma, tal como entendida pelo advogado, revela da sociedade francesa do século XIX. En-

5. Schwarz, 1981, pp. 141-142.
6. *Idem*, pp. 144-145.

quanto Hester se reduz a uma alegórica representação da expiação da culpa – a letra escarlate que dá título ao romance –, Emma, por sua vez, alegoriza a condição feminina no matrimônio da pequena burguesia francesa – e seu nome é o título da obra, indivíduo e condição: Madame Bovary.

A idéia de culpa e sua expiação é o fundamento de toda a obra de Hawthorne. Ao tomar, no entanto, a forma de um adultério, sob a figura de uma mulher extremamente digna que assume essa culpa, o livro evidencia as contradições profundas de uma sociedade, e nesse último ponto coincide com o romance de Flaubert.

Segundo o defensor de Flaubert, M. Sénard, o título da obra, na verdade, não seria "História dos Adultérios...", mas a história de uma educação feminina perversora e perversa. Assim, a situação, observada de um vértice menos moralista, é inversa em *Madame Bovary* e *The Scarlet Letter*. A primeira apontaria a responsabilidade social no encaminhamento da personagem ao crime de adultério, considerado como tal. A segunda apontaria a expiação social de uma culpa da qual a própria sociedade quer se eximir, não quer enxergar sua parcela.

Hester Prynne não é uma leitora. Não foi a sua formação que a levou ao adultério. Ela é um símbolo da queda humana e a sociedade puritana depende de sua punição e aceitação de culpa para sobreviver, para que nada mude. Seu percurso não leva a obra aos tribunais... Emma Bovary é uma mulher leitora, cuja formação, moldada nas expectativas de amor advindas da literatura, leva-a ao adultério. Ela seria, assim, produto de uma sociedade.

The Scarlet Letter é obra americana, de origens marcadamente inglesas, ocupando-se da necessidade de regras duras durante o processo de colonização, para não haver um predomínio da barbárie, vista como algo quase inerente à nova terra. *Madame Bovary* é obra francesa, retratando uma sociedade como ela está efetivamente constituída, seus ideais e suas transformações.

Para acompanhar o desenvolvimento do tema do adultério nas obras usualmente aproximadas pela crítica à de Flaubert, retoma-se novamente o contexto europeu, porém numa situação ainda mais periférica do que a província francesa. Encontra-se, assim, a obra portuguesa, diretamente inspirada no romance de Flaubert, *O Primo Basílio*, de Eça de Queirós.

A aproximação que a crítica faz desse romance com o de Flaubert já é de natureza diferente do que propõe com relação a Hawthorne. Com este, existem semelhanças ideológicas e mesmo poéticas não só entre obras, como entre autores que nunca chegaram a se conhecer. Com Eça de Queirós, a semelhança se verifica na própria tomada de *Madame Bovary* como modelo.

O Primo Basílio foi publicado em 1878. Trata-se também de uma história de adultério, na capital de um país periférico no contexto europeu. Como na província francesa, mesclam-se aí costumes arcaicos e novidades da metrópole parisiense. Luísa, a adúltera, tem contra si o fato de ler alguns romances inspiradores dessa conduta. Entretanto, logo o conflito se situa entre a patroa e a empregada chantagista. São relações de classe que, mais do que tudo, ressaltam-se no livro.

Em 1871, aconteceram em Lisboa as Conferências do Cassino, evento em que diversos palestrantes discorreram sobre aspectos da vida portuguesa, sua inserção histórica e as transformações do mundo. Entre eles estavam, por exemplo, Antero de Quental e Eça de Queirós.

A conferência de Eça de Queirós versava sobre o realismo literário. De forma doutrinária, baseando-se nas características de *Madame Bovary* e no processo judicial que sua publicação motivou, além de tomar como ponto de apoio também as pinturas de Courbet (que, segundo consta, na realidade ele mal conhecia), Eça fez desfilar diante de seu público, sete anos antes, o que viriam a ser suas diretrizes na composição de seu romance de adultério, segundo consta da reprodução da conferência, efetuada por Viana Moog:

O romantismo fôra a apoteose do sentimento. O realismo devia ser a anatomia do coração.

Para explicar a doutrina do realismo, aí estava o romance *Madame Bovary*, de Gustave Flaubert, no qual o adultério tantas vezes decantado pelos românticos como um infortúnio poético que comove perniciosamente a susceptibilidade das almas cândidas, aparece pela primeira vez debaixo da sua forma anatômica, nu, retalhado e descosido fibra a fibra por um escalpo implacável. O efeito é surpreendente. O amor ilegítimo e venal, com o seu pavoroso cortejo de alucinações, de remorsos, de terrores, de aviltamentos, de vergonhas, e de ruínas, surge aos olhos do leitor, gotejante de miséria e de podridão, pavoroso como um espectro diante do qual instintivamente se recua com repulsão e horror...

O realismo é a crítica do homem, é a arte que nos pinta a nossos próprios olhos para nos conhecermos, a ver se somos verdadeiros ou falsos, para condenar o que a sociedade tem de mau. O seu processo é a análise, o seu fito a verdade absoluta[7].

A essa altura, começam a surgir algumas suspeitas diante do fato de que o tema do adultério, em proximidade com a obra de Flaubert, tenha se configurado na escolha de Eça de Queirós no seu intuito de condenar o que a sociedade tem de mau.

Seu romance anterior, *O Crime do Padre Amaro*, apontou para as hipocrisias que cercariam a Igreja no trato social provinciano. O que teria por fim apontar *O Primo Basílio*? Observando que a maior fonte do conflito do romance se cristaliza nas relações entre a Senhora Luísa e sua empregada Juliana, percebe-se que é o conflito de classes que vai ganhar expressão por meio do adultério de Luísa.

O universo nesse romance é sempre o familiar, o da confraria. O sedutor é primo da heroína; mesmo sua melhor amiga, tida como devassa, é colega de infância; as personagens reúnem-se em saraus domésticos. É a anatomia de uma sociedade mornamente mantida em confraria e cumplicidade que o autor parece querer desvendar, pondo a nu suas estruturas de classe e os conflitos latentes que carrega. Do romance de Flaubert, trouxe cenas

---

7. Moog, 1939, p. 157. Como se percebe, o autor reproduz as palavras literais de Eça de Queirós, mas em discurso indireto, sem citação.

e episódios e, quase num gesto panfletário, escolheu de forma mais decisiva justamente a cena censurada pela *Revue de Paris* e que fizera coro às acusações no processo judicial francês: a cena do fiacre.

Da Europa promove-se um novo salto no espaço – e também no tempo – de volta à América colonizada. E nesse ziguezague espácio-temporal e temático, o leitor encontra-se agora no vizinho – periférico – do ponto de que se partiu nesse traçado: o Canadá. Aproximadamente um século depois da última obra arrolada, 1976.

No romance de Atwood, as diferenças começam pelo fato de que a personagem feminina principal, Joan Foster, não é a única adúltera do romance. Uma espécie de contraponto se desenha a partir do fato de que o trio de amigos do casal central é também um triângulo amoroso, no qual as condutas diante da ocorrência do adultério variam segundo concepções antigas e parâmetros de uma nova sociedade.

Contrapontos

Após a década de 1960 e todas as transformações que dela decorreram, a noção de adultério se modificou, ou, pelo menos, a reação a ele. Mais do que uma falta moral, o adultério passou a ser visto como uma espécie de termômetro do bom ou mau relacionamento matrimonial, ou como um indicativo da qualidade das relações interpessoais na sociedade, implicando as noções de igualdade, respeito, direitos.

Joan, porém, comporta-se exatamente como suas antecessoras. Já Marlene, apesar da formação bastante semelhante que ambas tiveram, chegando mesmo a freqüentar as Fadinhas juntas, procura agir de acordo com esse novo padrão. Assim, Marlene conta para o marido que está saindo com o melhor amigo de ambos, e o resultado é uma enorme crise que acaba envolvendo todos os que os cercam. A tentativa era de, conforme o padrão, questionar o casamento, as relações, talvez considerar a possibilidade de um "casamento aberto". Tentativa que fracassa totalmente.

Marlene acaba capitulando formalmente diante do padrão contemporâneo que procurava seguir. Reata o relacionamento com o marido, mas acaba também reatando o adultério com o mesmo amante. Dessa vez, porém, mantém o segredo, agindo no melhor estilo de suas antepassadas.

A passagem do texto em que o adultério de Marlene é colocado em questão é bastante significativa do contexto em que ocorre, descrito com o humor peculiar de Margaret Atwood. O grupo constituído por Arthur, marido de Joan, Don, sua esposa Marlene e o amante desta, Sam, entre outros não denominados no texto, é parte de mais uma das investidas intelectuais e políticas de Arthur. Como usualmente acontecia, os grupos se sucediam rapidamente, alternando euforia e desilusão. Em geral, uma revista era editada pelo grupo do momento, como veículo de expressão:

It turned out that Marlene had told Don about Sam, and Don had hit her in the eye. Marlene had called up the entire editorial staff of *Resurgence*, including Sam. They'd had a heated discussion about whether or not Don had been justified. Those in favor said the workers often hit their wives in the eye, it was an open and direct method of expressing your feelings. Those against it said it was degrading to women. Marlene had announced she was moving out. Sam said she couldn't move in with him, and another debate began. Some said he was a prick for not letting Marlene move in with him, others felt that if he didn't really want her to he was right to say so. In the middle of this, Don, who'd been out getting drunk at Grossman's Tavern, came back and told them all to get the hell out of his house[8].

---

8. Atwood, 1988b, Parte 4, Cap. 24, pp. 248-249. "Acontece que Marlene contara a Don sobre Sam, e Don lhe dera um soco no olho. Marlene convocara toda a equipe editorial da *Ressurgência*, incluindo Sam. Foram à casa de Marlene, onde tiveram uma discussão acalorada sobre se Don tinha ou não uma justificativa. Os a favor disseram que os operários geralmente atingem as mulheres no olho, era um método aberto e direto de expressar seus sentimentos. Os contra disseram que era degradante para as mulheres. Marlene

A morte forjada de Joan, como se viu no capítulo anterior, embora tivesse sido planejada, ocorreu como um verdadeiro acidente precipitado pelas reações de Marlene, ao dar-se conta de que a ação da qual participava iria delatá-la como adúltera, novamente, diante do marido. Essa morte forjada, aliás, é em parte motivada pelos temores de Joan quanto à possibilidade de que seu marido tivesse descoberto sua relação extraconjugal e quisesse, de alguma forma, se vingar.

A própria possibilidade de substituição do termo "adultério" por "relação extraconjugal", em que o teor moral decresce sensivelmente, é conseqüência daqueles parâmetros contemporâneos que a sociedade moderna oferece para a observação do fato. Pelo trecho mencionado há pouco, é possível perceber que também nesse romance a questão do adultério funciona como ponto privilegiado para a percepção de crenças e conflitos sociais de uma determinada época.

Se é verdade, como afirma Rougemont, que as literaturas ocidentais se alimentam e provavelmente até mantenham a crise do matrimônio, especificamente o adultério, é talvez oportuno examinar o que se passa em detalhe nos dois romances aqui em questão, confrontando-os com o eixo de obras há pouco apresentado, sem desprezar a leitura indignada do advogado de acusação contra Flaubert[9].

> anunciara que ia se mudar. Sam disse que não podia morar com ela, e começou outro debate. Alguns disseram que ele era um insensível por não deixar Marlene morar com ele, outros achavam que se ele não estava a fim, tinha toda razão de falar isso. No meio de tudo, Don, que estivera fora enchendo a cara na Taverna Grossman, voltou e ordenou que todos se mandassem da casa dele" (pp. 252-253).
>
> 9. Watt (1990) está em desacordo com essa afirmação de Rougemont. Para ele, a Inglaterra constitui uma exceção, porque as mulheres gozaram de muito mais liberdade que em outros países, o que teria diminuído a ocorrência de situações de adultério na literatura. Diminuído talvez, mas não eliminado. Há uma personagem no romance *Possessão* de A. S. Byatt que afirma que o nascimento das histórias de detetive começa com um mistério ligado ao adultério: saber quem é o pai da criança – se o marido ou o amante. As histórias de detetive têm como precursores os romances góticos da era vitoriana ingle-

"Poesia do Adultério"

O adultério, segundo a leitura efetuada no capítulo anterior, revela-se uma possível fresta, uma possível abertura para fora da condição confinada em que se encontram as heroínas de Flaubert e Atwood. Sem perder de vista as correlações efetuadas até aqui, é chegado o momento de retomar as situações nos dois romances que configuram essa fresta e suas implicações nos enredos.

> – Eh non! pourquoi déclamer contre les passions? Ne sont-elles pas la seule belle chose qu'il y ait sur la terre, la source de l'héroïsme, de l'enthousiasme, de la poésie, de la musique, des arts, de tout enfin?
> – Mais il faut bien, dit Emma, suivre un peu l'opinion du monde et obéir à sa morale.
> – Ah! c'est qu'il y en a deux, répliqua-t-il. La petite, la convenue, celle des hommes, celle qui varie sans cesse et qui braille si fort, s'agite en bas, terre à terre, comme ce rassemblement d'imbéciles que vous voyez. Mais l'autre, l'éternelle, elle est tout autour et au-dessus, comme le paysage qui nous environne et le ciel bleu qui nous éclaire[10].

Esse diálogo ocorre entre Emma Bovary e Rodolphe Boulanger, durante os Comícios Agrícolas em Yonville. É uma conversa famosa, entremeada com os discursos de M. Lieuvain na

sa. Estes, segundo o crítico americano David Punter (1980), por volta da década de 60 do século XVIII, sofrem uma alteração quando se mesclam ao romance de costumes: "A vingança sumária realizada à espada pelo herói byroniano torna-se assassinato furtivo, e a violência à sua pessoa, sempre ameaçando a heroína da Sra. Radcliffe, torna-se adultério" (p. 228).

10. Flaubert, 1951, Parte II, Cap. VIII, p. 423. "– Ah! Não! Por que investivar contra as paixões? Não são elas a única coisa bela que existe na terra, a fonte do heroísmo, do entusiasmo, da poesia, da música, das artes, de tudo, enfim? / – Mas é preciso realmente, disse Emma, seguir um pouco a opinião do mundo e obedecer à sua moral. / – Ah! Mas existem duas, replicou ele. A pequena, a convencional, a dos homens, aquela que varia continuamente e que berra tanto, que se agita por baixo, terra-a-terra, como esta reunião de imbecis que a senhora está vendo. Mas a outra, a eterna, ela está ao redor e acima como a paisagem que nos rodeia e o céu azul que nos ilumina" (p. 161).

abertura do evento, glorificando a agricultura. Tanto nessa cena de sedução quanto naquela que conduzirá, mais tarde, ao adultério com Léon, em Rouen, existe o entrecruzamento de discursos divorciados do fim amoroso. Com Rodolphe trata-se da abertura dessa espécie de feira agropecuária. Com Léon, em meio a uma visita à Catedral de Rouen, o discurso é o do guia, esclarecendo sobre os ornamentos da igreja, sua fabricação, suas características.

Além desses dois planos tão diferentes que se misturam com as conversas dos sedutores, no trecho reportado, a própria personagem coloca uma distinção entre dois mundos, sob a forma de duas escalas morais. De maneira sintética, Rodolphe coloca toda a crença de uma época em poucas palavras, no que se refere ao sentimento amoroso e à paixão; no entanto, ao fazê-lo com a única intenção de efetuar uma conquista amorosa passageira, para um certo período de entretenimento, deixa entrever uma terceira condição.

Segundo Rougemont, a crise do matrimônio no século XIX deriva do fato de existir um embate entre duas forças que ele denomina moral burguesa e moral passional ou romanesca. A moral passional é aquela que concebe o amor como via para o absoluto, pressupondo uma noção de individualidade que é a romântica, nos termos de Hegel, de que se tratava no capítulo anterior. A moral burguesa é a que concebe o amor a partir da condição do matrimônio. Condição que se baseia em direitos, deveres, organização, definição de papéis.

Quando Rodolphe propõe a Emma que se deixe guiar pela antiga concepção amorosa, em que a lei maior não é a civil, mas a da elevação ao absoluto, está vindo ao encontro de tudo o que as leituras de Emma lhe forneceram como parâmetro. É ela, no entanto, quem objeta, quem interpõe entre a expectativa e a realização amorosa a percepção de outros parâmetros para a noção de amor.

Na realidade, ao fazer isso, Emma está substituindo, como a maior parte da literatura do século XIX também o faz, o obstáculo religioso do amor-paixão, que transformava a relação amorosa em uma ascese rumo à transcendência, por obstáculos circunstanciais, de conveniência:

O obstáculo à união amorosa está representado pela exigência moral, não mais pela religiosa: já não é uma ascese mística, mas um refinamento do espírito, que deve levar o amante a merecer o Dom[11].

[...] o obstáculo já não é a vontade de morte, tão secreta e metafísica em *Tristão*: é simplesmente o ponto de honra, obsessão social. Aqui é a heroína a mais astuta quando se trata de imaginar pretextos para a separação... Mas tudo acaba, em geral, em casamento, previsto desde a primeira página e retardado até a dez milésima quando o autor é um campeão do gênero[12].

Emma Bovary faz o jogo da sedução ao interpor um obstáculo que é depois facilmente vencido.

A terceira condição, que se revela na fala de Rodolphe, é a da falsificação da moral passional. Ele distingue a moral do século da moral passional; contudo, como seu objetivo não é o da transcendência amorosa, mas o da satisfação momentânea, percebe-se que a moral passional transformou-se já em pura retórica.

Não se pretende aqui percorrer todas as cenas que dão conta do adultério nesse romance. Muitos outros já o fizeram, e bem melhor do que seria possível oferecer aqui. O que se pretende é recolher alguns poucos momentos do texto que permitam desenvolver, mesmo que não de forma exaustiva, a hipótese interpretativa do capítulo anterior, de que o adultério se configura como uma via enganosa, e na verdade ruinosa, para fora da condição estreita de vida em que a personagem se encontra. Por isso, antes de aprofundar o estudo dessa cena com Rodolphe, faz-se necessário recuar um pouco no texto, alcançando o momento em que Emma se encontra nos salões do Marquês d'Andervilliers.

11. Rougemont, 1986, p. 181.
12. *Idem*, p. 199.

Por ora, a cena que realmente interessa é a da valsa com o Visconde:

> Cependant, un des valseurs, qu'on appelait familièrement *Vicomte*, dont le gilet très ouvert semblait moulé sur la poitrine, vint une seconde fois encore inviter madame Bovary, l'assurant qu'il la guiderait et qu'elle s'en tirerait bien.
> Ils commencèrent lentement, puis allèrent plus vite. Ils tournaient: tout tournait autour d'eux, les lampes, les meubles, les lambris, et le parquet, comme un disque sur un pivot. En passant auprès des portes, la robe d'Emma, par le bas, s'éraflait au pantalon; leurs jambes entraient l'une dans l'autre; il baissait ses regards vers elle, elle levait les siens vers lui; une torpeur la prenait, elle s'arrêta. Ils repartirent; et, d'un mouvement plus rapide le Vicomte, l'entraînant, disparut avec elle jusqu'au bout de la galerie, où, haletante, elle faillit tomber, et, un instant, s'appuya la tête sur sa poitrine. Et puis, tournant toujours, mais plus doucement, il la reconduisit à sa place; elle renversa contre la muraille et mit la main devant ses yeux.
> Quand elle les rouvrit, au milieu du salon, une dame assise sur un tabouret avait devant elle trois valseurs agenouillés. Ella choisit le Vicomte, et le violon recommença...
> ...Elle savait valser, celle-là![13]

13. Flaubert, 1951, Parte I, Cap. VIII, pp. 339-340. "Entrementes, um dos valsadores, a quem chamavam familiarmente de Visconde, cujo colete muito aberto parecia moldado ao peito, veio por uma segunda vez convidar a senhora Bovary, assegurando que a guiaria e que ela se sairia bem. / Começaram lentamente, depois valsaram com maior rapidez. Giravam: tudo girava ao redor deles, as lâmpadas, os móveis, os lambris, e o chão, como um disco sobre um eixo. Ao passar junto às portas, a orla do vestido de Emma roçava na calça de seu par; suas pernas entravam uma na outra; ele baixava seu olhar para ela, ela levantava o seu para ele; um torpor a invadia, ela se deteve. Partiram novamente; e com um movimento mais rápido, o Visconde, arrebatando-a, desapareceu com ela até o final da galeria onde, ofegante, ela quase caiu e por um instante apoiou a cabeça em seu peito. E, em seguida, sempre girando, porém mais suavemente, ele reconduziu-a ao seu lugar; ela caiu para trás, contra a parede e pôs a mão diante dos olhos. / Quando os reabriu, no centro do salão, uma senhora, sentada num tamborete, tinha diante de si três valsadores ajoelhados. Ela escolheu o Visconde e o violino recomeçou ... / ... Aquela sabia valsar!" (p. 170).

Alguns dos elementos dessa cena foram, ao longo do tempo, interpretados de forma já tão cristalizada que parecem completamente evidentes por si só. Mas, até esse caráter de evidência, essa impressão de estar diante de algo sobejamente conhecido tem um sentido preciso no texto.

O Visconde jamais é designado com um nome próprio, um sobrenome qualquer. Seu título nobiliárquico é o traço mais importante de sua caracterização. Com letra maiúscula e certo destaque, ele parece ser mais uma condição do que um indivíduo. Tudo o que é necessário saber sobre ele está expresso nesse título, que é ao mesmo tempo alcunha. Ele é, pois, a representação alegórica do homem de condição social privilegiada, que recobre totalmente as personagens idealizadas presentes nas manifestações romanescas oferecidas a Emma durante e depois de sua estada no convento. De acordo com esse ideal, pode-se dizer que ele é simplesmente O Homem, tal como Emma esperaria encontrar na realidade.

Mais de uma vez a lembrança dessa figura volta à mente de Emma. É um paradigma do qual ela jamais consegue se desfazer. Não há um diálogo direto entre eles, de sedução, usando palavras e expressões da corte amorosa. O diálogo que travam é pré-verbal, simbolizado na valsa.

Note-se que o narrador, ao contrário do que vinha acontecendo nesse capítulo, refere-se à Emma, no momento do convite, como Madame Bovary. Ela própria está sendo tomada nesse ponto não como indivíduo, mas pela sua condição de esposa.

Não ocorre, verdadeiramente, um adultério, no sentido comum do termo, mas toda a expressão desse tipo de relação amorosa está contida na maneira como o Visconde a convida, em como eles valsam, na reação de Emma e no próprio abandono final, em que ele a troca por outra, antes mesmo que ela abra os olhos.

A valsa é elemento convencional da literatura romanesco-romântica. Sua conotação erótica, sexual, é evidente. Não é só uma dança, mas também um meio de expressão dentro de um código amoroso, que substitui a palavra por uma ação, que, por sua vez, é praticamente a substituição de outra ação – o ato sexual propriamente dito.

Tomada nesse sentido, a valsa é parte de uma retórica amorosa, na qual Emma, na realidade, é ainda bastante inexperiente. Parte dessa retórica aparece na imagem do vestido de Emma tocando, roçando as calças do Visconde, numa alusão sexual óbvia. Outro elemento aparece na gradação de ritmo, da lentidão ao ritmo acelerado e à volta ao ponto de partida. Quando o Visconde a reconduz ao seu lugar, ela se encosta na parede e fecha os olhos. Esse ato, compreensível diante do fato de que ela estava com tonturas, pode ser visto ainda de outra maneira.

O parceiro de Emma não espera que ela abra os olhos e se dirige à próxima valsa, disputando a mesma mulher com outros dois homens. Quando Emma abre os olhos, é como se acordasse de um sonho, de uma situação um tanto irreal. A impressão de irrealidade é tanto mais forte quanto a primeira visão que tem é a da corte daquele mesmo homem a outra mulher, que, essa sim, sabia valsar. Esse momento de exceção e o caráter de sonho que tal condição lhe confere passam a ser uma espécie de fantasmagoria que Emma vai perseguir pelo resto de sua vida[14].

Como é comum no texto de Flaubert, todas as vezes que Emma julga encontrar-se de novo nessa fantasmagoria, uma degradação se procedeu. Assim, ela conhece Léon, num primeiro momento um jovem sensível, uma natureza aspirante ao ideal. Num segundo momento, ela se relaciona com Rodolphe, não mais um visconde, mas um burguês bem estabelecido, que pode mesmo adquirir um castelo. O terceiro momento é a volta de Léon, o escrevente pequeno-burguês, já bastante desprovido da paixão pelo ideal. Não é de estranhar que, depois de todo esse percurso,

14. O próprio narrador de *Madame Bovary* utiliza-se deste termo "fantasmagoria" quando se refere àquilo que, vindo do universo literário, artístico e artesanal dos anos de formação de Emma no Convento, vai exercer fascínio sobre ela: "l'attirante fantasmagorie des réalités sentimentales" (*idem*, Parte I, Cap.VI, p. 325; "a atraente fantasmagoria das realidades sentimentais", p. 54).

Emma depare novamente com o Visconde, como uma visão fugidia e inalcançável.

O caráter emblemático do Visconde pode ser comprovado pela seguinte passagem, que aparece durante o diálogo de Emma e Rodolphe, entrecortado pela fala de M. Lieuvain:

> Alors une mollesse la saisit, elle se rappela ce vicomte qui l'avait fait valser à la Vaubyessard, et dont la barbe exhalait, comme ces cheveux-là [de Rodolphe], cette odeur de vanille et de citron; et machinalement, elle entreferma les paupières pour la mieux respirer. Mais, dans ce geste qu'elle fit ...elle aperçut au loin... la vielle diligence l'*Hirondelle*... C'était dans cette voiture que Léon, si souvent, était venu vers elle... Elle crut le voir en face, à sa fenêtre, puis tout se confondit, des nuages passèrent; il lui sembla qu'elle tournait encore dans la valse, sous le feu des lustres, au bras du vicomte, et que Léon n'était pas loin, qu'il allait venir... et cependant elle sentait toujours la tête de Rodolphe à côté d'elle. La douceur de cette sensation pénétrait ainsi ses désirs d'autrefois, et comme des grains de sable sous un coup de vent, ils tourbillonnaient dans la bouffée subtile du parfum qui se répandait sur son âme[15].

O Visconde é, portanto, uma representação alegórica da qual Emma guarda também uma lembrança, quase que uma relíquia – a cigarreira perdida por ele na volta de La Vaubyessard.

Passado um tempo, surge o amor não concretizado com Léon, mas cheio de pequenos detalhes desse mesmo código amoroso como a troca de presentes. Seu caráter de convenção se explicita

---

15. *Idem*, Parte II, Cap. VIII, p. 425. "Foi então tomada de languidez, lembrou-se daquele visconde que a fizera valsar em Vaubyessard e cuja barba exalava, como esses cabelos, esse aroma de baunilha e de limão; e, maquinalmente, semicerrou as pálpebras para respirar melhor. Porém, ao fazer esse gesto... percebeu ao longe... a velha diligência *Hirondelle*... Era naquele veículo que Léon tão freqüentemente voltara para ela... Julgou vê-lo defronte de sua janela, depois tudo confundiu-se, passaram algumas nuvens; pareceu-lhe que ainda girava na valsa, sob a luz dos lustres, ao braço do visconde e que Léon não estava longe, que ia chegar... e todavia sentia sempre a cabeça de Rodolphe a seu lado. A doçura daquela sensação penetrava assim seus desejos de outrora e, como grãos de areia sob uma ventania, eles redemoinhavam no bafo sutil do perfume que se derramava em sua alma" (p. 163).

1 3 3

na seguinte formulação do narrador: "et le livre d'un romancier ayant mis à la mode la manie des plantes grasses, Léon en achetait pour Madame..."[16].

Já é por demais conhecido o fato de que Emma Bovary é uma personagem tentando viver a própria vida como se se tratasse de um dos enredos fantasiosos de que era fiel leitora. No entanto, é importante observar que quase todas as expressões amorosas e todos os relacionamentos a que ela se entrega como parte de sua busca do amor – os adultérios – são marcadamente desenvolvidos de acordo com esse código de que ela é tão ávida. Não foi preciso ir muito longe para encontrar-se com o código amoroso; no entanto, ele se apresenta cada vez mais como uma convenção, ou cada vez mais como uma retó-rica diante de um mundo que não dispõe dos referenciais internos que a gerou.

Emma não encontra, porém, muito dessa expressão convencional no amor de Justin por ela, do qual nem chega a se aperceber, e nas atitudes do marido: "Quand elle eut ainsi un peu battu le briquet sur son coeur sans faire jaillir une étincelle, incapable, du reste, de comprendre ce qu'elle n'éprouvait pas, comme de croire à *tout ce qui ne se manifestait point par des formes convenues*, elle se persuada sans peine que la passion de Charles n'avait plus rien d'exorbitant"[17].

Quando Emma, dentro de sua busca pela paixão, envereda pela fresta aberta do adultério, é atrás de uma expressão amorosa que já se tornou convenção que ela está. Sua constatação de que a paixão de Charles não tinha mais nada de exorbitante se articula

---

16. *Idem*, Parte II, Cap. IV, p. 381: "e, como o livro de um romancista pusera na moda a mania das plantas carnosas, Léon comprou algumas para a Senhora..." (p. 117).

17. *Idem*, Parte I, Cap. VI, p. 331, grifo meu. "Quando acabou assim de tentar inflamar seu coração sem fazer brilhar nem uma faísca, incapaz, além disso, de compreender o que não sentia, como de acreditar *em tudo o que não se manifestava por formas convencionais*, persuadiu-se sem dificuldade de que a paixão de Charles nada mais tinha de exorbitante" (p. 60).

ao que, no capítulo anterior, se disse a respeito da substituição da elevação do sentimento pela elevação das sensações.

Emma, pela fresta do adultério, crê estar diante da concepção amorosa que procurava; contudo, esta encontra-se em essência inacessível. Somente seus efeitos e a retórica que os provoca estão disponíveis. Ela, assim, depara com a ruína de uma concepção de individualidade que, em parte, configura a sua própria ruína como indivíduo. Emma literalmente perece.

De qualquer forma, vai se tornando claro que o caráter ruinoso do adultério em *Madame Bovary* se deve, em parte, ao evidenciamento de que a concepção de individualidade e de paixão que Emma buscava só existe como ruína, como vestígio ou como falsificação. Ela encontra a retórica, a convenção dessas concepções, e não a vivência real.

Na medida em que isso se dá não só por meio de uma intencionalidade da personagem, mas ganha também conformação em uma situação que extrapola o âmbito pessoal, isto é, na medida em que as relações que configuram a busca do amor por Emma são construídas por meio de uma convenção amorosa que cada um de seus amantes não hesita em utilizar, certos contornos do contexto de época se desenham com maior clareza. É o que se vem aqui designando como a cisão, que se forma a partir do momento em que a própria noção de individualidade, de interioridade subjetiva, vai cedendo lugar à coisa, à mercadoria.

A retórica é também a marca de outro momento importante de adultério em *Madame Bovary*. Trata-se da cena entre Emma e Léon, após seu reencontro no teatro em Rouen. Emma encontra-se só, no hotel Croix Rouge, no dia seguinte ao reencontro no teatro. Léon vai visitá-la e trava-se um elucidativo diálogo. À semelhança dos passos da valsa com o Visconde, uma espécie de dança de salão se revela nesse diálogo. Ela passa pelo minueto cortês, pela valsa romântica, numa sucessão de ritmos e convenções.

O primeiro momento é marcado por um discurso sobre o dever, as exigências da vida, os males e as infelicidades diferentes por que passam os homens, e aqueles por que passam as mulheres. Um discurso de época, entremeado de moral burguesa, tédio e melancolia[18]. O segundo passo é uma reconstrução do tempo em que estiveram separados, mais de acordo com a imaginação do que com a memória, e se pautando pelo mesmo tom anterior, principalmente o tédio e a melancolia[19].

Começa a operar-se uma transformação em que, ao lado da realidade vivida e marcada com os elementos da vida cotidiana e comum da época, uma fantasia se vai tecendo por meio das palavras, com tons bem mais romanescos. Não é por acaso que, nesse momento do texto, o narrador descreve a imagem de Emma em fundo dourado e sua duplicação no espelho: "le papier jaune de la muraille faisait comme un fond d'or derrière elle; et sa tête nue se répétait dans la glace avec la raie blanche au milieu, et le bout de ses oreilles dépassant sous ses bandeaux"[20].

O fundo em ouro como que denuncia a idealização que está se iniciando. O reflexo repetindo a personagem no espelho parece indicar que sua duplicidade mais uma vez está emergindo. A madame Bovary de Yonville é duplicada no espelho em fundo dourado apresentando uma imagem bem mais próxima daquilo que Emma gostaria efetivamente de ser.

18. "Emma s'étendit beaucoup sur la misère des affections terrestres et l'éternel isolement où le coeur reste enseveli" (*idem*, Parte III, Cap. I, p. 503) ["Emma falou longamente sobre a miséria das afeições terrestres e sobre o eterno isolamento em que o coração permanece enterrado"] (p. 249).

19. "Car ils précisaient de plus en plus les motifs de leur douleur, chacun, à mesure qu'il parlait, s'exaltant um peu de cette confidence progressive. *Mais ils s'arrêtaient quelquefois devant l'exposition complète de leur idée, et cherchaient alors à imaginer une phrase qui pût la traduire cependant.* Elle ne confessa pas sa passion pour un autre; il ne dit pas qu'il l'avait oubliée" (*idem*, grifo meu) ["Pois cada um explicitava cada vez mais pormenorizadamente os motivos de sua dor, cada um, à medida que falava, exaltava-se um pouco naquelas confidências progressivas. Porém, detinham-se às vezes diante da exposição completa de suas idéias e procuravam então imaginar uma frase que todavia pudesse traduzi-la. Ela não confessou sua paixão por outro, ele não disse que a esquecera"] (p. 249).

20. *Idem*, p. 504: "o papel amarelo da parede servia-lhe de fundo dourado e sua cabeça descoberta repetia-se no espelho com a risca branca no meio e com a extremidade das orelhas aparecendo por baixo dos bandós" (p. 249).

AS ÁGUAS E A TORRE

Começa então o ritmo que, por sua identificação com a convenção romanesco-romântica, se denominou, há pouco, o da valsa. Feito de avanços e recuos, Emma e Léon começam a fazer confissões de seu sofrimento estritamente ligado ao afastamento um do outro que viveram por três anos. Cabe a Léon a expressão mais marcada de sentimento de perda e de infelicidade. Emma, dentro do jogo amoroso, propõe obstáculos, protelando, dificultando – e atiçando – o empenho amoroso de seu pretendente. Emma fala em deveres, depois de sua doença; Léon fala em virtudes, depois do desejo de morrer e ser enterrado com o presente que ela lhe dera, na troca famosa em que ambos tentam imitar um folhetim da moda[21].

A invenção do enterro com o presente extrapola, porém, a verossimilhança, em cujos limites essa retórica romanesco-romântica vinha tentando se manter até então. Emma reage a ela como a algo exagerado, e, por isso mesmo, um tanto sem sentido. Mas Léon consegue reverter a situação, colocando-a de novo dentro daquela retórica ao declarar que tal vontade se devia ao fato de muito tê-la amado. Declaração aceita com indisfarçável satisfação por Emma.

21. "[...] car c'est ainsi qu'ils auraient voulu avoir été, l'un et l'autre se faisant un idéal sur lequel ils ajustaient à present leur vie passée. *D'ailleurs, la parole est un laminoir qui allonge toujours les sentiments*" (*idem*, p. 505, grifo meu) ["pois era assim que desejariam morrer, procurando ambos o ideal sobre o qual ajustar no presente suas vidas passadas. *Aliás, a palavra é um laminador que sempre alonga os sentimentos*"] (p. 251). Esta tradução está em desacordo com as outras a que tive acesso, e parece que, de fato, não corresponde ao original. Na tradução de Sérgio Duarte, encontra-se: "pois era assim que eles desejariam ter estado" (Ediouro, s. d., p. 155). Na tradução de José Maria Machado, revista por Roberto Cacuro, encontra-se: "porque era assim que eles queriam estar" (Clube do Livro, 1987, p. 257). É possível que a tradutora tenha colocado a idéia da morte em razão do fato de que as frases imediatamente anteriores reportam o relato de Léon de que havia pensado em morrer por saudades de Emma. Ao que tudo indica, porém, o narrador não está se referindo à questão da morte, mas à tentativa de os dois interlocutores recriarem idealizadamente, através da palavra, o período de suas vidas em que estiveram afastados.

BOVARISMO E ROMANCE

Trazendo assim à baila o antigo episódio da troca de presentes e o afeto que existia então entre eles, uma nova etapa do diálogo se inicia. Eles não mais contam um ao outro a maneira como cada um viveu o período de separação, mas passam a contar juntos a época compartilhada[22].

Ocorre, pouco depois, o terceiro passo desse diálogo, agora um passo mais condizente com as regras do amor cortês medieval, antes que sofresse a elaboração do amor romântico. Já é noite. Léon havia chegado às cinco horas da tarde e todos os relógios do "quartier Beauvoisine" anunciam as oito horas. Tudo está escuro, dentro e fora do quarto. A única coisa que se destaca, brilhando na parede, são estampas representando quatro cenas da *Tour de Nesle* [*Torre de Nesle*], com legendas em espanhol e em francês.

É uma outra fase que se principia sob o signo de uma mescla de amor cortês e libertinagem. Emma acende algumas luzes. Léon quer retomar o diálogo, mas não sabe como. Esse outro campo por onde eles adentram deixa-o por momentos sem palavras. Então Emma pergunta: "D'où vient que personne, jusqu'à présent, ne m'a jamais exprimé des sentiments pareils?"[23]

Dançam juntos o minueto das pessoas de natureza ideal, e que dificilmente são compreendidas, como algo de alheio ao contexto em que vivem. E dessa situação partem direto para o encaminhamento ao adultério com um franco convite de Léon para enveredarem por essa senda.

Prenúncios não faltaram, desde Lucie de Lammermoor até Marguerite de Bourgogne, da *Tour de Nesle*. A primeira, no contexto romanesco-romântico que, como já se viu, retoma elementos da época medieval. A segunda, na associação entre um monu-

22. "Alors, *ils se racontèrent* les petits événements de cette existence lointaine, dont *ils venaient de résumer, par un seul mot*, les plaisirs et les mélancolies" (*idem*, grifo meu) ["Então, contaram-se mutuamente os pequenos acontecimentos daquela existência longínqua cujos prazeres e melancolias *acabavam de resumir numa única palavra*"] (p. 251).

23. *Idem*, p. 507. "– Como se explica que, até agora, ninguém me tenha expressado tais sentimentos?" (p. 253)

1 3 8

mento medieval e o uso libertino que acaba por consagrá-lo. Lucie não é propriamente uma adúltera, mas ao ser forçada a se casar amando outro homem, uma espécie de adultério se configura dentro da mente da personagem, mesmo que ela não o realize jamais, enlouquecendo e então morrendo. A heroína do drama de Alexandre Dumas é, por sua vez, uma libertina – adúltera e incestuosa – que não hesita em encobrir seus atos, aproveitando a credulidade nos mistérios sobrenaturais que podem cercar a torre medieval por ela utilizada como alcova[24].

A cortesia amorosa cede vez novamente à elaboração de cunho romântico, e Emma retoma sua função de interpor obstáculos. Dessa vez, porém, o distanciamento em que os personagens se encontram de tais concepções fica evidente, e o espaço é muito mais o da ironia do que o da adequação ao padrão:

> Elle lui représenta les impossibilités de leur amour, et qu'ils devaient se tenir, comme autrefois, dans les simples termes d'une amitié fraternelle.
> Etait-ce sérieusement qu'elle parlait ainsi? Sans doute qu'Emma n'en savait rien elle-même, tout occupée par le charme de la séduction et la nécessité de s'en défendre...[25]

Note-se que a representação encenada por ambos até esse momento, passando pelo amor cortês e pelo romântico oitocentista, alcança um ponto em que já não é mais possível saber no que se deve acreditar, o que deve ser seriamente tomado como verdadeiro e o que é mera representação.

24. No drama de Dumas, as suspeitas envolvendo a esposa do rei no assassinato de jovens forasteiros, encontrados à beira da torre, misturam-se a crenças em elementos sobrenaturais. Não faltam personagens que façam referências, por exemplo, a vampiros. O sobrenatural envolvendo a torre liga-se à sua origem medieval.

25. Flaubert, 1951, Parte III, Cap. I. "Ela mostrou-lhe as impossibilidades daquele amor e mostrou-lhe que deveriam manter-se, como outrora, nos simples termos de uma amizade fraternal. / Estaria falando sério? Sem dúvida nem a própria Emma o sabia, totalmente ocupada com o encanto da sedução e com a necessidade de defender-se dela..." (p. 253)

O passo final desse diálogo se aproxima. Ele se inicia com o primeiro momento em que Emma se sente realmente seduzida, em perigo de sucumbir. Dessa vez, já não é mais ela quem maneja o mecanismo de avanço e recuo a que a criação de obstáculos conduz, mas Léon. E ele o faz de maneira inconsciente, sem saber que sua atitude menos parecida com a de um sedutor, que ele tanto se esmerara por imitar, é a que efetivamente alcança esse intuito, invertendo o jogo, sendo simplesmente respeitoso e se afastando quando Emma assim o determina: "Et Emma fut prise d'un vague effroi, devant cette timidité, plus dangereuse pour elle que la hardiesse de Rodolphe quand il s'avançait les bras ouverts"[26].

Ocorre então o fecho, o último passo dessa contradança, em que por fim o encontro fatal é marcado. É uma passagem curiosa e até certo ponto irônica. Léon e Emma estão se despedindo. Ela parte no dia seguinte e Léon ainda não conseguiu que ela cedesse. Faz sua última tentativa e é bem-sucedido:

> – Une chose... grave, sérieuse. Eh! non, d'ailleurs, vous ne partirez pas, c'est impossible! Si vous saviez... Écoutez-moi... Vous ne m'avez donc pas compris? vous n'avez donc pas deviné?...
> – *Cependant vous parlez bien*, dit Emma.
> – Ah! des plaisanteries! Assez, assez! Faites, par pitié, que je vous revoie..., une fois, une seule.
> – Eh bien!...[27]

E assim é combinado o encontro do dia seguinte, às onze horas da manhã, na Catedral de Rouen.

É bastante elucidativa a maneira como termina o diálogo amoroso. Os trechos grifados ao longo das últimas citações recobrem

26. *Idem*. "E Emma foi tomada de um vago terror diante daquela timidez, mais perigosa para ela do que a ousadia de Rodolphe quando avançava com os braços abertos" (p. 253).

27. *Idem*, p. 508, grifo meu. "– Uma coisa... grave, séria. Ora! Não, aliás a senhora não partirá, é impossível! Se a senhora soubesse... escute-me... Então não me compreendeu? Então não adivinhou? / – *No entanto, o senhor fala bem*, disse Emma. / – Ah! Brincadeiras! Chega, chega! Por piedade faça com que eu a reveja... uma vez... uma só. / – Pois bem!..." (p. 254)

um aspecto contido nessa cena de sedução que se poderia denominar, talvez, "rumos da retórica amorosa", e, mais do que isso, "o poder criador e recriador da palavra".

Retórica

O narrador insere, por diversas vezes, índices no texto de que o leitor está presenciando, antes de mais nada, algo que dois personagens estão criando sobre si mesmos e sobre sua relação, no âmbito maleável da palavra.

Eles procuram a frase certa para traduzir o que desejam expressar, como dois estilistas à procura da palavra perfeitamente ajustada ao tipo de discurso que pretendem proferir. Compõem a história de suas vidas quando afastados, como quem no fundo conhece a característica da palavra de ser, de acordo com o narrador, uma espécie de laminador que alonga os sentimentos. Eles contam um ao outro o que juntos viveram, executando, assim, com o auxílio da palavra, as escolhas e cortes necessários para produzirem uma história de amor que agrade a ambos. No desempenho dessas ações, Emma e Léon defrontam-se com parâmetros da linguagem amorosa, que a essa altura, perdidos os referenciais que os geraram, restam como retórica.

Quando Rougemont discorre sobre a manifestação do mito do amor-paixão na literatura, formula idéias que se coadunam, em certa medida, com esse aspecto do diálogo que abre as vias para o adultério entre Léon e Emma:

A paixão tem sua fonte nesse impulso do espírito que, por outro lado, faz nascer a linguagem. A partir do momento em que supera o instinto, a partir do momento em que se converte verdadeiramente em paixão, tende no mesmo movimento a contar-se a si mesma, seja para se justificar, para se exaltar ou simplesmente para se *manter* (e conversar consigo mesma)[28].

28. Rougemont, 1986, p. 178, grifo do autor.

BOVARISMO E ROMANCE

A fonte comum da paixão e de sua expressão perfaz um momento inicial, em que os amantes ainda estão em pleno terreno do mito, ou, quando muito, bem próximos ainda dele:

> [...] a partir do século XIV, a literatura cortês se separou de suas raízes místicas; viu-se reduzida então a uma simples forma de expressão, isto é, a uma retórica. Mas automaticamente esta retórica tendia a idealizar os objetos totalmente profanos que descrevia. Este procedimento, logo sentido como tal, devia engendrar naturalmente uma reação chamada "realista"[29].

Um dos aspectos dessa retórica, segundo formulação anterior do autor, consiste na transformação do obstáculo na esfera mítica à união amorosa em obstáculo da esfera moral. E, às vezes, nem mesmo moral nas implicações mais profundas desse termo, mas uma concessão a idéias feitas, como quando Léon propõe a concretização da relação amorosa, no diálogo analisado, e Emma replica com a diferença de idade entre eles, que ao que tudo indica nem chega a ser fato de grande relevância, a ponto de ser efetivamente um obstáculo:

> Qui nos empêche donc de recommencer?...
> – Non, mon ami, répondit-elle. Je suis trop vieille... vous êtes trop jeune..., oubliez-moi! D'autres vous aimeront..., vous les aimerez.
> – Pas comme vous! s'écria-t-il.
> – Enfant que vous êtes! Allons, soyons sage! je le veux![30]

O uso de tais artifícios retóricos e de outros mais, que foram aqui apontados, é pontuado por dois elementos distintos. O primeiro é a insistência do narrador em indicações de que o manejo

29. *Idem*, pp. 180-181.
30. Flaubert, 1951, Parte III, Cap. I, p. 507. "– Que nos impede de recomeçar?... / – Não, meu amigo, respondeu ela. Sou velha demais... o senhor é jovem demais... Esqueça-me! Outras o amarão... o senhor às amará! / –Não como à senhora! Exclamou ele. / – Como o senhor é criança! Vamos, sejamos sensatos! Eu o quero!" (p. 253)

da palavra é a ação principal executada por Emma e Léon[31]. O segundo comporta certas passagens do texto em que esses artifícios são vistos ou sentidos como algo deslocado, uma dissonância ou algo desproposital; o que às vezes chega até a beirar a ironia, como na frase de Emma diante do desespero de Léon: "Cependant vous parlez bien".

Ela tanto pode estar dizendo que ele soube manejar bem a retórica quanto pode estar ironizando o fato de ele se servir dessa retórica. Parece ser esta última a leitura que Léon faz de sua afirmação, quando retruca: "Ah! des plaisanteries!"

Entretanto, essa afirmação também soa ambígua, uma vez que ela pode ser tomada não somente como comentário a uma possível ironia de Emma, quanto como comentário desdenhoso sobre a linguagem de que se serviu até o momento para declarar-se e seduzi-la. Um diálogo dessa natureza, com tais ambigüidades e características, tendo como objetivo a consumação de um adultério, abre algumas perspectivas interpretativas.

Há pouco, retomava-se a questão da cisão interna e contextual em que Emma Bovary se encontrava diante de sua busca do lugar da paixão. A via que ela estava prestes a trilhar em razão dessa busca era a enganosa via do adultério. O que se encontra de enganoso, de ilusório, nessa via por onde a personagem envereda, revela-se na própria utilização retórica e farsesca do código, ou dos códigos amorosos, que a presidem, como se tem procurado demonstrar.

O amor fora do matrimônio burguês não leva Emma ao encontro da concepção de amor que ela persegue, porque o próprio adultério burguês padeceu dos mesmos males da perda da transcendência e das alterações da concepção da individualidade que o casamento.

---

31. Eles fazem de sua vida passada, juntos ou afastados, por meio da palavra, uma espécie de enredo, ou, para usar um termo de bela e calibrada precisão, emprestado de Guimarães Rosa, um "desenredo".

Se o adultério em *Tristão e Isolda* era expressão de um amor que se realiza não no plano terreno imediato, não de acordo com as leis dessa esfera, mas no plano místico da transcendência, na época burguesa ele é testemunho da mesma cisão que o matrimônio expressa.

O adultério acaba, assim, oferecendo o mesmo que o matrimônio, como a própria Emma acaba por concluir: "Emma retrouvait dans l'adultère les platitudes du mariage"[32].

Dentro do eixo examinado, que vai do Visconde a Léon, procurou-se evidenciar os mecanismos, a dinâmica da utilização da retórica e sua relação com o contexto de época. Há, porém, um outro fato a ser considerado. Pode-se dizer que ocorre uma mudança na maneira como Emma se coloca diante de seu encontro com essa retórica de uma concepção amorosa, em lugar da concepção propriamente dita.

Com o Visconde, ela mal se dá conta do aspecto retórico. Com Léon, da primeira vez, e com Rodolphe, ela se exercita bem no jogo retórico tomando-o não como mero artifício, mas como realidade. No segundo encontro com Léon, porém, essa retórica já está aparecendo tal qual é, e alguns dos comentários e reações da personagem demonstram a dificuldade em que no momento ela se encontra para manter o vestígio, ilusoriamente, como a presença real de algo. O que se segue é conseqüência.

Confrontando esta análise com o eixo de obras aproximadas freqüentemente à de Flaubert, percebe-se que todas elas, realmente, de uma forma ou de outra, tendem a apontar as fraturas da sociedade com a qual se relacionam, por meio de suas adúlteras, mesmo que, por vezes, à revelia do próprio autor, como no caso mencionado de Hawthorne.

O adultério se faz tema privilegiado para a expressão de tais configurações, do século XIX para cá, porque traz à tona aspectos fundamentais da consolidação da sociedade moderna: a noção de

---

32. Flaubert, 1951, Parte III, Cap. VI, p. 556. "Emma encontrava no adultério toda a insipidez do casamento" (p. 305).

indivíduo, a organização da família e os esquemas de dominação e desigualdade que ela pressupõe, a liberdade, a transformação dos referenciais para as relações pessoais e sociais.

Entretanto, o que se procurou aqui demonstrar é que a utilização desse tema na literatura do século XIX vai um pouco além disso, porque não confronta somente duas escalas morais no intuito de criar um enredo envolvente para o leitor, mas põe a nu as contradições mais profundas, mais básicas da sociedade moderna.

É possível compreender a indignação do advogado de acusação contra Flaubert. Todas as bases do que ele acreditava ser a sociedade em que vivia são apontadas em sua fragilidade e transitoriedade. Estigmatizar o adultério, conforme ele propõe, seria afirmar contra a realidade uma visão íntegra de coisas que já estavam em transformação, muitas vezes menos que uma transformação, mas um percurso ruinoso. Quando Emma Bovary constrói seu percurso atravessando essa fenda do adultério, encontra até no nível das palavras, por meio da retórica, uma deterioração.

Ao chegar ao século XX, na obra de Atwood, o que se encontra é um confronto de parâmetros e concepções ainda mais agudo.

Ambigüidades

Em *Lady Oracle*, a concepção de amor-paixão, expressa no adultério, parte de forma ainda mais acentuada da exterioridade. Não se trata simplesmente de uma retórica verbal. Esse tipo de retórica, no entanto, também ocorre. Ele já estava presente, não propriamente numa situação de adultério, mas naquela aproximação entre o contexto da "Lady of Shalott" e o relacionamento de Joan e Paul.

A Lady de Shalott traz à tona a figura de Lancelot, que toma uma dupla direção, de acordo com as histórias em que aparece, no ciclo arthuriano. Toma-se por base para esta investigação a história de Sir Lancelot, tal como contada na obra de Sir Thomas

BOVARISMO E ROMANCE

Malory, *Le Morte Darthur*, escrita no século XV, a partir das versões da lenda que circularam até então[33].

Segundo essa obra, Lancelot é, ao mesmo tempo, conhecido como o cavaleiro arturiano salvador de damas perseguidas ou em perigo, e o cavaleiro que persegue damas, que as coloca em perigo. Essa ambigüidade se revela em dois episódios da lenda. O primeiro conta a história da Bela Virgem de Ascolot –"Fair Maid of Ascolot" – que morre por amor de Lancelot. Há uma relação, portanto, com a Lady de Shalott do poema tennysoniano, inspirado, aliás, principalmente nessa obra de Malory[34]. Nesse caso, Lancelot é o motivo, direto ou indireto, do perigo a que a donzela se submete, vindo a perecer. O segundo conta o envolvimento amoroso entre Lancelot e Guinevere, a esposa do rei Arthur, depois de tê-la salvo de um perigo. É motivo de briga e reconciliações entre o cavaleiro e o rei. Malory, como seus antecessores, não elucida se há ou não consumação do adultério nessa história, mas o fato é que a inclinação amorosa adúltera aparece em todas as versões. Lancelot é aqui, de qualquer forma, o salvador.

No primeiro relacionamento amoroso de Joan não há casamento formal. Ela é amante de Paul, em grande parte aproximado à figura de Sir Lancelot. Joan declara que estava disposta, então, até a tornar-se um cadáver para ter alguém que lhe dissesse que tinha um rosto adorável. E como se viu, assim termina a história

---

33. Cf. Brewer, 1983.
34. O tema da donzela reclusa aparece por diversas vezes na obra de Tennyson. Segundo John Killham (1969, p. 129), a Lady de Shalott deriva de várias fontes mescladas pelo poeta: "ele não usou completamente a estória de Elaine, tal como esta pode ser lida em Malory... e a *novela* italiana de *La Damigella di Scalot*, que foi, provavelmente, sua fonte mais imediata, não tinha torre, tapeçaria, espelho ou maldição. Assim como Spenser, Tennyson fez uso do material arturiano para seu próprio propósito ulterior, omitindo o nome da moça, usando uma forma obscura do nome da residência dela..." A "Fair Maid of Ascolot" é citada por Brewer. Pode ser mais uma das fontes de Tennyson, e, de qualquer forma, como a donzela do poema, morre por amor a Lancelot, o que torna viável supor as relações que se estão estabelecendo neste trabalho.

AS ÁGUAS E A TORRE

da Lady de Shalott. Nesse ponto do enredo, portanto, a figura de Lancelot recobre os aspectos contidos no primeiro episódio – o da "Fair Maid of Ascolot".

Mais adiante, ocorre o casamento com Arthur, visto freqüentemente por Joan como um defensor de causas difíceis, e, às vezes, perdidas. Quando o matrimônio atravessa seu maior momento de crise, Joan conhece o "Royal Porcupine", um devotado monarquista, um homem de capa. O segundo aspecto de Lancelot aparece no texto. Joan está agora bem mais próxima de Guinevere do que de Shalott.

Tais indicações aproximam esse adultério de Joan às características que ele tinha nas histórias de cavalaria, semelhante à história de outro dos cavaleiros contada por Malory: *Tristão e Isolda*.

A semelhança, porém, fica apenas no nível retórico, porque o que efetivamente ocorre não é a realização da busca da transcendência no amor, como no caso de Tristão e Isolda e de Lancelot e Guinevere, mas um enveredamento pelos códigos amorosos que remontam ao universo cortês, seguem até o universo romântico oitocentista, passando pela sedução byroniana, e chegam enfim à indefinição de rumos da época contemporânea.

Ao contrário do que ocorre em *Madame Bovary*, a situação de adultério é uma só, que concentra todos os aspectos. O amante pode se assemelhar ao Lancelot, que socorre a esposa de Arthur num momento difícil, mas ele é também alguém com quem valsar.

Joan inicia o relacionamento amoroso com o "Royal Porcupine" pouco depois de o conhecer. Consumado o adultério, a narradora começa o próximo capítulo da seguinte forma:

This was the beginning of my double life. But hadn't my life always been double? There was always that shadowy twin, thin when I was fat, fat when I was thin, myself in selvery negative, with dark teeth and shining white pupils glowing in the black sunlight of that other world[35].

---

35. Atwood, 1988b, Parte 4, Cap. 24, p. 247. "Esse foi o início de minha vida dupla. Mas minha vida não fora sempre dupla? Havia sempre aquela gêmea

A constatação da duplicidade é feita nesse romance de maneira bem mais evidente do que em *Madame Bovary*. Em lugar do dourado emoldurando a cabeça de Emma duplicada no espelho, os tons agora são negros, e a duplicação aparece embutida na idéia da fotografia, do negativo do filme. O negro, o escuro remete ao universo gótico, com o qual a heroína lida. A fotografia remete a um instrumento de reprodução técnica, isto é, remete a um contexto em que um original pode tecnicamente ser convertido em uma infinidade de cópias, como numa produção em série. A literatura que Joan escreve, de consumo ou de massa, faz parte desse processo, indissociável do contexto contemporâneo.

Segue-se o arrependimento da personagem, na volta a casa, enquanto constata a ausência do marido, apesar do avançado da hora. É então que Arthur chega e começa a falar de Marlene, levando Joan à suposição de que ele talvez também a tivesse traído. Arthur fala de adultério, mas não o dele. Ocorre a descrição da cena, citada páginas atrás, que relata o soco levado por Marlene depois de contar ao marido que mantinha um relacionamento extraconjugal. A atitude de Marlene fornece um contraponto ainda mais marcado pelo fato de que Joan havia acabado de fazer o mesmo, isto é, trair o marido.

Detritos e Vestígios

Joan interrompe e depois retoma a relação com o amante. Isto é, como Guinevere, volta para Arthur temporariamente. Nessa retomada do adultério ocorre a valsa:

Finally I had someone who would waltz with me, and we waltzed all over the ballroom floor of his warehouse, he in his top hat and nothing else, I in a lace tablecloth, to the music of the Mantovani strings, which we got at the Crippled Civilians. We got the record player there, too, for

nebulosa, magra quando eu era gorda, gorda quando eu era magra, eu mesma num negativo de prata, com dentes negros e pupilas brancas brilhantes reluzindo na negra luz solar daquele outro mundo" (p. 251).

ten dollars. When we weren't waltzing or making love, we frequented junk shops, combing them for vests, eight-button gloves, black satin Merry Widows and formal gowns of the fifties[36].

Nos Civis Inválidos, Joan experimenta botas, e acaba comprando a única que servia: "I soon discovered that my own interest in nineteenth-century trivia was no match for the Royal Porcupine's obsession with cultural detritus"[37].

De várias formas, Joan e o seu amante são colecionadores de restos do passado. Quando compram objetos antigos ou quando procuram agir de acordo com um padrão de comportamento e de pensamento de uma época anterior, o que, na verdade, estão obtendo são, para usar os termos de Joan, efetivamente detritos, restos, vestígios, tanto no nível material quanto no nível mental. No âmbito da linguagem amorosa – verbal ou não – de que se utilizam, o nome para isso é retórica, no sentido de algo que se preserva na forma, mas cujos referenciais já não se encontram mais disponíveis.

Em *Lady Oracle*, portanto, o adultério também é, a exemplo do que se passava em *Madame Bovary*, o encontro com um outro disposto à tentativa de representação de algo cujos fundamentos estão perdidos.

O amante de Joan é um artista, que se auto-intitula "Master of the Con-Create Poem". Ele traz à tona ainda uma outra ambigüidade, além daquela contida na figura de Lancelot. Essa diz res-

---

36. *Idem*, Parte 4, Cap. 25, p. 256. "Finalmente tinha alguém que valsava comigo, e valsávamos por todo o chão de salão de baile do depósito dele, ele com sua cartola e mais nada, e eu com um laço de toalha de mesa, ao som da música de cordas de Mantovani, que havíamos comprado nos Civis Inválidos. Também conseguimos o toca-discos lá, por dez dólares. Quando não estávamos valsando ou fazendo amor, freqüentávamos lojas de trastes, procurando roupas, luvas com oito botões, chapéus de viúva de cetim preto e vestidos formais da década de cinqüenta" (p. 260).

37. *Idem*. "Logo descobri que meu interesse por bagatelas do século dezenove não era páreo para a obsessão do Porco-espinho Real por detritos culturais" (p. 261).

peito à própria relação com o passado, que parece ser algo fundamental nesse romance, como alguns elementos observados até agora indicam[38].

Ele já havia lido o livro de Joan e expressa francamente sua opinião negativa sobre ele. Após uma volta por sua exposição pede igualmente que Joan expresse sua opinião:

> "Well", I said, "I don't know. ...I guess I don't know much about art."
> "It's not art, it's poetry", the Royal Porcupine said, slightly offended. "Con-create poetry, I'm the man who put the creativity back in concrete."
> "I don't Know much about that either."
> "That's obvious from the stuff you write," he said. "I could write that stuff with my toes. *The only reason you're so famous is your stuff is obsolete*, man, they buy it because they haven't caught up with the present yet"[39].

O homem que fala em alcançar o presente e que critica quem vive no passado é também o homem que usa uma capa, como aquela que aparece na personagem dos poemas de Joan, e que remete diretamente ao universo gótico. É o homem que insiste para que sua amante compre botas do século XIX para valsarem juntos.

38. A criação de Royal Porcupine consiste em congelar animais encontrados mortos, na posição em que permaneceram, em geral depois de um atropelamento. Ele promove uma exposição desses animais congelados em *freezers* com paredes de vidro, catalogados segundo sua identificação, local e data em que foram encontrados e descrição dos ferimentos que os levaram à morte. A exposição, numa galeria de segunda categoria, ocorre simultaneamente a uma noite de autógrafos da autora de *Lady Oracle*. Percebe-se que seu interesse por detritos, vestígios chega ao ponto do cadáver, que adquire este estado pelas mãos – ou rodas – da própria civilização contemporânea.

39. Atwood, 1988b, Parte 4, Cap. 23, pp. 242-243, grifo meu. "– Bem" – falei – "Não sei... acho que não entendo muito de arte". / "– Não é arte, é poesia" – afirmou o Porco-espinho Real, levemente ofendido. "– Poema concreto. Sou o homem que faz a criatividade retornar ao concreto". / "– Também não entendo muito disso". / "– Isto é óbvio pelas coisas que escreve" – falou. – "Eu podia escrever aqueles troços com os dedões dos pés. O único motivo pelo qual ficou famosa é porque o seu material é obsoleto, cara, as pessoas compram porque ainda não alcançaram o presente" (p. 246).

Quando o relacionamento entre Joan e Royal Porcupine se estabelece, Joan concretiza seu desejo de voltar ao passado, de se encontrar com uma concepção de amor da qual se servia para escrever seus livros. Contudo, tanto os livros quanto os episódios que vive com o amante carregam a evidência de serem uma tentativa insatisfatória, porque têm acesso apenas ao aspecto formal daquilo que tanto buscam. A ambigüidade relacionada com passado/presente que o amante representa tão bem, sob a forma de uma contradição encarnada, como que coloca aspas diante de todo discurso ou gesto amoroso que o casal profere.

A valsa tem agora seu conteúdo erótico totalmente explicitado na própria nudez dos amantes. O lugar onde dançam já não é um salão de baile e a música que ouvem é um produto deteriorado, diluído, como os livros de Joan o são em relação ao parâmetro com que lidam[40]. Há uma espécie de estilização, isto é, uma recorrência aos traços mínimos representativos de algo, sem a preocupação com detalhes e variações.

Estilização

A valsa em *Lady Oracle* é uma valsa oitocentista estilizada. O cavalheiro usa o chapéu porque esse é o traço de virilidade e de distinção. A dama usa um laço, que estiliza a feminilidade. Se ambos estão nus, se o laço é feito de toalha de mesa, um espaço irônico diante da estilização se abre.

O adultério, em *Lady Oracle*, não tem o mesmo caráter ruinoso que em *Madame Bovary*, porque a personagem tem uma certa

---

40. O tipo de ficção gótica escrita pela personagem distancia-se dos desenvolvimentos desse gênero na atualidade e, ao contrário, aproxima-se da banalização, da vulgarização, da diluição do gênero. David Punter (1980, p. 2) aponta esses dois caminhos. Para ele, ao lado do gótico historicamente datado, há uma parcela da literatura americana, de primeira qualidade, que trabalha na vertente aberta por ele, e há as brochuras baratas, onde "os mesmos temas são repetidos com apenas leves variações, e freqüentemente fazem-se suposições que indicam um leitor já profundamente familiarizado com um certo conjunto de convenções narrativas e estilísticas".

consciência do fato de estar tentando combinar dois mundos. Tudo o que ela percebe é a deterioração, a diluição e a impossibilidade. A concepção de individualidade que ela busca não só não está mais acessível, como não conduz a personagem à noção de destruição de si mesma como individualidade. Não é, pois, ruinoso, na medida em que a própria personagem encontra-se a tal ponto capturada pela lógica da individualidade fragmentada e substituível, que pode vivenciar a experiência da interioridade convertida a traços mínimos, estilizados, num universo bem mais próximo da caricatura.

É capaz, então, de trocar o relacionamento adúltero com o homem disposto a viver uma representação fantasiosa do passado – embora preocupado com o presente – pelo retorno às suas ficções góticas, em que o padrão ainda se mantinha imperturbável, mesmo que retórico e ficcional. Amante e ficção se alinham num mesmo plano e são intercambiáveis, segundo esse vértice.

Aos poucos, Royal Porcupine vai dando mais e mais espaço à sua identidade Chuck Brewer, o homem comum, trabalhador canadense, que passa a querer não o passado fantasioso, mas o presente – e o lugar de Arthur. Joan foge apavorada.

Até mesmo os termos que usa para verificar a duplicidade de Royal Porcupine/Chuck Brewer remetem ao universo gótico, no qual tanto se esforça por manter-se: "Was every Heathcliff a Linton in disguise?"[41]:

The next time I stepped out of the freight elevator, there was an ambush waiting for me. The Royal Porcupine was there, but he was no longer the Royal Porcupine. He'd cut his hair short and shaved off his beard. He was standing in the middle of the floor, no cape, no cane, no gloves; just a pair of jeans and a T-shirt that said *Honda* on it. He was merely Chuck Brewer; had he always been, underneath his beard? He look plundered[42].

41. Atwood, 1988b, Parte 4, Cap. 26, pp. 271-272. "Todo Heathcliff seria um Linton disfarçado?" (p. 276). A narradora refere-se às personagens masculinas do romance romanesco-gótico de Emily Brontë, *Wunthering Heights*.
42. *Idem*, p. 272. "Na vez seguinte que eu saí do elevador de carga, havia uma

O homem comum, não mais o concretizador da imaginação romanesca, não é bem-vindo, porque se torna mais real, deixando de ser uma substituição para os inúmeros heróis góticos criados pela personagem.

A estilização alcança a figura masculina em *Lady Oracle* de maneira muito marcante. Existe uma espécie de paradigma masculino na mente de Joan, como havia na de Emma. Esta logrou encarnar seus ideais de origem literária na figura do Visconde. Para Joan, a figura que desempenha esse mesmo papel é a de Byron, sobretudo a imagem do poeta inglês tal qual difundida pelo byronismo mais exacerbado. Há um pouco desse Byron no marido, há muito desse Byron no amante, em suas bizarrices, seu modo de vestir, sua morbidez.

Joan não estava realmente se relacionando com uma outra interioridade subjetiva, mas com um conjunto de traços masculinos que, quando reunidos, formavam uma espécie de Byron estilizado. Quando Royal Porcupine se desfaz desses apetrechos caricaturais, parece espoliado aos olhos de Joan, porque o que resta é só um homem de verdade, uma subjetividade disposta a viver uma relação amorosa mais verdadeira e menos retórica.

A primeira observação de Joan sobre Royal Porcupine, quando retomam o relacionamento, atesta o grau de estilização a que ele está reduzido, e qual o referencial para isso. Eles estão numa lanchonete barata, comendo cachorro quente e bebendo laranjada:

> I found his cape a little incongruous in Simpson's Basement, and the sexual fantasies I'd been having about him drooped slightly. Still, there was something Byronic about him. Byron, I remembered, had kept a pet bear in his rooms and drunk wine from a skull[43].

> emboscada à minha espera. O Porco-espinho Real estava lá, mas não era mais o Porco-espinho Real. Cortara o cabelo bem curto e raspara a barba. Estava de pé no centro do assoalho, sem capa, sem bengala, sem luvas; apenas um *jeans* e uma camiseta com *Honda* escrito nela. Era simplesmente Chuck Brewer; sempre fora isso por baixo de sua barba? Ele parecia espoliado" (p. 277).

43. *Idem*, Parte 4, Cap. 25, p. 256. "Achei sua capa um pouco incongruente no

Ambigüidades de Lancelot, valsas romanescas, seduções byronianas, capas e mistérios góticos, esse é o eixo por onde passa o adultério de Joan, entre retórica e estilizações. O traço byroniano está, em certa medida, vinculado ao referencial gótico sempre presente neste romance.

Segundo David Punter, o padrão de herói, gerado no âmbito gótico, alcança uma forma mais acabada na obra de Byron:

A apoteose desse belo e aterrorizante herói fora-da-lei ocorre, naturalmente, em Byron, que se baseia, com respeito a isso e outras coisas, em Radcliffe e Lewis, que ele admirava muito, embora isso não o tenha impedido de ridicularizá-los.

...Byron vê o passado como povoado de gigantes, mas ele sabe que a imaginação é responsável por isso. Como ele dá a entender em *Lara* (1814), o Gótico tem a ver com um tipo de expressionismo; o que vemos no passado é em parte a sombra exagerada da realidade[44].

Percebe-se, desse modo, que o aspecto representado pelo uso do adjetivo "Byronic" na caracterização do masculino buscado por Joan diz respeito, ao mesmo tempo, à elaboração que o poeta Byron fez do herói gótico, inclusive repensando a relação com o passado, e, também, vincula-se à caracterização um tanto gótica que o byronismo veiculou sobre o próprio poeta. Assim sendo, as confusões entre o mundo ficcional de um poeta ou escritor e sua existência real dão forma para mais uma ambigüidade presente no romance de Atwood. A chegada ao presente ocorre somente como conjectura. A uma certa altura, Joan começa a cogitar a idéia de contar sobre o amante para Arthur, como Marlene o fizera:

I even toyed with the idea of telling him, trying openness and honesty as Marlene had; but then, it hadn't done any wonders for her, and I was fairly sure it wouldn't do much for me either. I was afraid that Arthur

subsolo da 'Simpson's', e as fantasias sexuais que vinha tendo com ele esmoreceram um pouquinho. Mesmo assim, havia algo de byrônico nele. Byron, eu me recordava, mantivera um filhote de urso em seus aposentos e tomava vinho em uma caveira" (p. 260).

44. Punter, 1980, pp. 108-111.

would laugh, denounce me as a traitor to the cause, or kick me out. I didn't want that: I still loved him, I was sure of it. "Maybe we should have an open marriage", I said to Arthur one night ... But he didn't even answer, which might've been because his mouth was full, and that was as far as I got[45].

Joan não supõe reações emocionais violentas, de ciúmes, mas indiferença, ataques ideológicos e, o mais surpreendente, riso. Não sente que seria realmente tomada a sério pelo marido, e mesmo sendo ela quem trai, teme perdê-lo. Tais atitudes e conjecturas dão conta das dificuldades da época contemporânea para lidar com questões de tão longa data para a civilização. Joan prefere um mundo passado estilizado, e, por isso mesmo, de certa forma diminuído, apequenado, à pluralidade e confusão de rumos de sua própria época.

Retórica e Estilização

Em síntese, percebe-se que o adultério funciona, nas duas obras em questão e naquelas que foram aproximadas à de Flaubert, como um tema extremamente propício para a revelação dos conflitos mais profundos de uma sociedade, a maneira como ela está articulada e a concepção de indivíduo que lhe subjaz.

Emma e Joan buscam nas relações extraconjugais parceiros de fantasia, isto é, homens que aceitem viver uma relação amorosa segundo concepções que não são mais aquelas que suas próprias épocas oferecem. A expressão "à moda de" sintetiza o processo. Elas querem viver um relacionamento "à moda de", e a palavra que se segue à expressão recobre toda a história da concepção de

---

45. Atwood, 1988b, Parte 4, Cap. 25, p. 258. "Até mesmo brinquei com a idéia de contar para ele, tentando abertura e honestidade como Marlene fizera; entretanto, isso não fizera maravilhas no caso dela, e eu tinha toda certeza que também não faria no meu. Receava que Arthur risse, me denunciasse como traidora da causa, e me chutasse para escanteio. 'Talvez a gente devesse ter um casamento aberto', falei para Arthur certa noite... Mas ele nem mesmo respondeu, o que pode ter ocorrido por estar com a boca cheia, e não fui além disso" (p. 262).

indivíduo e de paixão, desde o amor cortês até o momento presente de cada heroína. Em *Madame Bovary*, o processo recai na retórica; em *Lady Oracle*, deriva também para a estilização. A estilização abre, entre o fundamento e a forma de uma determinada ação ou pensamento, um abismo ainda maior do que a retórica. Esta mantém um vínculo um pouco mais próximo às concepções que imita formalmente do que a estilização. Há uma diferença de grau entre um e outro processo, ambos partindo das mesmas raízes.

A retórica, no sentido tomado até aqui, pressupõe a imitação de um modelo, mesmo que as determinações intrínsecas que originam esse modelo estejam, por um motivo ou outro, inacessíveis. A estilização não procede da mesma maneira. Ela não procura imitar com fidelidade, mas reduzir o modelo aos traços mínimos em que ele pode ainda ser identificado. O grau de distanciamento dos fundamentos do modelo escolhido é muito maior na estilização do que no procedimento retórico.

Assim, se, pela imitação, a retórica é a marca de uma ausência, um vestígio, uma ruína, a estilização é uma redução, um despojamento.

A retórica predomina nas relações amorosas adúlteras em *Madame Bovary*. Observa-se, assim, que essas relações amorosas são fantasmagorias criadas por palavras. Tanto no nível das atitudes quanto no das palavras, o adultério nesse romance passa pela deterioração de algo – a ruína. Em *Lady Oracle*, a retórica também está presente, mas o que predomina é a estilização, isto é, o movimento de despojamento, de redução. No nível da palavra, portanto, a questão da dimensão, sobretudo, do apequenamento, é coerente com o percurso da heroína pelas relações amorosas – adúlteras ou não.

Parece pertinente a constatação de que o percurso real dessas duas personagens – Emma e Joan – marca-se por um movimento que, seja pela deterioração seja pela diminuição ou apequenamento, conduz, de uma maneira ou de outra, à idéia de extinção, de algo que vai se extinguindo. Um outro nome para isso, sob certas circunstâncias, pode ser "morte".

3

Modos de Morrer

Planos de Morte

I planned my death carefully; unlike my life, which meandered along from one thing to another, despite my feeble attempts to control it. My life had a tendency to spread, to get flabby, to scroll and festoon like the frame of a baroque mirror, which came from following the line of least resistance. I wanted my death, by contrast, to be neat and simple, understated, even a little severe, like a Quaker church or the basic black dress with a single strand of pearls much praised by fashion magazines when I was fifteen. No trumpets, no megaphones, no spangles, no loose ends, this time. The trick was to disappear without a trace, leaving behind me the shadow of a corpse, a shadow everyone would mistake for a solid reality. At first I thought I'd managed it[1].

---

1. Atwood, 1988b, Parte 1, Cap. 1, p. 3. "Eu planejei minha morte cuidadosamente; ao contrário de minha vida, que meandrava de uma coisa para outra, apesar de minhas débeis tentativas de controlá-la. Minha vida tinha uma tendência a se espalhar, tornar-se flácida, enrolar-se, festonar como a moldura de um espelho barroco, e vinha percorrendo a linha de resistência mínima. Queria que minha morte, por contraste, fosse limpa e simples, sem ênfase, até mesmo um pouco severa como uma igreja Quaker ou o vestido preto clássico com uma volta simples de pérolas, muito elogiado pelas revistas de moda quando eu tinha quinze anos. Nada de cornetas, megafones, lantejoulas, nada de pontas soltas desta vez. O truque era desaparecer sem vestígio, deixando atrás de mim a sombra de um cadáver, uma sombra que todos tomariam por uma realidade sólida. A princípio pensava que conse-

BOVARISMO E ROMANCE

É assim que começa o romance *Lady Oracle*. Esse trecho está separado do resto da narrativa por um pequeno espaço em branco nas edições em inglês. Tal espaço foi mantido, e até ampliado, na tradução brasileira. Não se trata de um mero detalhe. Não é um procedimento usual no romance, exceto quando são introduzidos os trechos em itálico, referentes à produção ficcional da narradora-escritora.

Não só pelo seu aspecto gráfico, esse trecho destaca-se do restante da narrativa. A maneira como está escrito contrasta vivamente com o ritmo um tanto desenfreado que a narradora imprime ao seu texto. Apesar de ser o início da história, soa como algo escrito depois do seu final, ou muito antes.

O assunto da obra parece estar sendo apresentado ao leitor: a história de uma morte que não saiu de acordo com o planejado. Essa colocação do assunto paira sobre a narrativa integral. Pode-se dizer que a história realmente começa assim: "The day after I arrived in Terremoto I was sitting outside on the balcony" – o parágrafo subsequente ao primeiro. O trecho inicial funciona como uma introdução, um comentário distanciado com relação ao que se vai começar a contar, remontando ao passado: o dia seguinte de algo.

Dando um salto para o fim dessa história, observa-se que o tempo utilizado é o presente:

Right now, though, it's easier just to stay here in Rome – I've found a cheap little *pensione* – and walk to the hospital for visiting hours. He hasn't told anyone where I am yet, he promised he wouldn't for a week. He's a nice man; he doesn't have a very interesting nose, but I have to

guiria" (p. 7). Na tradução brasileira há um engano quanto ao tempo verbal da frase final. A tradução traz: "A princípio pensava que conseguiria", quando o mais adequado seria: "A princípio pensava que havia conseguido". Em inglês: "I'd mana*ged* it". A substituição do passado pelo condicional altera o sentido do trecho citado. O condicional pode tanto significar que a ação já ocorreu quanto o oposto, mas no original a idéia de passado não deixa margens à dúvida.

1 5 8

admit that there is something about a man in a bandage... Also I've begun
to feel he's the only person who knows anything about me. Maybe because
I've never hit anyone else with a bottle, so they never got to see that part
of me. Neither did I, come to think of it.

It did make a mess; but then, I don't think I'll ever be a very tidy
person[2].

A introdução, tal como se encontra redigida no primeiro parágrafo do romance, tem seu sentido completado na última frase
do livro; entretanto, ainda assim, ela parece estar destacada, um
pouco deslocada, como se se tratasse de um pequeno problema
de ajuste, de engaste.

Basicamente, é no tom que se pode perceber esse leve
desajuste. No início, há ainda alguma sobriedade no estilo. E é
algo aparentemente dito no momento presente. No final, também
no momento presente, já não resta vestígio dessa sobriedade. O
tom é menos do que irônico, não chega a ser satírico, é quase que
um tom faceiro, que faz lembrar, no campo da gestualidade, uma
ligeira piscadela, ou um sorridente dar de ombros.

Um dos possíveis motivos dessa mudança de tom talvez seja
o fato de que o livro foi concebido de uma maneira e, ele também, a exemplo da morte forjada da personagem, saiu de forma
diversa à planejada. A princípio, seria a história da personagem
começando com o relato de um falso suicídio, que, após a rememoração da vida passada até aquele momento, se transformaria
num suicídio verdadeiro. É a própria autora quem revela este fato:

2. *Idem*, Parte 5, Cap. 37, p. 345. "No momento, apesar de tudo, é mais fácil ir
    ficando, aqui em Roma encontrei uma pequena *pensione* barata – e ir até o
    hospital no horário de visitas. Ele ainda não disse a ninguém onde estou,
    prometeu que não faria isso durante uma semana. Ele é um homem agradá-
    vel; não tem um nariz muito interessante, mas devo admitir que há algo
    atraente num homem com ataduras... Também comecei a achar que ele é a
    única pessoa que sabe tudo sobre mim. Talvez porque nunca atingi ninguém
    com uma garrafa, portanto eles nunca viram essa minha parte. Nem eu, pen-
    sando bem. / Foi uma confusão; mas na verdade, creio que jamais consegui-
    rei ser uma pessoa muito jeitosa" (p. 349).

No início *Lady Oracle* era mais trágica – começaria com um falso suicídio e terminaria com um real. Como você sabe, acabou sendo diferente... é uma questão de metamorfose. Eu comecei com uma voz e uma personagem, e ela mudou enquanto eu escrevia, tornando-se uma pessoa diferente. Como isto aconteceu é inexplicável[3].

O dado que a autora fornece não chega a dar conta de explicar inteiramente o que ocorre no romance, embora, fornecido por ela própria, deva ser levado em consideração.

De uma forma ou de outra, é um romance que parte da idéia de morte da personagem, que se constrói em torno dessa idéia, e não chega a fazer uma grande diferença, desse ponto de vista, se a morte acaba por acontecer verdadeiramente ou não.

A questão da morte, ou do desejo de morte, ou, mais propriamente, do desejo de planejar a própria morte, é, pois, o centro nevrálgico do romance. Joan estabelece um contraste entre sua vida e sua morte, do ponto de vista da organização, do controle, do despojamento.

Ela diz que planejou a morte cuidadosamente, e isso é verdadeiro, de acordo com o que se viu anteriormente. No entanto, a maneira como ela ocorre é um acidente real, nada tendo a ver com a severidade e o despojamento desejados, ao contrário da frase com que o primeiro parágrafo do romance se encerra.

A vida da personagem tem uma tendência a se espalhar e a tornar-se flácida, como um corpo obeso, que é o seu na primeira fase de sua vida. A referência ao espelho barroco é extremamente significativa. Poucas épocas lidaram tanto com a questão da duplicidade, do espelhamento, quanto a época barroca, e como se tem podido perceber até aqui, tais elementos são fundamentais em *Lady Oracle*, um romance todo elaborado a partir de duplos: Joan/Louisa, Paul/Mavis Quilp, Chuck Brewer/Royal Porcupine etc. Os espelhos mantêm uma relação direta com a criatividade de Joan como escritora. O interessante é que

3. "A Question of Metamorphosis", entrevista realizada por Linda Sandler, em março e abril de 1976, reproduzida em Ingersoll, 1990, p. 41.

a narradora destaque o tipo de moldura para esse espelho, no que parece ser uma referência direta à maneira como constrói a narrativa em torno desses elementos de espelhamento, duplicidade, percurso formativo que se inscreve no próprio corpo da personagem.

Essa maneira de tratar o assunto, esse tipo de moldura, isto é, o tipo de continente que se cria para abrigar o espelhamento e os outros elementos mencionados, não segue uma linha reta, dá voltas, retorce-se sobre si mesmo, espalha-se; enfim, baseia-se sobretudo na aparência, no adornamento. Nada mais oposto ao modelo de vestimenta que Joan contrapõe.

Modos de Narrar

Pode-se dizer, a partir disso, que Joan, como narradora, discute nessa pequena introdução, essencialmente, a maneira, o jeito de se criar, de se contar alguma coisa. É de uma questão de técnica e de estilo que ela está tratando. E vale lembrar, a propósito, que em meio à preparação da queda do barco, enquanto velejam quase sem controle pelo Lago Ontario, Joan chega a se perguntar por que escolheu aquele enredo melodramático e efetivamente perigoso para ela e os amigos, para forjar sua morte.

Analisar a questão da morte nesse romance é, por um lado, confrontar um enredo e um modo de narrar desejados com um enredo e um modo de narrar utilizados realmente para forjar uma morte que quase se concretiza. Por outro, trata-se também de perceber as vinculações entre esses modos de conceber e de contar a morte e a busca amorosa da personagem, uma vez que, na matéria tratada nos capítulos anteriores, revelou-se a presença de padrões, como o poema de Tennyson, em que amor e morte estão intimamente relacionados.

A inversão presente neste capítulo – analisar primeiro *Lady Oracle* e depois *Madame Bovary* – ocorre somente desta vez porque, relacionando mais explicitamente a questão do amor e da morte com a narrativa, permite a adoção de um vértice diferente e

BOVARISMO E ROMANCE

produtivo para o exame da mesma questão em *Madame Bovary*, além de encaminhar de forma mais conseqüente a parte seguinte do trabalho.

Assim, em *Lady Oracle*, trata-se de perceber as vinculações entre modos de morrer e modos de narrar. Atwood faz certas observações sobre o assunto em seu livro de crítica literária, que podem ser úteis para iniciar o estudo.

O herói tradicional é definido pelo propósito e pela qualidade de sua morte.

O modo americano de morrer, como demonstrado tanto pela história quanto pela literatura, é a morte violenta: assassínio, linchamento, homicídio, um surto de destrutividade maníaca individual ou de massa contra a lei.

O modo inglês de morrer é a morte pela história ... Tais mortes são vistas como uma série de eventos sociais inter-relacionados...

O modo canadense de morrer é a morte por acidente[4].

A autora faz um contraste entre o modo tradicional – isto é, europeu – de tratar a morte do herói e os modos da América a que ela tem acesso – Estados Unidos e Canadá. Tal distinção vem ao encontro do fato de que por mais que Joan tente planejar a própria morte, o que quase a mata é acidental:

A história e a imaginação canadenses, portanto, conspiram para tornar quase impossível uma morte heróica plausível – uma morte que realiza algo, que significa alguma coisa em termos de sua sociedade. Os trabalhos de literatura construíram uma história que reflete quase essa impossibilidade, apesar de os autores poderem forçar o significado "tradicional" derivado. Freqüentemente, no entanto, eles cedem ao inevitável e escrevem sobre o Herói como perdedor ou vítima, quase a despeito de si mesmos[5].

4. Atwood, 1972, pp. 165-166.
5. *Idem*, p. 170.

Essa intenção de criar um herói cuja morte é a tradicional européia, com essa tendência incontrolável para fracassar e transformar o herói, por meio de sua morte, em um perdedor ou vítima, é mais um dos aspectos do desdobramento da relação com o poema de Tennyson, acrescido de mais dois dados: o primeiro, não se trata de um herói, mas de uma heroína; o segundo, o referencial do qual parte é um episódio da novela de cavalaria, em que a morte masculina é que geralmente alcança o significado sintetizador ou redentor da morte com sentido histórico. Como se vê, um dado se interpenetra com o outro.

Assim, talvez seja possível supor que o aspecto preponderante da questão da morte nesse romance é como contar essa morte, com que elementos de enredo criá-la, numa busca que se defronta com dois padrões, o da metrópole e o da periferia.

Mortes Femininas

A Lady de Shalott morre por amor de Lancelot. Sua morte no barco está dentro do paradigma da morte das jovens, em geral afogadas, como Ofélia por exemplo, não por acaso, ao lado da Lady de Shalott, outro dos temas retratados pelos pintores prérafaelitas, de menção tão constante nesse romance.

Este é, portanto, um paradigma de morte feminina e de morte tradicional na literatura européia, que é a sua origem. A própria relação entre amor e morte é até certo ponto herdada. Quando desenvolve sua tipologia feminina, Hans Mayer considera brevemente os modos de morrer a ela relacionados. De sua tipologia constam a mulher armada, na figura de Joana d'Arc; a condenação burguesa da mulher armada, na figura de Judit; a variação disto que é a mulher política, na figura de Ortrud, e a mulher fatal, na figura de Dalila. Certamente há variações, pois não se trata de uma classificação rígida, mas de um estudo das formas que a personagem feminina, como representante de uma parte da humanidade marginalizada, adquiriu ao longo do tempo na literatura.

Ao tratar da morte da personagem Hedda Gabler, de Ibsen, Mayer aponta certos traços sobre a morte das heroínas da literatura. Ele está se referindo ao suicídio:

[...] não era algo totalmente inacreditável que uma mulher buscasse a morte por decisão própria. Para isso existiam umas *formas de morte* típicas e outras fora de uso: a morte de Ofélia afogada ou da Clare em *Maria Magdalena*, de Hebbel; o arsênico de madame Bovary, a áspide de Cleópatra e inclusive a morte brutal de Ana Karenina sob as rodas de uma locomotiva.

Mas a pistola e o tiro na têmpora? No século XIX burguês isso estava reservado ao oficial que havia incorrido em desonra, como o coronel Rede, em Viena, convicto de espionagem, ou ao banqueiro falido e inclusive ao médico pleno de êxitos a quem logo culpa o fiscal. São formas de morte masculinas. Em conseqüência, são praticamente "um final que redime"[6].

A morte feminina é a morte de quem sucumbe, é o fim melancólico, ou o fim esperado. A morte masculina é a morte de quem se redime, de quem se resgata. A primeira é uma simples perda, a segunda é uma redenção ou mesmo uma elevação. Afogamento, veneno, impacto ou esmagamento para as mulheres. Pistolas, duelos, batalhas para os homens.

Em *Lady Oracle*, aparecem variações da morte por afogamento e a morte sob as locomotivas do trem, no caso do filme *The Red Shoes*, por várias vezes referido no texto. São mortes acidentais ou mortes de quem não suporta mais uma situação. Algo bem distante da morte corajosa, honrosa ou redentora de heróis masculinos, mas nenhuma personagem masculina morre nesse romance.

A matriz básica quanto ao modo de narrar a morte com que a narradora se relaciona é a balada – a história de um encontro fatídico. No caso, uma balada transformada a partir de um episódio da novela de cavalaria. Duas formas que remontam à era medieval, a primeira retomada na poesia do vitoriano Tennyson. A

6. Mayer, 1982, p. 87.

balada é uma das formas mais antigas de combinar amor e morte na literatura ocidental, o que faz supor que, além de tudo o que já foi apontado com relação a esse modelo, o fato de se tratar de um tipo especial de narração de um fim funesto é extremamente relevante. Joan testa o paradigma na sua poesia contemporânea, na diluição do romance gótico, no melodrama, enfim, em todas as formas literárias com as quais se relaciona.

Se o modelo tennysoniano se desdobra do paradigma à subversão no que diz respeito à representação do feminino, ele sofre o mesmo desdobramento no que se refere à sua atualização como modo de contar a morte.

Dois momentos são de interesse para a percepção desse fato: o episódio da morte forjada de Joan, e a morte e sobrevivência da personagem Felicia, criada por ela. A morte forjada, de tanto se esforçar por imitar o paradigma, incorrendo numa sucessão de tropeços, estabelece uma relação irônica com o modelo, como já se viu. Em certa medida, é como se a narradora-personagem perguntasse ao seu leitor: "você acredita seriamente nisto?" Ela questiona o padrão das mortes femininas como alternativa final diante dos fracassos e impossibilidades da vida real.

O modelo utilizado por Joan continua sendo o da mulher no barco, que submerge e se afoga, ou simplesmente, misteriosamente morre. Sua queda do barco, no Lago Ontario, congrega a imagem tennysoniana, a morte canadense por acidente, em especial por afogamento, o padrão ocidental que associa amor e morte, e que também está presente na imagem utilizada por Tennyson; e, enfim, o modelo da balada, que é a narração de um encontro fatídico. Dessa maneira, ao cair do barco, Joan está mergulhando nos paradigmas gerais da literatura ocidental relacionados à forma feminina de morrer e às maneiras de narrar uma morte, e está também mergulhando nos paradigmas específicos de seu país quanto a essas duas instâncias.

É significativo, e vale retomar a partir dessa configuração, o episódio do binóculo, anteriormente analisado, ampliando um pouco alguns de seus traços.

Um binóculo é um instrumento usado para observações da natureza, como no caso das observações de pássaros. É utilizado, também, para espiar ou espionar, seja no contexto urbano voyeurista ou no contexto bélico, além das explorações em geral. Também serve como eventual auxílio em viagens. Como quer que seja, seu uso, lícito ou ilícito, pressupõe distância do objeto, intenção de observá-lo e uma maior ou menor dificuldade para fazê-lo por si mesmo, a olho nu. Outro traço que já foi destacado é que, conforme o lado do binóculo que se escolha, pode-se aproximar o objeto do olhar ou colocá-lo ainda mais distante do que ele já está. O efeito óptico é bem simples; um lado aumenta o objeto, o outro diminui.

Sintetizando essa descrição, pode-se dizer que o binóculo é um instrumento para observação a distância de um objeto, que o afasta ou aproxima, aumenta ou diminui. No vértice, tão presente em *Lady Oracle,* da questão da dimensão, tudo o que aumenta vem identificado ao que idealiza, tudo o que diminui atrela-se à realidade. O que afasta, liga-se à evasão, o que aproxima, tem a ver com a tomada de consciência do real.

Esses movimentos conjugam-se, ainda, à volta ao passado e ao afastamento do presente. O movimento de afastamento e diminuição vincula-se, portanto, ao presente, e é facilmente identificado nas tentativas de evasão da realidade, reiteradas pela personagem no decorrer de todo o romance. O movimento de aproximação relaciona-se a um passado, isto é, a uma tentativa de trazer para perto algo que já passou. Essa aproximação aumenta o objeto, o que, no contexto dessa obra, traduz-se por uma constante idealização.

Quando se livra do binóculo para não afundar com ele, Joan está, metaforicamente, desfazendo-se dos instrumentos e recursos utilizados, até então, a fim de evadir-se para um passado idealizado, afastando-se o máximo possível de um presente indesejado. É a olhos nus que tentará, aos poucos, enxergar a vida que vai ter após a morte forjada. Afirma-se o modelo canadense, no que se refere à sobrevivência e, ainda, ultrapassa-se o modelo tradicio-

AS ÁGUAS E A TORRE

nal ocidental que faz sucumbir a heroína feminina diante dos
impasses da vida – amorosos ou não.

Essa espécie de subversão vai se refletir gradualmente em atitudes posteriores da personagem, alcançando sua própria ficção,
quando ocorre o segundo episódio que interessa examinar aqui:
a suposta morte e sobrevivência da personagem Felicia. Antes,
porém, é importante atentar para alguns aspectos que emergem
no texto quando a personagem faz o mesmo no Lago Ontario.

Na sua "vida após a morte", Joan encontra-se num local antigo, quase ancestral, uma vila italiana chamada Terremoto, próxima a Roma. Desse ponto preciso, ela pode observar duas coisas:
sua própria vida anterior, que toma a forma de uma narrativa, e o
espaço de tradição e conservadorismo onde se encontra. Nesse
espaço, ela não é bem-vinda. Da primeira vez em que lá estivera,
Arthur a acompanhava, e a presença desse marido tornava a pequena cidade mais receptiva. Da segunda vez, Joan fere os padrões do lugar, principalmente por estar sozinha.

Na primeira ocasião, ela parece, aos olhos da tradição conser-
vada, uma mulher perfeitamente integrada ao percurso feminino
cristalizado. Já na segunda oportunidade, sua dissonância com
esse padrão faz dela um ser indesejado:

> I walked up the winding cobbled street towards the market square,
> running the gauntlet of old women who sat every day on the doorsteps
> of their aggressively historical stone houses, their huge obsolete torsos
> crammed into black dresses as if in mourning, their legs like bloated
> sausages encased in wool. They were the same old women that had looked
> me over on the previous afternoon, the same ones that had been there a
> year ago and two thousand years ago. They did not vary[7].

7. Atwood, 1988b, Parte 1, Cap. 3, p. 22. "Subi pela sinuosa rua de paralelepí-
    pedos em direção à praça do mercado, percorrendo o corredor polonês de
    velhas mulheres que se sentavam diariamente nas soleiras das portas de suas
    agressivamente históricas casas de pedras, seus enormes troncos obsoletos
    apertados em vestidos pretos como se estivessem de luto, as pernas como
    salsichas intumescidas encerradas em lã. Eram as mesmas velhas que haviam

BOVARISMO E ROMANCE

A uma certa altura, Joan passa a ser abertamente hostilizada. As crianças lhe atiram pedras, as mulheres olham-na com crescente desconfiança:

I would have to walk up to town, hobbling through the gauntlet of old women, who would make horns with their hands, tell the children to throw stones, wish me bad luck. What did they see, the eyes behind those stone-wall windows? A female monster, larger than life, larger than most life around here anyway, striding down the hill, her hair standing on end with electrical force, volts of malevolent energy shooting from her fingers, her green eyes behind her dark tourist's glasses, her dark mafia glasses, lit up and glowing like a cat's. Look out, old black-stockinged sausage women, or I'll zap you, in spite of your evil-eye signs and muttered prayers to the saints. Did they think I flew around at night like a moth, drinking blood from their big toes? If I got a black dress and long black stockings, then would they like me?[8]

Esses episódios são extremamente ricos em detalhes e elementos importantes – há o velho mundo, representado pelas pedras, pelas mulheres eternamente iguais.

Joan vinha de um espaço do mundo novo assombrado pelo antigo – o Canadá. Experimentou as relações amorosas e iniciou sua tentativa de encarnar um ideal literário, tanto nessas rela-

---

olhado para mim na tarde anterior, as mesmas que tinham estado ali há um ano e há dois mil anos. Elas não mudam" (p. 26).

8. *Idem*, Parte 5, Cap. 35, p. 337. "Teria que andar até a cidade, coxeando no meio do corredor polonês de velhas, que fariam chifres com suas mãos, mandariam as crianças jogarem pedra, me desejarem azar. Que viam eles, os olhos por trás daquelas janelas-muralhas? Um monstro feminino, maior que a vida, maior que grande parte da vida aqui, afinal, descendo a colina com passadas largas, os cabelos em pé por causa da eletricidade, *volts* de energia maligna despejando-se de seus dedos, seus olhos verdes por trás dos óculos escuros de turista, seus óculos escuros da máfia, iluminados e reluzindo como os de um gato. Cuidado, velhas salsichas com meias pretas, ou elimino vocês, apesar de seus sinais de anátema e preces murmuradas para os santos. Será que elas pensam que saio voando por aí à noite como uma mariposa, sugando sangue de seus dedões dos pés? Se eu tivesse um vestido preto e longas meias pretas, elas gostariam de mim?" (pp. 340-341)

çoes quanto na ficção que começa a escrever, num espaço anti-go, convivendo com o novo – a Inglaterra. Agora, no seu pós-morte, encontra-se num espaço que é o da tradição quase intocada, um espaço ancestral, extremamente conservador – zeloso mesmo da tradição que conserva[9]. O nome Terremoto, contudo, dá a conhecer a dimensão do que, nesse espaço conservado da tradição, vai acontecer com a personagem.

Quando se fala em tradição, entre os muitos sentidos e direções que esse termo pode englobar no texto, um se destaca pela pertinência ao ponto de vista que norteia este estudo. Trata-se do percurso feminino. Não por acaso, ao lado das pedras do velho mundo, encontram-se as mulheres.

Dessa perspectiva, é digno de nota o fato de Joan atribuir-se uma caracterização de feiticeira quando observada pelos olhos dessas mulheres. No entanto, ela faz quase que um exorcismo, uma vez que o seu próprio olhar direcionado a elas também comporta signos usuais às bruxas. Se elas usam sinais, anátemas e preces na direção da "feiticeira" Joan, elas também lhe desejam azar, isto é, amaldiçoam, provavelmente na crença de que desejar algo é uma forma de fazer que aconteça – a velha fusão entre palavra e coisa de que a magia é feita.

Joan percebe que destoa daquele universo, que está mais uma vez excluída da constituição convencional da feminilidade, como

---

9. É preciso considerar essa sucessão de lugares também por um outro vértice. O Canadá é o espaço da publicação da maior parte dos livros de Joan e de *Lady Oracle*, tanto uns como outro lidando, na contemporaneidade, com a literatura gótica. A Inglaterra é onde se estabeleceu o romance gótico propriamente dito. Por mais que o gótico e o sobrenatural perpassem vários países, ao se falar de romances desse gênero, é comum que o adjetivo pátrio "inglês" esteja a eles relacionado. A Itália é o lugar preferencialmente utilizado por esse imaginário gótico inglês para localizar algumas de suas ficções. Os nomes das personagens também freqüentemente têm essa origem. Vale citar, como exemplo mais cabal, o romance *O Italiano*, de Ann Radcliffe, entre tantos outros. Assim, essa seqüência de lugares pode ser observada a partir da relação que de alguma forma mantém com o gênero literário cultivado pela personagem.

indica a sua suposição de que, vestindo-se como elas, isto é, aceitando e incorporando-se ao que elas são, poderia ser acolhida.

O uso da aproximação com a figura da feiticeira pode ser desdobrado em duas direções diferentes, ambas relacionadas à construção da imagem do feminino. Trata-se da diabolização da mulher, por um lado, e do nascimento da figura da mulher armada, simbolizada por Joana d'Arc, conforme analisada por Hans Mayer, por outro. A seguinte passagem do romance respalda essa segunda direção:

Maybe my mother didn't name me after Joan Crawford after all, I thought; she just told me that to cover up. She named me after Joan of Arc, didn't she know what happened to women like that? They were accused of witchcraft, they were roped to the stake, they gave a lovely light; a star is a blob of burning gas. But I was a coward, I'd rather not win and not burn, I'd rather sit in the grandstand eating my bag of popcorn and watch along with everyone else. When you started hearing voices you were in trouble, especially if you believed them. The English cheered as Joan went up like a volcano, a rocket, like a plum pudding. They sprinkled the ashes on the river; only her heart remained[10].

Convergem nessas citações três aspectos: o do percurso feminino tradicional, o do seu desvio, que pode levar à criação da imagem da feiticeira, e a trajetória de Joana d'Arc que, em certo momento, coincide com a imagem da feiticeira.

Já se teve oportunidade de observar, pelas formulações de Adorno, em que pressupostos repousa a dominação da mulher – identificação com a natureza que, no processo do esclarecimento,

---

10. Atwood, 1988b, Parte 5, Cap. 35, p. 337. "Talvez minha mãe não tivesse dado meu nome por causa de Joan Crawford, pensei; disse-me isso apenas para disfarçar. Deu meu nome por causa de Joana d'Arc, não sabia ela o que acontecia com mulheres como essa? Eram acusadas de feitiçaria, amarradas a estacas, e davam uma linda fogueira; uma estrela é uma bolha de gás incendiado. Mas eu era uma covarde, preferia não vencer e não queimar, preferia me sentar na tribuna de honra comendo o meu saco de pipocas e assistir como todo mundo. Os ingleses vibraram quando Joana elevou-se como um vulcão, um foguete, como um suflê de ameixa. Espalharam as cinzas pelo rio; apenas seu coração restou" (p. 431).

O homem pretende subjugar, temendo recair no estado natural, mítico, pré-esclarecido.

Essa identificação com a natureza, principalmente no que diz respeito à sexualidade e à fertilidade feminina, com o correr dos séculos e com a cristianização da sociedade, vai favorecendo o processo de diabolização da mulher. Tudo o que motiva o intento de subjugar, provavelmente instiga também o medo[11].

Delumeau, em sua *História do Medo no Ocidente*, mostra como o cristianismo se apropriou e reforçou essa visão do ser feminino, que tem como um resultado prático a queima das feiticeiras[12].

---

11. Conforme constata Jean Delumeau (1989, p. 311): "Porque mais próxima da natureza e mais bem informada de seus segredos, a mulher sempre foi creditada, nas civilizações tradicionais, do poder não só de profetizar, mas também de curar ou de prejudicar por meio de misteriosas receitas. Em contrapartida, e de alguma maneira para valorizar-se, o homem definiu-se como apolíneo e racional por oposição à mulher dionisíaca e instintiva, mais invadida que ele pela obscuridade, pelo inconsciente e pelo sonho".

12. "Pandora grega ou Eva judaica, ela cometeu a falta original ao abrir a urna que continha todos os males ou ao comer o fruto proibido. O homem procurou um responsável para o sofrimento, para o malogro, para o desaparecimento do paraíso terrestre e encontrou a mulher... A caverna sexual tornou-se a fossa viscosa do inferno" (Delumeau, 1989, p. 314). O que autor nenhum parece explicar é por que e como a mulher aceitou essa responsabilidade. A formulação de Delumeau incentiva uma pergunta: e a mulher, a quem ela acusa pelos sofrimentos da humanidade? Ainda, segundo Delumeau: "o amor cortês sublimava e mesmo divinizava tal ou qual mulher excepcional e uma feminilidade ideal, em contrapartida abandonava à própria sorte a imensa maioria das pessoas do 'segundo sexo'... Daí ainda – enquanto se passa do amor cortês ao amor platônico – o estranho paradoxo de um Petrarca apaixonado por Laura, angélica e irreal, mas alérgico aos cuidados cotidianos do casamento e hostil à mulher real, considerada diabólica... É precisamente na época de Petrarca que o medo da mulher aumenta ao menos em uma parcela da elite ocidental. Assim, convém lembrar aqui um dos temas dominantes do presente livro: enquanto se adicionam pestes, cismas, guerras e temor do fim do mundo – uma situação que se instala por três séculos – os mais zelosos dos cristãos tomam consciência dos múltiplos perigos que ameaçam a Igreja... Sua denúncia do complô satânico é acompanhada de um doloroso esforço por mais rigor pessoal. Nessas condições, pode-se legitimamente presumir, à luz da psicologia das profundezas, que uma libido mais do que

BOVARISMO E ROMANCE

Joan é identificada às feiticeiras, de início, pelas mulheres, guardiãs de tradições seculares. O que mobiliza essa identificação é o fato de, aparentemente, Joan ser, mais do que uma mera estrangeira, uma estranha a essa tradição, sinalizado no fato de estar desacompanhada.

Em seguida, a própria Joan considera sua vinculação com a imagem da feiticeira, também por meio do caráter de exclusão, de dissonância com o percurso tradicional. Identifica-se, pelo próprio nome, não a qualquer bruxa, mas a uma das mais famosas mulheres queimadas como tal – Joana d'Arc. Essa figura feminina é, de fato, alguém que deliberadamente se exclui do percurso feminino convencional, como ressalta Hans Mayer, e é, basicamente, atirada ao fogo por causa disso.

Joana d'Arc afronta mais do que uma nação numa guerra. Ela afronta padrões advogados pela sua época, em vários níveis – tanto no que diz respeito à classe social quanto no que se refere à identidade sexual. Substitui os padrões ideológicos de sua época por um outro, que tem um caráter bastante pessoal, segundo a interpretação de Mayer. Aos dogmas de uma época ela opõe vozes e visões individual e pessoalmente reveladas – apenas ela própria pode ouvi-las e vê-las, enquanto indivíduo particularizado[13].

nunca reprimida transformou-se neles em agressividade. Seres sexualmente frustrados que não podiam deixar de conhecer tentações projetaram em outrem o que não queriam identificar em si mesmos. Colocaram diante deles bodes expiatórios que podiam desprezar e acusar em seu lugar".

13. A configuração que leva à identificação de Joana d'Arc como feiticeira está explicitada no ensaio de Hans Mayer (1982, pp. 41-42): "Havia duas coisas que falavam contra ela na Ilustração burguesa do século XVIII: sua origem familiar campesina e sua profunda fé sem problemas. Ao longo do século prejudicou-a continuamente haver confiado em suas 'vozes' e haver falado demais de suas visões... Joana transgrediu todos os tabus de sua época: por ser filha de camponeses, por usar armadura sendo mulher, por sua virgindade com renúncia ao casamento e à maternidade, por ser cristã crente. No 'outono da Idade Média', como Johan Huizinga qualificou o século de Joana d'Arc, não se apreciava muito os profetas e os homens que se apresentam como iluminados do Espírito Santo".

Joan não quer esse papel de indivíduo particularizado, prefere o papel da massa anônima que sacrifica ou assiste ao sacrifício da individualidade[14]. Ela prefere ser mais uma num percurso predeterminado a afirmar-se na sua diferença e individualidade. Joan refere-se ao sentimento de covardia que experimenta diante da assunção da própria singularidade; entretanto, numa certa medida, percebe-se que essa covardia vai se atenuando no decorrer do texto.

Quando traz Felicia das águas para que ela advogue a felicidade conjugal em vez de sucumbir diante das dificuldades para isso, tornando-se uma sobrevivente, está retirando-a do rol de heroínas convencionais. Num ato de coragem, está permitindo-lhe uma individualidade, algo que a particulariza entre todas as outras. Ao fazê-lo, desiste, sem se dar conta, da tentativa de viver a fantasia como se fosse realidade. Esse movimento ocorre no instante em que substitui a personagem Felícia, com as características físicas de sua autora, e o percurso fantasioso, por si mesma e seus reais conflitos – é o último trecho em itálico, onde a vida real de Joan invade sua ficção. Efetivamente, Joan ouve as vozes e tem as visões formadas dentro de sua mente que, até então, eram usadas num único sentido – o de dar forma, por meio da imaginação, a um escape do real.

E então, é como se fizesse a pergunta: será que morrer, ou sucumbir, é mesmo a única alternativa para a heroína infeliz? Será que é impossível reconciliar-se com a esfera da realidade? Esse encontro terá de ser sempre fatídico?

Objeto: Amor

Parece que para Emma Bovary não há outra resposta senão a afirmativa. Seu suicídio, segundo Hans Mayer, também pertence ao padrão tradicional feminino.

---

14. Essa colocação de Joan, utilizando a imagem do espectador que a tudo assiste munido de um saco de pipocas, fornece contraponto para uma passagem bem anterior no texto, que envolve platéia e espetáculo. Por dizer respeito à sua atividade como escritora, será abordada no capítulo seguinte.

Pode parecer, à primeira vista, que Emma Bovary está, então, muito mais próxima da convenção no que diz respeito à relação entre a busca da paixão e a morte. Entretanto, a morte que aparentemente decorre do amor-paixão – anos depois seguida pela de Charles – faz parte daquele deslocamento ou profanação do mito, de que falava Rougemont, em que o amor já não é uma forma de ascese mística, mas se converte numa busca por luxo e aventuras exóticas. Nessa nova configuração, a paixão infinita converte-se no matrimônio. Emma infringe a lei do matrimônio burguês baseado no acordo financeiro e essa é a principal causa de seu suicídio. Entre as duas escalas morais – a burguesa e a passional –, é na infração da norma burguesa da expressão amorosa – o matrimônio – que se encontra o delito causador de seu desespero.

O que precipita seu suicídio não é o amor, que o adultério falha em repor como amor cortês ou romântico, mas a dívida, a falência. Emma tenta essa reposição no adultério, mas fracassa, e morre por infração à norma burguesa financeira, não a amorosa.

Não é como a heroína infeliz, que morre por amor, que Emma sucumbe. Sua peregrinação em busca do dinheiro no final do livro renega passo a passo sua busca do amor-paixão, tal como elaborado durante o adultério – ela se vende, praticamente se prostitui, sucumbindo à lógica burguesa capitalista. Seu amor, tão insistentemente perseguido como concepção de uma interioridade subjetiva, de uma individualidade, vira mercadoria, objeto negociável[15].

Não é por acaso, portanto, que o encaminhamento de Emma rumo às frestas relacionadas ao amor se faz acompanhar pelo universo da condição social. Ambos estão interligados na sociedade do século XIX. O acordo matrimonial burguês se funda-

---

15. Cf. Rougemont, 1986, p. 240: "é bem sabido que a instituição matrimonial descansa sobre bases financeiras e não religiosas ou morais. Para dizer a verdade, os únicos desvios considerados intoleráveis são os que supõem uma dilapidação do 'patrimônio' familiar. (E patrimônio significa apenas fortuna e propriedades.)".

menta no aspecto da manutenção financeira. Quando a vida dupla de Emma começa a se esboçar às vésperas de ela se encaminhar ao adultério, o aspecto exterior que ela exibe, e que lhe vale admiração e respeito, tem como uma das características mais prestigiosa sua adequação a esse contrato matrimonial-financeiro: "Les bourgeoises admiraient son économie, les clients sa politesse, les pauvres sa charité"[16].

No mesmo baile em que Emma se defronta com o ideal masculino encarnado, que é o Visconde, ela também conhece o velho duque, decrépito, decadente:

> Cependant, au haut bout de la table, seul parmi toutes ces femmes, courbé sur son assiette remplie et la serviette nouée dans le dos comme un enfant, un vieillard mangeait, laissant tomber de sa bouche des gouttes de sauce... C'était le beau-père du marquis, le vieux duc de Laverdière, l'ancien favori du comte d'Artois, dans les temps des parties de chasse au Vaudreuil, chez le marquis de Conflans, et qui avait été, disait-on, l'amant de la reine Marie-Antoinette entre MM. de Coigny et de Lauzun. Il avait mené une vie bruyante de débauches, pleine de duels, de paris, de femmes enlevées, avait dévoré sa fortune et effrayé toute sa famille ... et sans cessa les yeux d'Emma revenaient d'eux-mêmes sur ce viel homme à lèvres pendantes, comme sur quelque chose d'extraordinaire et d'auguste. Il avait vécu à la Cour et couché dans le lit des reines![17]

16. Flaubert, 1951, Parte II, Cap. V, p. 389. "As burguesas admiravam sua economia, os clientes sua polidez, os pobres sua caridade" (p. 125).
17. *Idem*, Parte I, Cap. VIII, pp. 335-336. "Entrementes, na outra extremidade da mesa, sozinho entre todas aquelas mulheres, curvado sobre seu prato cheio e com o guardanapo preso às costas como uma criança, um ancião comia, deixando cair da boca gotas de molho. Tinha os olhos congestionados e trazia os cabelos presos na nuca por uma fita preta. Era o sogro do Marquês, o velho duque de Laverdière, o antigo favorito do conde de Artois no tempo das caçadas em Vaudreuil, na residência do Marquês de Conflans e que fora, dizia-se, amante de Maria Antonieta entre os Srs. De Coigny e de Lauzun. Levara uma ruidosa vida de dissipação, cheia de duelos, de apostas, de mulheres raptadas, devorara sua fortuna e assustara toda a família. Um criado, atrás de sua cadeira, dizia-lhe em voz alta, ao ouvido, os nomes dos pratos que ele, gaguejando, indicava com o dedo; e a todo momento os olhos de Emma voltavam automaticamente para aquele ancião de lábios caí-

O universo, em sua adolescência, dos pratos pintados com a história da amante de Luís XIV, Louise de La Vallière, reaparece diante de Emma nesse episódio. As aventuras amorosas são apreciadas mais pelo seu caráter de aventuras do que de amorosas. O dinheiro colore todos os episódios da vida do duque com uma tonalidade encantadora para Emma. O duque, porém, dilapidou o patrimônio da família.

O Visconde e o duque se complementam. Onde Emma encontra a figura masculina idealizada, ela encontra também uma parcial dilapidação de patrimônio em razão de uma vida romanesca, repleta de episódios amorosos. Por um lado, o ideal masculino, por outro, a utilização dos recursos financeiros para custear as proezas que a vida romanesca requer, para cumprir esse tipo de ideal. São duas faces de uma moeda sem trânsito no universo burguês a que Emma pertence – não se deseja nem a paixão desmedida nem o seu custeio farto, uma vez que o burguês não é um gastador. O uso dessa moeda significa necessariamente perecer, arruinar-se, nos vários sentidos que esse verbo passa a ter na sociedade burguesa[18].

O contato com a riqueza abre um buraco na vida de Emma, a busca e a imitação da paixão amorosa abrem uma brecha na parede de sua situação conjugal. Percebe-se por que essas aberturas são, no fundo, o início de uma destruição.

No castelo do marquês d'Andervilliers, além do Visconde e do velho duque, Emma depara com figuras femininas representativas, para ela, do ideal aninhando em sua imaginação. Quando sua filha nasce, ela hesita por um bom tempo a respeito do nome a escolher. Por fim, numa fugaz lembrança do baile, opta pelo nome Berthe, que ouvira alguém pronunciar. Está claro que

dos, como a algo de extraordinário e de augusto. Ele vivera na Corte e dormira na cama das rainhas!" (pp. 65-66)

18. É digno de nota que o verbo "arruinar(-se)" tenha a ver, na sociedade moderna, muito mais com os domínios financeiros do que com qualquer outro, na sua utilização cotidiana. E, no entanto, "arruinar" e "ruína" dizem respeito, às vezes, a esferas muito mais profundas da existência humana.

o que preside essa opção é, ainda uma vez, a tentativa de alçar-se a um ideal. Essa é uma das relíquias que traz daquele rápido passeio pelas esferas da riqueza aristocrática, identificada aos príncipes da literatura amorosa. Outra relíquia, além do paradigma masculino representado pelo Visconde, é, no nível material, a cigarreira em seda verde que ela supõe ter pertencido a ele. Nas frases do narrador, está constituída, então, uma erosão na vida da personagem.

Quando retorna ao texto essa imagem da erosão, ela está relacionada ao amor, e localizada no enredo próxima à visita à fiação de linho, nos arredores de Yonville. O destino de Berthe acaba seguindo paralelo aos lugares que sua mãe visita, e que representam no texto uma abertura, uma erosão. O nome que nasce em um castelo vai ser o de uma operária de uma fiação de algodão:

> Quand tout fut vendu, il resta douze francs soixante et quinze centimes qui servirent à payer le voyage de mademoiselle Bovary chez sa grand-mère. La bonne femme mourut dans l'année même; le père Rouault étant paralysé, ce fut une tante qui s'en chargea. Elle est pauvre et l'envoie, pour gagner sa vie, dans une filature de coton[19].

De madame Bovary para mademoiselle Bovary, um percurso se desenha. A busca de Emma e aquilo com que ela efetivamente se defronta definem o destino de Berthe. Para esta, a vivência de amor acessível será a menos glamourizada de todas, a mais reificada, a mesma que introduziu Charles no âmbito da vida sentimental, isto é, tornar-se "quelque petite ouvrière", provavelmente mais uma amante barata e abandonada sucessivas vezes. O destino de Berthe é a pobreza material e uma espoliação ainda maior

---

19. Flaubert, 1951, Parte III, Cap. XI, p. 611. "Depois que tudo foi vendido, restaram doze francos e setenta e cinco cêntimos que serviram para pagar a viagem da senhorita Bovary à casa de sua avó. A boa mulher morreu no mesmo ano; como o pai Rouault estava paralítico, foi uma tia que se encarregou dela. É pobre e enviava-a, para ganhar a vida, a uma fábrica de fiação" (pp. 362-363).

da concepção de individualidade que se deixava entrever na busca do amor-paixão por sua mãe. A herança de Emma Bovary é não só a impossibilidade de concretização de uma vida idealizada, como também uma realidade ainda mais distante de qualquer ideal.

Mortes Deslocadas

Considerados esses elementos que cercam e clarificam a morte de Emma, resta observar com mais atenção o episódio do suicídio propriamente dito, que, como se pôde perceber, não pertence ao número dos suicídios românticos da literatura.

A morte de Emma está marcada por dois elementos: a utilização do espelho e a figura do velho Cego que canta uma balada. São elementos que, sob diversas formas, estão presentes em todo o texto de Flaubert. O espelho, o reflexo, a busca de uma imagem coerente com o desejo ou o ideal, os olhares narcísicos delimitam um universo. Neste estudo, os aspectos desse universo por onde se tem transitado dizem respeito aos processos de idealização, ao uso da imaginação, da ilusão para confeccionar para si mesmo uma identidade baseada em parâmetros exteriores à própria pessoa, às fraturas das noções de individualidade e de paixão, que implicam uma problemática relação com o Outro.

O Cego, por meio de sua balada, repõe a questão das relações entre a busca da personagem e a morte, a história de um encontro funesto – matéria-prima da maior parte dos capítulos do presente estudo.

Quando esses dois elementos voltam a se combinar, no momento da agonia e morte de Emma Bovary, conferem a essa cena um caráter de síntese que, às vezes, as alegorias conseguem alcançar. A cena pode ser observada de pelo menos dois vértices, o dos aspectos que envolvem essa morte e o das maneiras como se narra essa morte, as matrizes narrativas utilizadas para isso. Já está evidenciado que uma dessas matrizes é a balada.

Nas páginas anteriores, alguns aspectos envolvidos no suicídio de Emma foram abordados, sobretudo a infração à norma

AS ÁGUAS E A TORRE

matrimonial burguesa e a negação da busca do amor idealizado, por meio de sua transformação em mercadoria negociável a título financeiro. Resta investigar um pouco mais a recorrência ao espelho:

> En effet, elle regarda tout autour d'elle, lentement, comme quelqu'un qui se réveille d'un songe, puis, d'une voix distincte, elle demanda son miroir, et elle resta penchée dessus quelque temps, jusqu'au moment où de grosses larmes lui découlèrent des yeux. Alors elle se renversa la tête en poussant un soupir et retomba sur l'oreiller.
>
> Sa poitrine aussitôt se mit à haleter rapidement. La langue tout entière lui sortit hors de la bouche; ses yeux, en roulant, pâlissaient comme deux globes de lampe qui s'éteignent, à la croire déjà morte, sans l'effrayante accélération de ses côtes, secouées par un souffle furieux, comme si l'âme eût fait des bonds pour se détacher... Charles était de l'autre côté, à genoux, les bras étendus vers Emma. *Il avait pris ses mains et il les serrait, tressaillant à chaque battement de son coeur, comme au contrecoup d'une ruine qui tombe*[20].

Uma ruína que desmorona. Terá sido dessa mesma forma que Emma enxergou-se no espelho? O desejo de ver-se uma derradeira vez refletida faz presumir que, ainda dessa vez, a função da superfície refletora é menos a de informar sobre uma realidade e muito mais a de confirmar uma transfiguração em direção à imagem do desejo.

20. *Idem*, Parte III, Cap. VIII, pp. 588-589, grifo meu. "De fato, ela olhou ao seu redor, lentamente, como alguém que desperta de um sonho depois, com voz clara, pediu seu espelho e permaneceu inclinada sobre ele por algum tempo, até o momento em que grossas lágrimas lhe correram dos olhos. Então inclinou a cabeça para trás com um suspiro e caiu novamente sobre o travesseiro. / Seu peito começou logo a arquear rapidamente. A língua saiu-lhe inteiramente da boca; os olhos, ao revirarem, tornavam-se brancos como os globos de uma lâmpada ao se apagarem, a ponto de fazer com que a julgassem morta, sem a assustadora aceleração das costelas, sacudida por uma respiração violenta, como se alma desse saltos para soltar-se... Charles encontrava-se do outro lado, de joelhos, com os braços estendidos para Emma. *Tomara suas mãos e as apertava, estremecendo a cada batida de seu coração, como a repercussão de uma ruína que cai*" (p. 339).

Do início de sua história até o momento de sua morte, Emma não vivencia uma única experiência importante ou decisiva sem buscar semelhança com um ideal. A morte não parece ser exceção. Ao contrário da possível *anagnórisis* que esse mirar-se no espelho poderia representar, o que parece ocorrer é um movimento em sentido inverso – não no sentido da percepção da individualização, mas no de irmanar-se a um ideal. Novamente, onde a personagem se vê nas proximidades de um ideal desejado – o baile no Castelo, a percepção do amor de Léon, o adultério com Rodolphe, a aparência de uma moribunda amorosa – o narrador aponta para alguma forma de deterioração – "un trou dans sa vie", "une lézarde dans le mur", e enfim, "une ruine qui tombe":

> Tout à coup, on entendit sur le trottoir un bruit de gros sabots, avec le frôlement d'un bâton; et une voix s'éleva, une voix rauque, qui chantait:
> Souvent la chaleur d'un beau jour
> Fait rêver fillette à l'amour.
> Emma se releva comme un cadavre que l'on galvanise, les cheveux dénoués, la prunelle fixe, béante.
> Pour amasser diligemment
> Les épis que la faux moissonne,
> Ma Nanette va s'inclinant
> Vers le sillon qui nous les donne.
> "L'Aveugle!" s'écria-t-elle.
> Et Emma se mit à rire, d'un rire atroce, frénétique, désespéré, croyant voir la face hideuse du misérable, qui se dressait dans les ténèbres éternelles comme un épouvantement.
> Il souffla bien fort ce jour-là,
> Et le jupon court s'envola!
> Une convulsion la rabattit sur le matelas. Tous s'approchèrent. Elle n'existait plus[21].

21. *Idem*, p. 589. "De repente, ouviu-se na calçada um ruído de grossos tamancos, com o roçar de um bastão; e uma voz elevou-se, uma voz rouca que cantava: / Souvent la chaleur d'un beau jour / Fait rêver fillette à l'amour. / Emma ergueu-se como um cadáver galvanizado, com os cabelos soltos, as pupilas fixas, a boca aberta. / Pour amasser diligement / Les épis que la faux moissone, / Ma Nanette va s'inclinant / Vers le sillon qui nous la donne. / – O

A canção do velho Cego é proveniente da pena de Réstif de La Bretonne, o autor licencioso do século XVIII[22]. Quando o Cego surge, sua canção rompe a identificação idealizada efetuada por Emma diante do espelho. Não será essa a última visão de si mesma na vida, mas aquela que surge do contraponto com Nanette, a jovem ceifeira da cantiga. Esse contraponto ocorre por duas vias; pelo conteúdo da cantiga e pela lembrança das idas a Rouen que ela provoca.

Emma sempre manifestara verdadeiro horror à figura do Cego. Apenas quando os encontros com Léon em Rouen têm início é que ele aparece no texto. Seu aspecto miserável e doente assusta Emma, mas o que mais a apavora são os seus gemidos que lhe soam como uma espécie de presságio.

> Cego! Exclamou ela. / E Emma pôs-se a rir, com um riso atroz, frenético, desesperado, julgando ver o rosto hediondo do miserável que se erguia nas trevas eternas como um terror. / Il souffla bien fort ce jour là / Et le jupon court s'envola! / Uma convulsão abateu-a sobre o colchão. Todos se aproximaram. Ela não mais existia" (pp. 339-340). A tradutora brasileira optou por manter a canção em francês, colocando em nota de rodapé a tradução. Entretanto, dos três trechos da canção, apenas o segundo e o terceiro aparecem na nota. A tradutora parece ter se esquecido do primeiro. Para a tradução integral da canção remeto ao primeiro capítulo da primeira parte deste estudo, p. 40.

22. É Léon Bopp quem identifica o autor da canção em seu livro *Commentaire sur Madame Bovary* (Neuchatel: A La Baconnière, 1951). Infelizmente, Bopp identifica o autor, mas não a fonte. É o único autor, entre os da crítica flaubertiana e os tradutores, no entanto, que divulga tal informação. Pelo que foi possível verificar na fortuna crítica e na correspondência de Flaubert, nada há que corrobore a afirmação de Bopp, mas também nada há que a refute. Até o momento, não foi possível encontrar, entre os textos de Réstif de La Bretonne, essa canção. Entretanto, alguns dados podem ser ressaltados: a obra desse autor está repleta de canções, parece ser mesmo um recurso de sua predileção; o nome Nanette, que vem mencionado na canção, também é de recorrência intensa na obra de Réstif, conta-se pelo menos meia dúzia de inserções, quase nunca as mesmas; o estilo da balada reportada no texto de Flaubert em nada destoa do estilo utilizado por Réstif de la Bretonne, no qual alternam-se registros mais coloquiais e citações de elementos greco-latinos, tanto uns quanto outros espalhados de maneira parcimoniosa pela sua obra.

De certa forma, o Cego é mais uma dessas imagens alegóricas que pontuam o texto de Flaubert, quase uma atualização da figura do homem do realejo, quando Emma ainda morava em Tostes. O trecho é longo, mas vale reportá-lo pelo potencial esclarecedor que comporta:

Dans l'après-midi, quelquefois, une tête d'homme apparaissait derrière les vitres de la salle, tête hâlée, à favoris noirs, et qui souriait lentement d'un large sourire doux à dents blanches. Une valse aussitôt commençait, et, sur l'orgue, dans un petit salon, des danseurs hauts comme le doigt, femmes en turban rose, Tyroliens en jaquette, singes en habit noir, messieurs en culotte courte, tournaient, tournaient entre les fauteils, les canapés, les consoles, se répétant dans les morceaux de miroir que raccordait à leurs angles un filet de papier doré ... et, tantôt dolente et traînarde, ou joyeuse et précipitée, la musique de la boîte s'échapait en bourdonnant à travers un rideau de taffetas rose, sous une griffe de cuivre en arabesque. C'étaient des airs que l'on jouait ailleurs, sur les théatres, que l'on chantait dans les salons, que l'on dansait le soir sous des lustres éclairés, *échos du monde qui arrivaient jusqu'à Emma*. Des sarabandes à n'en plus finir se déroulaient dans sa tête, et, comme une bayadère sur les fleurs d'un tapis, *sa pensée bondissait avec les notes, se balançait de rêve en rêve, de tristesse en tristesse. Quand l'homme avait reçu l'aumône dans sa casquette, il rabattait une vieille couverture de laine bleue, passait son orgue sur son dos et s'éloignait d'un pas lourd. Elle le regardait partir*[23].

23. Flaubert, 1951, Parte I, Cap. IX, pp. 350-351, grifos meus. "À tarde, às vezes, o rosto de um homem aparecia nos vidros da sala, rosto tostado, de suíças pretas e que sorria lentamente com um largo sorriso doce de dentes brancos. Logo começava uma valsa e, no pequeno salão do realejo, alguns dançarinos da altura de um dedo, mulheres de turbante cor de rosa, tiroleses de jaqueta, macacos de casaca preta, senhores de culotes curtos giravam, giravam entre as poltronas, os canapés, os consolos, repetindo-se nos pedaços de espelho unidos nos cantos por um fio de papel dourado... e ora dolente e arrastada ou alegre e precipitada, a música da caixa escapava sussurrando através de uma cortina de tafetá rosa sob uma grelha de cobre em forma de arabesco. Eram melodias que se tocavam em outros lugares, nos teatros, que se cantavam nos salões, que se dançavam à noite sob lustres iluminados, *eram ecos do mundo que chegavam até Emma*. Sarabandas sem fim passavam por sua cabeça e, como uma bailadeira sobre as flores de um tapete, *seu pensamento saltava com as notas, balançava-se de sonho em sonho, de tris-*

Os ecos do mundo chegam até Emma numa representação miniaturizada de um espaço a que ela tivera acesso recentemente durante o baile do Marquês. As personagens e cenários miniaturizam a imagem do mundo que Emma acalenta em sua imaginação. Note-se que a descrição do homem do realejo é agradável, sorridente, até com matizes de sedução. Ele é em tudo oposto ao repulsivo Cego de Rouen.

A sedução parece ser um traço marcante desse episódio. O valsar das figuras, a maneira como a música chega aos ouvidos de Emma – "la musique de la boîte s'échappait en bourdonnant à travers un rideau de taffetas rose, sous une griffe de cuivre en arabesque" – e o bailado de sonhos que incentiva em sua mente. Como toda sedução, tem seu preço. Recebida a esmola, o mundo dos sonhos é velado com uma velha cobertura, a música cessa e imediatamente o homem se afasta, levando consigo a imagem do mundo cobiçado.

Ao sorriso doce e são do homem do realejo contrapõem-se os olhos dilacerados e o riso atroz do Cego. À sua representação acariciante e sedutora de um mundo ideal contrapõe-se a balada jocosa da ceifeira, na voz rouca e agourenta do velho[24].

A sedução do realejo cede lugar ao incômodo presságio da balada. A primeira representação é de um baile, a segunda é a de uma ceifeira que, agradecendo o que a terra oferece, tem a saia erguida pelo vento. Nanette colhe o que plantou. Ela sonha com o amor, colhe os frutos que se lhe oferece e resta despojada, à mercê do vento. É com essa última imagem que Emma Bovary fecha para sempre os seus olhos – não a imagem sedutora do desejo, no realejo de Tostes, mas a imagem escarninha da realidade da balada.

---

teza em tristeza. Após ter recebido a esmola em seu boné, o homem baixava uma velha coberta de lã azul, punha seu realejo nas costas e afastava-se com um passo pesado. Ela o olhava partir" (pp. 81-82).

24. Note-se que, mais uma vez, a exemplo de outras situações já enumeradas, o narrador se serve do recurso de apresentar uma imagem que retorna ao texto de alguma forma deteriorada.

A morte redentora, reservada aos homens em geral, é negada a Emma. Ela sucumbe, de acordo com os modos de morrer femininos. O fim de seu percurso, além disso, vem tocado por uma nota de crueldade. Não é só um suicídio, mas um passamento atormentado. Emma não morre em paz e melancolicamente como a maior parte das heroínas que lhe serviram de modelo. Esse fim tendendo à pacificação está reservado a Charles. É quase que a coroação de seu percurso "feminino". Sentado num banco de jardim, pusilânime como nos bancos do colégio em Rouen, Charles tem o que se costuma chamar de uma boa morte.

Após a perda de Emma, Charles entrega-se à sua dor e ao desespero. O processo de ver na esposa uma posse valiosa, que se deixava perceber naquela primeira cena de intimidade, ao despertar do casal, atinge após a sua morte uma espécie de ápice. Ele praticamente desculpa outros homens que a tenham amado, por essa perspectiva[25].

A idealização da figura de Emma, quanto mais cresce na mente de Bovary, mais rapidamente o transfigura. Tudo o que antes poderia ter, talvez, agradado à esposa, tudo o que poderia ter ido ao encontro de seus desejos, começa a ser executado por Charles. Tendo perdido a Emma real, Charles passa a tentar, ele também, irmanar-se à imagem ideal. Adquire novos hábitos, como se se tratasse de conquistá-la uma segunda vez. Tendo-a perdido para a morte, como se para um outro matrimônio, Charles parece querer seduzi-la como um amante:

Pour lui plaire, comme si elle vivait encore, il adopta ses prédilections, ses idées, il s'acheta des bottes vernies, il prit l'usage des cravates blanches.

25. "On avait dû, pensait-il, l'adorer. Tous les hommes, à coup sûr, l'avaient convoitée. Elle lui parut plus belle; et il en conçut un désir permanent, furieux, qui enflammait son désespoir et qui n'avait pas de limites, parce qu'il était maintenant irréalisable" (Flaubert, 1951, Parte III, Cap. XI, p. 604) ["Todos devem tê-la adorado, pensava. Todos os homens, com certeza, a haviam cobiçado. Aquilo a tornou mais bela aos seus olhos; e ele concebeu um desejo permanente, furioso, que inflamava seu desespero e que não tinha limites porque era agora irrealizável"] (p. 355).

Il mettait du cosmétique à ses moustaches, il souscrivit comme elle des billets à ordre. Elle le corrompait par delà le tombeau[26].

É curioso que, estando tão a par dos gostos da esposa, Charles só resolvesse moldar-se a eles quando Emma estava já perdida. É como se ele tentasse disputá-la com a morte. Ele já a havia perdido pelo menos duas vezes para outrem, mas não havia se dado conta. A única maneira de se dar conta de que ela não estava efetivamente ao seu lado, que ele já não era mais dono da posse valiosa que tanto o promovera a seus próprios olhos, foi perdê-la de maneira mais concreta e irrefutável.

Passo a passo, Charles trilha o caminho de Emma. Primeiro, busca alcançar o ideal que ela se tornou a seus olhos, para ver-se novamente aumentado, enriquecido como naquele primeiro olhar na manhã do despertar. A propriedade reflexiva dos olhos de Emma alcança agora toda a sua pessoa – física e mental, em que se incluem os seus gostos e preferências. Depois, endivida-se, faz uso do dinheiro como de uma varinha de condão, como ela antes o fizera. Se Emma o corrompe do além-morte é porque Charles não suporta a perda de seu espelho mágico – por mais ilusório que isso fosse.

Há uma passagem anterior ao seu falecimento que chama a atenção:

Une chose étrange, c'est que Bovary, tout en pensant à Emma continuellement, l'oubliait; et il se désespérait à sentir cette image lui échapper de la mémoire au milieu des efforts qu'il faisait pour la retenir. Chaque nuit, pourtant, il la rêvait; c'était toujours le même rêve; il s'approchait d'elle; mais, quand il venait à l'étreindre, elle tombait en pourriture dans ses bras[27].

---

26. *Idem*. "Para agradar-lhe, como se ela ainda vivesse, ele adotou suas predileções, suas idéias, comprou botas envernizadas, passou a usar gravatas brancas. Punha cosméticos nos bigodes, assinou promissórias como ela. Ela o corrompia do além-túmulo" (p. 356).
27. *Idem*, Parte III, Cap. XI, p. 607. "Uma coisa estranha é que Bovary, mesmo pensando continuamente em Emma, a estava esquecendo; e desesperava-se ao sentir aquela imagem escapar-lhe da memória em meio aos esforços que

As duas condições transparecem nesse sonho. A condição ideal da posse e a condição real da morte. Tentando manter sua imagem, Charles procura não perdê-la definitivamente. Em cada sonho, ele a recupera e a perde uma segunda vez. Charles sucumbe a esse movimento e, finalmente, sem redenção ou coragem, mas pacificamente, morre.

Dessa forma, tanto o fim atormentado de Emma quanto o fim pusilânime de Charles são deslocamentos diante de uma perspectiva tradicional. A primeira morre por infringir a norma financeira burguesa do contrato matrimonial, o segundo sucumbe quase que femininamente.

Paixão e Morte

Além da balada, existem outras matrizes utilizadas na redação do episódio da morte de Emma Bovary que, sob outros vértices, recompõem, com um sentido próprio, a questão da paixão associada à morte.

As descrições que o narrador faz desse episódio servem-se de uma minúcia e de uma coerência com o universo médico exemplares. Uma correspondência fidedigna com a realidade se oferece ao leitor. Chega a ser mesmo uma passagem bastante forte do livro, porque o leitor efetivamente se sente acompanhando a agonia e morte de uma suicida. Pode-se dizer que Flaubert maneja como ninguém os recursos formais realistas, tal como nomeados por Ian Watt, e alcança com a maestria o efeito de real, segundo a denominação de Barthes.

A maneira, portanto, com que essa morte é contada se serve de vários registros, mais ou menos explícitos: a narrativa do encontro funesto que é a balada; a descrição formalmente realista; e ainda, o discurso religioso que a cena da Extrema-Unção apresenta[28].

fazia para retê-la. Todas as noites, todavia, sonhava com ela; era sempre o mesmo sonho; ele aproximava-se dela, porém, quando conseguia abraçá-la, ela desfazia-se em putrefação em seus braços" (p. 359).

28. Michel Butor (1984) parece ser, dentro da crítica flaubertiana, o autor que

AS ÁGUAS E A TORRE

A Extrema-Unção representa, para cada ser humano, com a sua menção aos pecados, uma reprodução, uma atualização da paixão cristã. É como se cada cristão, no momento de sua morte, ao ter partes do seu corpo relacionadas aos pecados e às tentações por que pode ter passado e às quais pode ter sucumbido, refizesse à sua maneira o percurso da paixão, se recolocasse assim no paradigma da expiação. Por outras vias, a relação entre a paixão e a morte, com o sentido próprio que esses termos têm no contexto cristão, se recombinam no texto.

É a segunda vez que Emma é preparada pela Igreja para morrer. A primeira foi logo após a fuga de Rodolphe, quando ela adoeceu.

Le prêtre se releva pour prendre le crucifix; alors elle alongea le cou comme quelqu'un qui a soif, et, collant ses lèvres sur le corps de l'Homme-Dieu, elle y déposa de toute sa force expirante le plus grand baiser d'amour qu'elle eût jamais donné. Ensuite, il récita le *Miseratur* et l'*Indulgentium*, trempa son pouce droit dans l'huile et commença les onctions: d'abord sur les yeux, qui avaient tant convoité toutes les somptuosités terrestres; puis sur les narines, friandes de brises tièdes et de senteurs amoureuses; puis sur la bouche, qui s'était ouverte pour le mensonge, qui avait gémi d'orgueil et crié dans la luxure; puis sur les mains, qui se délectaient aux contacts suaves, et enfin sur la plante des pieds, si rapides autrefois quand elle courait à l'assouvissance de ses désirs, et qui maintenant ne marcheraient plus[29].

leva mais longe essa relação com o universo cristão. Para ele, várias personagens do texto chegam mesmo a ser encarnações dos sete pecados capitais, só que sob a forma que a sociedade burguesa lhes conferiu. Assim, Rodolphe seria a encarnação da gula; Léon, da luxúria; Lheureux, da avareza; Homais, da inveja; Charles, da preguiça; Dr. Larivière, do orgulho; e Binet, da cólera. O contato de Emma com essa sociedade configuraria a sua tentação. Sua morte, um sacrifício, uma expiação que revela à sociedade burguesa os seus males. Essa interpretação das personagens é um pouco reducionista, embora, sem dúvida, criativa. Por mais que seja discutível, Butor faz do momento da extrema-unção a cena mais reveladora dessa expiação. Embora discorde dos pressupostos de Butor, parece-me que efetivamente a cena da extrema-unção traz, mais do que a idéia de uma expiação, a idéia de uma paixão, no sentido que o cristianismo conferiu a esse termo.

29. Flaubert, Parte III, Cap. VIII, pp. 587-588. "O padre ergueu-se para pegar o

É logo após essa cena que Emma pede o espelho e nele se contempla.

A história de Emma é resumida a cada etapa da extrema-unção. É interessante que esse resumo venha atrelado aos sentidos, uma vez que, como já se teve oportunidade de perceber, a busca de Emma freqüentemente se traduzia por uma busca da exacerbação dos sentidos, das sensações. A par com o discurso religioso, é como se Emma se reencontrasse ambiguamente com as etapas de seu percurso e com a pacificação, pela via cristã, de sua paixão. Sua paixão se desenha diante dela nesse momento e, à beira da morte, tudo toma um caráter de redenção.

No entanto, quando a balada do Cego soa, essa acalentadora associação entre paixão e morte se desfaz para se recompor nos termos de uma busca fracassada – a paixão que buscara a partir do que lera nos livros e a morte, o encontro último com a impossibilidade da realização.

Não será da maneira cristã, redentora, tão ao gosto dos românticos – com quem Emma aprendera a desejar a paixão – que seu derradeiro instante será contado. Ele o será segundo um registro escarnecedor que a balada assume nesse contexto, e conforme um registro de extrema fidelidade ao real, que não deixa o menor espaço para a glamourização da morte. Ela é narrada em todo o seu horror.

Pode-se acompanhar, nessa parte do presente estudo, como o percurso das duas personagens realmente ocorre, marcando sua diferença com o percurso tradicional da heroína de romance. Um per-

crucifixo; então ela estendeu o pescoço como quem tem sede e, colando os lábios ao corpo do Homem-Deus, depositou nele, com toda sua força expirante, o maior beijo de amor que jamais dera. Em seguida, ele recitou o *Miseratur* e o *Indulgentium*, molhou o polegar direito no óleo e começou as unções: primeiramente os olhos, que tanto haviam cobiçado todas as suntuosidades terrenas; depois sobre as narinas, ávidas de brisas tépidas e de perfumes amorosos; depois na boca, que se abrira para a mentira, que gemera de orgulho e gritara na luxúria; depois nas mãos, que se deleitavam aos contatos suaves e enfim na planta dos pés, tão rápidos outrora quando ela corria para saciar seus desejos e que agora não caminhariam mais" (p. 338).

curso pessoal marcado pela aparente abertura de frestas e pela consumação de uma ruína, para Emma Bovary, e a percepção de um problema de dimensionamento, para Joan Foster. É preciso, agora, partir para uma instância ainda mais profunda da especificidade dessas duas personagens, uma das quais morre, ao dizer do autor, com "Cet affreux goût d'encre..."[30] Trata-se de saber que outros gostos a tinta, sobre o papel, trouxe para essas personagens.

---

30. "Aquele horrível gosto de tinta..." (p. 329).

III

♦

As Leitoras

1

Leitora

Leitora de Romance

– ...Oh! esse livro faz minhas delícias. Eu queria passar toda a vida lendo-o, asseguro-lhe...

–...E quando tiver acabado *Udolfo*, leremos juntas o *Italiano*. Fiz para você uma relação de dez ou dez [*sic*] obras do mesmo gênero.

– Verdade! Oh, como estou contente!... Mas são todas terríveis? Está certa de são todas terríveis?[1]

Entre as tantas Catherines e Isabellas que em dueto povoam a ficção inglesa dos séculos XVIII e XIX, uma das Catherines se destaca, do ponto de vista do presente estudo. Trata-se de Miss Morland, saída da imaginação de Jane Austen, em *Northanger Abbey* [*A Abadia de Northanger*], que é a entusiasmada interlocutora do diálogo acima, na qual uma das Isabellas faz as indicações de leitura.

O que a particulariza dentre as outras é o fato de ser a expressão de uma visão irônica, e mesmo bem-humorada, de uma figura corriqueira na sociedade européia de então: a jovem leitora de romances. E, no caso, romances góticos, como atesta a menção explícita a duas das obras de uma das mais famosas escritoras do gênero – Ann Radcliffe.

1. Austen, p. 32.

BOVARISMO E ROMANCE

Leitora de romance não é uma caracterização estranha a outras Catherines e Isabellas na literatura inglesa. Com o sobrenome Linton ou Heathcliff podem ser encontradas justamente em um dos exemplares da própria ficção de caráter gótico – *Wunthering Heights* [*O Morro dos Ventos Uivantes*], de Emily Brontë.

É fato sabido que a época em questão viu desabrochar essa categoria de público leitor, dedicado a uma forma literária igualmente emergente, como o romance. As razões disso encontram-se desenvolvidas com muito mais propriedade em obras como *História Social da Literatura e da Arte*, de Hauser, ou, nos domínios específicos de estudos do romance, *A Ascensão do Romance*, de Ian Watt, sobretudo quando esses autores remetem ao novo universo em formação, decorrente das modificações da sociedade a partir da industrialização, a divisão capitalista do trabalho e a propagação de certos princípios iluministas, vinculados à educação.

O que chama a atenção, entretanto, é a vasta profusão de obras que se criam em trono de um núcleo comum: a representação da leitora de romances como um ser propenso a confundir imaginação e realidade, conjugado a uma crítica embutida a determinados gêneros de ficção, e o lastro social, econômico e político que se revela por meio dessa atividade e dessa condição.

Tal representação não é um privilégio inglês, e a maior realização nesse sentido era e continua a ser a francesa Emma Bovary. Emma Bovary e Joan Foster inserem-se, pois, numa tradição com a qual a segunda, de forma imediata e direta, mantém vivo diálogo. É preciso ter esse fato em mente quando se procura investigar com mais vagar os elementos que manifestam as relações e as idéias sobre literatura presentes nessas personagens.

No caso de Atwood, sua filiação à literatura de língua inglesa, sua relação direta com a ficção da época vitoriana, deixa claro qual é o seu referencial. Contudo, numa tradição um pouco diversa, como é a francesa, alguns elementos comuns aparecem numa leitura mais atenta. Observe-se a seguinte passagem de *Madame Bovary*:

AS LEITORAS

– Vous est-il arrivé parfois, reprit Léon, de rencontrer dans un livre une idée vague que l'on a eue, quelque image obscurcie qui revient de loin, et comme l'exposition entière de votre sentiment le plus délié?

– J'ai éprouvé cela, répondit-elle.

– C'est pourquoi, dit-il, j'aime surtout les poètes. Je trouve les vers plus tendres que la prose, et qu'ils font bien mieux pleurer.

– Cependant ils fatiguent à la longue, reprit Emma; et maintenant, au contraire, j'adore les *histoires qui se suivent tout d'une haleine, où l'on a peur*. Je déteste les héros communs et les sentiments tempérés, comme il y en a dans la nature.

– En effet, observa le clerc, ces ouvrages, ne touchant pas le coeur, s'écartent, il me semble, du vrai but de l'art. Il est doux, parmi les désenchantements de la vie, de pouvoir se reporter en idée sur de nobles caractères, des affections pures et des tableaux de bonheur. Quant à moi, vivant ici, loin du monde, c'est ma seule distraction; mais Yonville offre si peu de ressources![2]

O trecho é parte do primeiro diálogo entre Emma e Léon, quando da chegada desta a Yonville. Num recurso freqüentemente utilizado por Flaubert, essa conversa literária é entremeada por outro diálogo, de assunto alheio e dissonante. No caso, trata-se da interlocução de Charles e Homais, em que este presta esclarecimentos a respeito da cidade e da região àquele, nos quais não faltam referências aos ventos que por lá sopram, sua direção e detalhes semelhantes.

2.   Flaubert, 1951, Parte II, Cap. II, p. 367, grifo meu. " – Já lhe aconteceu, algumas vezes, replicou Léon, encontrar num livro uma idéia vaga que se teve, alguma imagem embaciada que volta de longe e que parece a completa exposição de seu mais sutil sentimento? / – Já senti isso, respondeu ela. / – É por isso, disse ele, que prefiro os poetas. Acho os versos mais ternos do que a prosa e acho que eles fazem chorar mais. / – Contudo, com o tempo eles cansam, replicou Emma; e agora, pelo contrário, adoro as *histórias que se lêem de um só fôlego, que nos provocam medo*. Detesto os heróis comuns e os sentimentos temperados, como existem no mundo. / – De fato, observou o escrevente, tais obras, por não tocarem o coração, afastam-se, parece-me, da verdadeira finalidade da Arte. É doce, entre os desencantamentos da vida, poder reportar-se mentalmente aos nobres caracteres, às afeições puras e às imagens felizes. Quanto a mim, vivendo aqui, longe do mundo, é minha única distração; mas Yonville oferece tão poucos recursos!" (pp. 101-102)

É, na realidade, a primeira situação do livro que arranja dessa forma contrastante e entremeada as vozes de diversas personagens. Não será a última, como se viu, e dentre elas a mais famosa é a do diálogo de sedução entre Rodolphe e Emma durante os Comícios Agrícolas.

Até esse momento da narrativa, a vida do casal Bovary transcorria monotonamente, com a exceção do baile em La Vaubyessard. Com a mudança para Yonville, uma nova fase da narrativa se inicia, e começa então a segunda parte do livro. Como se sabe, das três é esta a mais extensa, e nela a vida adúltera e o endividamento de Emma terão vez.

É possível dizer que os conflitos latentes no romance até então começam, por fim, a desenhar-se nos tons mais fortes e decisivos no enredo, por meio de atitudes da personagem Emma e daqueles com os quais ela vai interagir. Não é, portanto, casual o fato de que desse momento em diante comecem a ocorrer cenas como as mencionadas há pouco, em que vozes, às vezes num trio, às vezes num quarteto – para usar analogias de um universo caro a Thibaudet[3] –, proclamem vivas dissonâncias.

Na passagem destacada, uma conversa literária acerca de formas e objetivos da arte se entrecruza com um diálogo de caráter informativo, que se constitui repositório de noções das ciências naturais, pela fala de Homais. Num primeiro momento confronta medicina, como ciência, e superstições e costumes populares de cura[4]. Num momento subseqüente, o discurso versa

3. Thibaudet, 1935. Em uma passagem o autor fala da composição sinfônica que Flaubert imprime ao seu romance. Cita as próprias palavras do escritor, sem especificar a fonte: "Se jamais os efeitos de uma sinfonia foram transportados para um livro, será ali [cena dos comícios agrícolas]. É preciso que isso grite pelo conjunto, que se ouça ao mesmo tempo o mugido dos touros, os suspiros de amor e as frases dos administradores" (p. 83) (tradução minha, bem como das demais citações em francês).

4. "Ah! vous trouverez bien des préjugés à combattre, monsieur Bovary; bien des entêtements de routine, où se heurteront quotidiennement tous les efforts de votre science; car on a recours encore aux neuvaines, aux reliques, au curé, plutôt que de venir naturellement chez le médecin ou chez le

sobre condições climáticas, temperatura, etc., mais dos domínios da geografia física[5].

Contextualizar a conversa literária entre Emma e Léon é fundamental. Como se percebe, um desfile de idéias conhecidas se deixa observar tanto na fala do primeiro duo, dominado pela voz de Homais, quanto na fala do segundo dueto, de caráter mais idílico. Assim, se os dois duetos formam uma dissonância no que se refere ao universo em que se movem, formam, entretanto, um quarteto afinado, do ponto de vista da repetição de idéias prontas, de lugares-comuns, em um ponto ou outro atravessados por alguma novidade.

Na conversa entre Léon e Emma não faltam noções do senso comum sobre a poesia e a prosa, suas diferenças e encantos, num desfiar de classificações preconcebidas e repetidas à exaustão, incluindo nos demais exemplares da literatura da época que se construía em torno da personagem leitora.

Não é desconhecida da crítica flaubertiana essa apresentação maciça do ridículo do senso comum. Era assunto a que Flaubert dedicou atenção contínua durante toda sua vida, e o *Dictionnaire des Idées Reçues* e *Bouvard et Pécuchet* são testemunhos disso. É de maior utilidade para este estudo, assim, ater-se ao elemento que

pharmacien" (Flaubert, 1951, Parte II, Cap. II, p. 364) ["Ah! O senhor encontrará muitos preconceitos a serem vencidos, Sr. Bovary, muitas teimosias rotineiras com as quais se chocarão diariamente todos os esforços de sua ciência; pois ainda se recorre às novenas, às relíquias, ao pároco em lugar de ir naturalmente ao médico ou ao farmacêutico"] (p. 98).

5. "Le climat, pourtant, n'est point, à vrai dire, mauvais, et même nous comptons dans la commune quelques nonagénaires. Le thermomètre (j'en ai fait les observations) descend en hiver jusqu'à quatre degrés et, dans la forte saison, touche vingt-cinq, trente centigrades tout au plus, ce qui nous donne vingt-quatre Réaumur au maximum, ou autrement cinquante-quatre Fahrenheit (mesure anglaise), pas davantage!..." (*idem*) ["Contudo, para dizer a verdade, o clima não é mau e temos mesmo na comuna alguns nonagenários. O termômetro (fiz as medições) desce no inverno até quatro graus e em pleno verão chega aos vinte e cinco, trinta graus no máximo, o que nos dá vinte e quatro Réaumur no máximo, ou então cinqüenta e quatro Fahrenheit (medida inglesa) não mais!"] (pp. 98-99)

se destaca, aquilo que se revela no meio de tantos estereótipos e clichês de atitudes e palavras.

O ponto que se revela de maneira mais instigante é a menção explícita de Emma a respeito do que busca na literatura e por quê, ecoada, de alguma forma, na declaração seguinte de Léon. Trata-se das histórias que se seguem de um fôlego só e que conduzem à emoção do medo – "où l'on a peur". A relação com o medo é um ponto comum entre Emma e as demais personagens que foram a ela aproximadas há pouco – a canadense Joan e as vitorianas Catherines e Isabellas.

Ao que tudo indica, portanto, há uma espécie de tradição à qual tão diferentes obras remetem.

Paixão: Medo

Até o momento, tem sido possível acompanhar o deslocamento das personagens na direção de sua busca pela paixão e seu lugar na modernidade. A paixão é, geralmente – e em grande medida também nesse romance – identificada ao sentimento amoroso. Contudo, o estado passional permite a vivência de uma gama extensa de emoções, dos mais variados timbres – para manter ainda a metáfora musical – e entre eles há o medo.

Um caminho se amplia a partir dessa visão da paixão sob a forma do amor e do temor na sua relação com as personagens em questão. A busca de uma literatura que proporcione o medo, talvez o suspense mais particularmente, abre um pouco mais a perspectiva de observação das obras de Flaubert e Atwood.

Falar do medo na cultura grega é uma coisa, falar do medo na época cristã ou no século XIX é outra. É ainda outra coisa falar do medo como ingrediente literário. Na passagem do mundo clássico para o romântico, no sentido de que se vem tratando, há uma profunda modificação no conceito de individualidade. Para que o novo conceito de interioridade se defina há que ocorrer uma clara idéia de separação entre o sujeito e o todo. Essa separação, ou melhor, a consciência dela é o que leva a interioridade a buscar a reintegração, isto é, a totalidade ou o Absoluto. Buscar, portanto, a totalidade significa já ter a noção de separação com ela. Tal busca, tanto Rougemont quanto Hegel percebem na esfera sagrada e na esfera profana. Misticismo e religiosidade, por um lado, e a bela formulação de Hegel, tão producente para a etapa anterior deste estudo, por outro – amor como "religião profana do sentimento".

Para o mundo grego, não há tal noção de individualidade e de Absoluto. A divindade pode ser boa ou má, mas tem que ser libada, saudada, e o Destino tem que se cumprir. Temer é, assim, um mal, porque ter medo daquilo que é, significa desonrar-se, não estar à altura do próprio destino, do próprio quinhão da partilha divina. O herói não o é de fato se não for glorioso, bravo ou astucioso.

Com a mudança na noção de interioridade, com o incremento da idéia de individuação, enfim, com a separação entre indivíduo e transcendência, o Bem e o Mal ganham forma autônoma, que transcende a subjetividade; o conceito de Deus único e seus avatares que a cristandade traz tem de produzir seu correlato imediato – o Mal, isto é, o Diabo. Agora, então, o medo configura-se de forma diferente, na inversão apontada, por exemplo, por Marilena Chaui: do mal grego de temer, o cristão passa a temer o Mal[6].

Assim, amor e medo e também a relação com a morte são elementos centrais da transformação na noção de individualidade e a relação com a totalidade que se operou na passagem do mundo clássico para o cristão – ou romântico, a dizer novamente com Hegel. As formas literárias são evidentemente caudatárias diretas de tais transformações, como atesta a teoria do romance.

Se o que está em questão nos romances de Flaubert e de Atwood é a fragmentação que acompanha aquele que se vê diante de concepções diversas de subjetividade e de paixão num mundo

6. Chaui, 1987, p. 40.

reificado ou reificando-se, as questões do amor, do medo e da relação com a morte são instâncias por onde necessariamente há que se passar.

O contexto social em que Emma Bovary e Joan Foster se encontram é um terceiro momento diante dos dois anteriores. A terceira transformação, que vem aflorando aos poucos na análise dos dois romances, é a do sujeito que vira coisa, objeto, e da transcendência Absoluta que vira a "eternidade profana" da moda e do consumo, a partir de mudanças nas relações de produção, com a industrialização, as regras sociais burguesas, a indústria cultural.

No segundo universo, o da cristandade estabelecida, o Mal causava o medo. As aparições de espíritos, os elementos sobrenaturais do mundo medieval tinham uma relação de verdade para o indivíduo. Nos séculos XVIII e XIX, e depois também no XX, há uma tentativa de resgatar ou conservar a noção de individualidade e, conseqüentemente, os conceitos de amor, medo (paixão) e transcendência que estavam se desfazendo, se transformando.

Tenta-se, então, voltar para o momento primeiro em que tais noções emergiram – o período medieval. Os heróis e heroínas a princípio admirados por Emma são desse período.

Walter Scott, autor lido por Emma e por Joan, busca o que de mais ancestral – e a seu ver genuíno – existia entre os escoceses e esbarra numa coincidência com essas noções medievais. Scott é autor central dentro do referencial literário por onde essas personagens se movem.

A literatura vitoriana, no auge do processo que leva ao naufrágio das noções "românticas", volta-se também para o momento inicial, buscando a Idade Média, retomando os temas arthurianos, como testemunham os poemas do laureado Tennyson e as pinturas pré-rafaelitas. Procura-se também pelo sobrenatural – signo da transcendência que se deseja tanto preservar – nessa volta ao medievo. Origina-se desse fato a criação de um novo gênero de ficção, a literatura gótica.

Entretanto, esse signo se repõe como falsificação, porque os seus fundamentos já se perderam ou estão se perdendo. O sentimento criado na paixão do medo, que era via de transcendência porque se vinculava ao Bem e ao Mal, passa a ser desejado por si mesmo, isto é, o caminho pára na busca e retenção do signo porque já não é mais possível prosseguir por ele até a transcendência. Surge assim a sensação do medo como fim em si mesma.

Novamente, a elevação do sentimento, ou o sentimento decorrente da elevação, é substituída pela sensação. Não é mais possível para o indivíduo reificado, ou reificando-se, ir além da imediatez da sensação. Isso se percebe no desejo de Emma de encontrar a exacerbação dos sentidos na literatura que produz o efeito do medo e na literatura de tons eróticos. Também se percebe nas peregrinações espíritas de Joan.

O medo, de via passou a efeito – o assustador. O amor, de via passou a efeito – o erotismo, a pornografia. Ambos sempre no terreno da exacerbação. E com a "eternidade profana" do consumo no lugar da transcendência, ambos passaram a ser os ingredientes preferidos dos produtos vendáveis, mesmo os da indústria cultural: o terror e o pornográfico[7].

Trata-se de duas emoções básicas e eternas do ser humano, não raro associadas uma à outra, mas com as quais a relação do homem foi se alterando com o correr dos tempos. O gótico resultante da volta ao mundo medieval, os romances de consumo e, enfim, a própria indústria cultural nascem juntos; são a reposição constante e insatisfatória de um mundo perdido, cujas noções básicas se encontram então inacessíveis, pelo menos por completo.

---

7. Trata-se de algo ainda perceptível nos tempos atuais na leva de filmes rentáveis de terror e de pornografia; elementos que continuam presentes em tudo o que é vendável. Qualquer indústria de entretenimento se fixa nesses dois ingredientes, de uma forma ou de outra. Do mais precário ao mais sofisticado parque de diversões, todos têm seu túnel do amor e seu trem fantasma, ou seus equivalentes.

Segundo Marilena Chaui[8], a partir de idéias de Espinosa, o medo é a imagem da impotência humana. Mas se isso é verdade, o medo constitui-se reflexo da concepção do humano (indivíduo) e do divino (transcendência, totalidade) que cada época pôde ter. A maneira como se teme e aquilo que se teme refletem mais do que a impotência humana, refletem a própria concepção do humano que se tenha, e, por contraste, a do divino – nas várias formas que assume. O que significaria, nesse sentido, desejar o medo, e o que, então, satisfaz esse desejo?

Medo e Literatura

O narrador não se expande sobre as leituras escolhidas por Emma, conforme os gostos e concepções que ela expressa. É em termos genéricos que tais leituras são reportadas no texto. Dois momentos apontam, com certa precisão, os reflexos e atitudes associados a essas leituras. O primeiro pertence ao início da narrativa, quando Emma expressa a maneira como gostaria de se casar, totalmente contrastante com os costumes provincianos, aos quais acaba por ceder:

> Emma eût, au contraire, désiré se marier à minuit, aux flambeaux; mais le père Rouault ne comprit rien à cette idée. Il y eut donc une noce, où vinrent quarante-trois personnes, où l'on resta seize heures à table, qui recommença le lendemain et quelque peu les jours suivants[9].

O casamento à meia-noite à luz de velas é mais do que uma idéia extravagante. No contexto do "roman noir" – ou gótico – é

---

8. Cf. Chaui, 1987.
9. Flaubert, 1951, Parte I, Cap. III, p. 314. "Emma, pelo contrário, teria desejado casar-se à meia-noite, à luz de tochas; mas o pai Rouault nada compreendeu de tudo aquilo. Houve, portanto, um casamento ao qual compareceram quarenta e três pessoas, durante o qual se permaneceu dezesseis horas à mesa, que recomeçou no dia seguinte e continuou mais um pouco nos dias subseqüentes" (p. 42).

perfeitamente plausível, por mais contrastante que seja com a fartura e brincadeiras típicas da província francesa. Há um desvio flagrante entre o mundo literário habitado pela mente de Emma e o mundo em que ela realmente se encontra. É revelador também da concepção de amor e de matrimônio que preside sua atitude. A associação entre amor, mais exatamente casamento, e morte, de que se tratou em capítulos anteriores, é, pois, um "topos" dessa ficção com que Emma se deleita[10].

O outro momento se dá quando Emma está enfastiada com o segundo adultério. Ela se encontra insatisfeita, endividando-se cada vez mais e buscando sensações cada vez mais fortes:

> Madame était dans sa chambre. On n'y montait pas. Elle restait là tout le long du jour, engourdie, à peine vêtue, et de temps à autre, faisant fumer des pastilles du sérail qu'elle avait achetées à Rouen, dans la boutique d'un Algérien. Pour ne pas avoir, la nuit, auprès d'elle, cet homme étendu qui dormait, elle finit, à force de grimaces, par le reléguer au second étage; et elle lisait jusqu'au matin des *livres extravagants où il y avait des tableaux orgiaques avec des situations sanglantes. Souvent une terreur la prenait, elle poussait un cri.* Charles accourait.
>
> "Ah! va-t'en!" disait-elle.
>
> Ou, d'autres fois, brûlée plus fort pas cette flamme intime que l'adultère avivait, haletante, émue, tout en désir, elle ouvrait sa fenêtre, aspirait l'air froid, éparpillait au vent sa chevelure trop lourde, et, regardant les étoiles, souhaitait des amours de prince[11].

---

10. Tomem-se como exemplo as obras repetidas vezes citadas por Todorov em seu estudo sobre a literatura fantástica, *La Vénus d'Ille*, de Mérimée, e *Véra*, de Villiers de l'Isle-Adam. Tenha-se em mente, entretanto, a especificidade do aparecimento desse topos literário nas obras de Flaubert e Atwood, que, aliás, não têm como paradigma a literatura fantástica.

11. Flaubert, 1951, Parte III, Cap. VI, p. 554-555, grifo meu. "A Senhora estava em seu quarto. Ninguém ia até lá. Permanecia durante todo o dia, entorpecida, levemente vestida, e de vez em quando queimava pastilhas de serralgo que comprara em Rouen na loja de um argelino. Para não ter à noite, junto dela, aquele homem estendido e adormecido, acabou, à força de caretas, por relegá-lo ao segundo andar; e ela lia até de manhã *livros extravagantes onde havia quadros orgíacos com situações sangrentas, freqüentemente era presa de terror, lan-*

BOVARISMO E ROMANCE

A influência da "Gothic novel" inglesa na França foi mais direta no final do século XVIII e nas três ou quatro primeiras décadas do século XIX. Em geral, o que de mais sólido ficou dessa influência se percebe em obras de Victor Hugo, Lamartine, tendendo, freqüentemente, mais ao melancólico do que ao assustador. A elaboração byroniana dos elementos góticos também teve longo alcance na literatura francesa – e Byron era autor particularmente apreciado por Flaubert. Além de traduções de obras inglesas[12], cabe mencionar também a publicação de *Vathek*, de William Beckford, que escrevia tanto em francês quanto em inglês. A edição francesa foi prefaciada por Mallarmé, enviada por este a Flaubert – muitos anos depois da publicação de *Madame Bovary* –, que lhe faz um breve comentário em sua correspondência.

Apesar de posterior à publicação de *Madame Bovary*, a menção de Flaubert a *Vathek* constitui-se documento da prevalência da literatura de caráter gótico na França contemporânea a esse autor:

> Recebi um outro presente: um livro do *fauno* [maneira como Flaubert se referia a Mallarmé] e esse livro é agradável, pois não é dele. É um conto oriental intitulado *Vathek*, escrito em francês no fim do século passado por um lorde inglês. Mallarmé o reimprimiu com um prefácio no qual seu tio é louvado[13].

çava um grito. Charles acudia. / – "Ah! Vai-te embora!", dizia ela./ Ou, outras vezes, atingida mais fortemente pela chama íntima avivada pelo adultério, ofegante, emocionada, envolvida pelo desejo, ela abria a janela, aspirava o ar frio, espalhava ao vento sua cabeleira pesada demais e, olhando as estrelas, desejava amores de príncipe" (p. 303).

12. *Le Château d'Otrante*, de Horace Walpole, em 1767; *Le Vieux Baron Anglais*, de Clara Reeve, em 1787; *Les Mystères d'Udolphe* e *L'Italien*, de Ann Radcliffe, em 1797; *Le Moine*, de Lewis, em 1797; e uma das obras de maior influência na França, *Melmoth ou l'Homme Errant*, de Charles Robert Maturin, dos mais destacados escritores do gênero, em 1821, entre as obras mais importantes. Tal levantamento aparece disperso na obra de Marcel Schneider, 1964.

13. Carta à sua sobrinha Caroline, de 17 de junho de 1876, posterior, portanto, à publicação de *Madame Bovary* (cf. *Correspondance – 1873-1876*, v. VII, 1933, pp. 302-303).

AS LEITORAS

Ah! eu me esqueci! o poeta Mallarmé (o autor do *Fauno*) me presenteou com um livro que ele editou: *Vatek* [sic], conto oriental escrito, no fim do século passado, em língua francesa, por um inglês. É divertido[14].

Nada permite que se afirme, com base no teor das leituras de Emma, um conhecimento ou uma relação direta com o gótico inglês. Contudo, há menções a elementos pertinentes a esse tipo de ficção e citações de autores franceses influenciados pela busca gótica do sobrenatural, do medo, da morte, ainda que, como se disse há pouco, num sentido bem mais permeado pela melancolia do que pelo terror. De qualquer forma, há um chão comum de onde brotam as leituras de Emma e de Joan, e da pequena Miss Morland. Esse chão se caracteriza basicamente, seja de que forma for, por uma busca de elementos que se afastam da racionalidade, do natural, da vida cotidiana, do senso burguês ou do compromisso vitoriano. A própria Emma é quem o diz: "Je déteste les héros communs et les sentiments tempérés, comme il y en a dans la nature".

Dualidades Literárias

De fato, dois lados de uma mesma moeda se fazem examinar com relação a esses dois romances. A moeda é o próprio romance – como forma genérica e como exemplar em questão. Um dos lados é o da literatura de cunho realista, tão fortemente associada ao surgimento do romance que serve como seu principal caracterizador e ponto de partida para as reflexões de Ian Watt, na obra citada. O outro lado é o da literatura com um olho freqüentemente posto no passado e outro posto na fantasia ou em tudo o que excede o cotidiano, o natural e o racional. Uma das expressões dessa segunda vertente está especificada sob o nome "Gótico", e constitui-se cerne de outra obra inte-

---

14. Carta a Tourgeniev, de 25 de junho de 1876, *idem*, p. 313.

BOVARISMO E ROMANCE

ressada no processo do romance – *The Literature of Terror*, de David Punter.

É curiosa essa bifurcação nos estudos do romance, e extremamente instigante para este trabalho, uma vez que está presente de maneira muito forte nas obras de Flaubert e de Atwood.

A literatura gótica, mencionou-se há pouco, surge no século XVIII e persiste no XIX. Na França, na mesma ocasião, afirma-se a literatura que a crítica daquele país costuma denominar "fantástica". Para Todorov, "Ele [o fantástico] apareceu de uma maneira sistemática por volta do fim do século XVIII, com Cazotte; um século mais tarde, encontram-se nas novelas de Maupassant os últimos exemplos esteticamente satisfatórios do gênero"[15].

É necessário fazer uma pequena incursão teórica por esse campo sinuoso, que compreende, ainda que de maneira imprecisa, os elementos de uma literatura eminentemente fantasiosa e as intenções realistas.

Na visão da maioria dos críticos de língua francesa, Schneider, Todorov, Castex etc., o gótico é apenas um setor dessa categoria mais ampla que é a literatura fantástica. Todorov vai ainda mais longe em seu desacordo com os estudos ingleses do assunto. Para ele, o medo é ingrediente optativo desse tipo de ficção, e a maneira errada de observá-lo. Contestando os trabalhos em língua francesa de Caillois, e em língua inglesa de Penzoldt e Lovecraft, expressa sua total oposição à consideração do medo como elemento caracterizador da ficção de que trata:

Se tomarmos suas declarações literalmente, e que o sentimento de medo deva ser encontrado no leitor, seria preciso deduzir daí (é este o pensamento de nossos autores?) que o gênero de uma obra depende do sangue-frio do leitor... O medo está freqüentemente ligado ao fantástico mas não como condição necessária[16].

15. Todorov, 1975, p. 175.
16. *Idem*, p. 41.

O crítico americano Punter fundamenta toda sua longa e profunda análise da literatura gótica inglesa e americana justamente na questão do medo:

Há, de qualquer modo, um elemento que, não obstante numa vasta variedade de formas, aparece em toda ficção relevante: o medo. O medo não é meramente um tema ou uma atitude, também tem conseqüências em termos de forma, estilo e relações sociais dos textos; e explorar o gótico é também explorar o medo e ver os vários modos por meio dos quais o terror irrompe através das superfícies da literatura, de maneiras diferentes em cada caso, mas também estabelecendo para si certas continuidades distintas de linguagem e símbolo[17].

Os dois críticos divergem em muitos aspectos. Todorov cria categorias, em busca de definições. Punter examina o gótico sob as lentes do contexto social, das transformações políticas, das implicações psicológicas da era vitoriana. Há, porém, alguns pontos em que se aproximam, ou até mesmo coincidem.

Para ambos, uma das marcas distintivas da ficção não-realista, que cada qual denomina à sua maneira, é a existência de uma ambigüidade determinante para o êxito dessa literatura. Punter acredita que o gótico se arme a partir de uma situação de perseguição. A ambigüidade, nesse caso, aparece no caráter de verdade ou não desse estado persecutório. Não é de estranhar, portanto, que este crítico se aproprie do termo *paranóia* e faça dele um conceito operacional. Já Todorov prefere utilizar a idéia de hesitação. A literatura de que trata introduz elementos sobrenaturais, elementos que rompem com os limites da vida natural comum. No entanto, a seu ver, personagem e leitor devem hesitar, duvidar dos fatos ou da interpretação a eles dada para que a literatura de cunho fantástico se configure como tal.

Outro traço, decorrente do anterior, sublinhado por ambos os críticos, é o fato de que o narrador, em geral em primeira pes-

---

17. Punter, 1980, p. 21.

BOVARISMO E ROMANCE

soa, deixa de ser confiável. A narração em primeira pessoa facilita a identificação do leitor à personagem e contribui, assim, para a ambigüidade ou a hesitação necessárias nesse tipo de ficção.

Um terceiro ponto, fundamental para a literatura não-realista, é a ênfase dada à ação. Os enredos centram-se na ação em detrimento da elaboração poética e das digressões. Para Todorov, "Existe uma coincidência curiosa entre os autores que cultivam o sobrenatural e aqueles que, na obra, prendem-se particularmente ao desenvolvimento da *ação*, ou, se quisermos, que procuram em primeiro lugar contar histórias"; e ainda: "A narrativa elementar comporta pois dois tipos de episódios: os que descrevem um estado de equilíbrio, e os que descrevem a passagem de um ao outro"[18].

Essa colocação de Todorov coincide com a de um outro estudioso da literatura, a quem aliás ele próprio critica na introdução de sua obra sobre o fantástico, e que, no entanto, denomina seu campo de estudo de forma bem diversa: trata-se de Northrop Frye e seus estudos sobre a literatura romanesca.

Como se percebe, são inúmeras as denominações atribuídas a um vasto terreno literário, que de forma genérica pode ser descrito com as seguintes palavras: literatura não-realista. É claro que, conforme o recorte feito pelos críticos, o terreno será mais ou menos abrangente; entretanto, na parte de suas obras que se atêm à descrição geral desse terreno, mesmo que atrelada a intuitos de classificações, criação de categorias e paradigmas, há, evidentemente, coincidências, como as três arroladas há pouco.

É necessário acrescentar uma quarta visão desse fato. Ao lado das denominações de gótico, fantástico, romanesco, surge uma outra que é justamente aquela pela qual toda essa superfície que recobre as leituras de Emma Bovary vem sendo caracterizada pela fortuna crítica de Flaubert: literatura romântica. Essa denominação é, em geral, utilizada como se falasse por si mesma, como se sua simples menção tudo esclarecesse.

18. Todorov, 1975, pp. 171-172.

AS LEITORAS

Seria suficiente ou exato dizer que a produção ficcional de um movimento literário esgota o tipo de romance ao qual a personagem e o narrador de *Madame Bovary* fazem menção? Muitos crêem que nas próprias palavras do autor de *Madame Bovary* encontra-se a autorização para tal procedimento. Mas observe-se a seguinte passagem do texto de Maupassant sobre Flaubert: "Irritava-se muito por causa desse epíteto de realista que lhe haviam colado às costas e afirmava ter escrito sua *Bovary* apenas por aversão à escola de Champfleury"[19].

Recorrendo à correspondência de Flaubert, pode-se encontrar uma curiosa análise feita por ele da obra de outro escritor que, à semelhança do que a crítica disse do próprio Flaubert, afirmava ter escrito sua obra com a intenção de desmascarar e criticar a literatura romântica. Trata-se da obra de Léon Hennique publicada em 1880:

> Sob o pretexto de zombar do romantismo, você fez um livro romântico muito belo...
> *A alma tal como ela é!* Você supõe conhecê-la? *Personagens exagerados*, de modo algum. *Linguagem convencional?* Absolutamente...
> Mas eu termino com uma citação de Goethe, um naturalista que era romântico, ou um romântico que era naturalista, – tanto um como outro – como você queira.
> Em *Wilhelm Meister*, não sei mais qual personagem diz a Wilhelm: "Você me causa o efeito de Saul, filho de Cis; ele saiu para ir procurar as mulas de seu pai e encontrou um reino!" Você quis fazer uma farsa e fez um belo livro![20]

Esse extrato é duplamente esclarecedor. Primeiro, porque mostra um Flaubert mais flexível do que a crítica faz crer, exami-

---

19. Maupassant, 1990, p. 33.
20. 2-3 fev. 1880. A Léon Hennique, in *Correspondance, op. cit.*, v. VIII, pp. 369-374. O livro a que Flaubert se refere é *Les hauts faits de M. de Poutheau*, publicado em 1880. Esse livro foi efetivamente "qualificado pelo autor como zombaria romântica sobre o romantismo" (cf. Dumesnil, 1955, p. 367). Ainda segundo Dumesnil: "foi a propósito de Hennique que Flaubert disse os seus sentimentos sobre a escola naturalista" (p. 366).

209

nando a obra de um colega a partir das mesmas chaves com que a sua própria foi examinada. Segundo, porque aponta para a temeridade que é fiar-se em sua correspondência para tentar compreender elementos presentes no seu romance. Tudo, ou quase tudo, pode ser encontrado na correspondência de Flaubert, para afirmar ou refutar qualquer teoria a seu respeito. Esse caráter de contradição tem feito, aliás, as delícias daqueles que se inclinam a estudá-la. Mas, como se vê, pouco ajuda para a observação dos elementos que se está tentando aqui estudar. Se algum auxílio lá se encontra é talvez o de seguir o exemplo de Flaubert, mantendo a flexibilidade e não perdendo a capacidade de observação, sem comprometer-se com idéias que fazem tábula rasa do que ocorre em seus romances.

Resta, assim, precisar o que as quatro categorias têm em comum, apesar de nascerem de pressupostos diferentes, e confrontá-las com as informações que o próprio texto fornece. Para esse segundo procedimento, é necessário recusar o olhar dirigido pelo conjunto de atributos que a crítica flaubertiana estabeleceu para sua obra.

A la classe de musique, dans les romances qu'elle chantait, il n'était question que de petits anges aux ailes d'or, de madones, de lagunes, de gondoliers, pacifiques compositions qui lui laissaient entrevoir, à travers la niaserie du style et les imprudences de la note, l'attirante fantasmagorie des réalités sentimentales[21].

O capítulo VI é a grande referência sobre a formação do hábito da leitura em Emma Bovary, de sua educação, do desenvolvimento de sua sensibilidade de acordo com seu temperamento, no Convento das Ursulinas.

21. Flaubert, 1951, Parte I, Cap. VI, p. 325. "Nas aulas de música, nas romanças que cantava, havia apenas anjinhos de asas de ouro, madonas, lagunas, gondoleiros, pacíficas composições que lhe deixavam entrever, através da tolice do estilo e das imprudências das notas agudas, a atraente fantasmagoria das realidades sentimentais" (p. 54).

A passagem acima contrapõe a maneira de se expressar utilizada pela arte a que Emma tem acesso e aquilo que tal arte procura expressar: "l'attirante fantasmagorie des réalités sentimentales". Logo se percebe que a expressão, a palavra, a poesia, o estilo são extremamente secundários, tal como, a crer em Todorov e Punter, o são para a literatura fantástica e a literatura gótica.

É possível acompanhar, nesse mesmo capítulo VI, o surgimento, a enumeração dos elementos que provavelmente compõem essas fantasmagorias. Mais do que referir-se a autores e obras, embora também o faça, o narrador destaca, ao falar dos romances lidos e emprestados pela costureira[22], as personagens, o cenário, e elementos típicos da ação.

As personagens são amantes. Damas perseguidas em pavilhões solitários e homens corajosos, doces, virtuosos, que choram muito. O enredo que os envolve se passa nos tais pavilhões solitários, em florestas sombrias, em barcos à luz da lua, ao som do canto dos rouxinóis. Mensageiros assassinados e cavalos arrebentados dão a conhecer a necessidade de peripécias, reconhecimentos, reviravoltas, enfim, desencontros que esses enredos requerem. E afinal, a natureza dessas tramas aparece nas palavras: "troubles du coeur, serments, sanglots, larmes et baisers..."[23]

Esses elementos se vêem reforçados e complementados nas descrições das figuras dos *keepsakes*, ou livros de prendas. Encontram-se *ladies* inglesas melancólicas, em poses ingênuas, recebendo cartas, fitando a lua com lágrimas nos olhos. Jovens casais em que a dama se veste de branco e o cavalheiro porta uma capa. Há também visões do Oriente povoadas de sultões, paisagens árabes ou ainda ruínas romanas.

---

22. No mundo fechado e recluso do Convento, os livros trazidos pela senhora que executava os trabalhos de costura tinham um caráter de fresta que deixava entrever um outro mundo. É, na realidade, a primeira e decisiva fresta aberta dentre as tantas outras já citadas neste estudo.

23. Flaubert, 1951, p. 324: "tumultos do coração, promessas, soluços, lágrimas e beijos..." (p. 53)

Colocando em uma única enumeração o que as três seqüências mencionadas apresentam, têm-se: anjos, madonas e gôndolas, configurando um universo italiano; enredos de amores atormentados com heróis exemplares e mulheres perseguidas sobre fundo sombrio, que perfaz o universo da literatura de cunho sentimental; *ladies* inglesas, jovens casais de amantes, advindo provavelmente do universo setecentista e oitocentista da literatura inglesa; e visões orientais e exóticas, apontando para o orientalismo.

Onde é possível supor a emoção do medo, tão claramente desejado por Emma, conforme ela própria o declara em sua conversa com Léon? Provavelmente, na origem da perseguição da heroína, na necessidade da bravura do herói, na infelicidade das *ladies* inglesas e no *décor* de tonalidades sombrias. Servem esses elementos para configurar um gênero literário?

Um único gênero talvez não, mas uma fonte em que bebem vários dos gêneros dos séculos XVIII e XIX na Europa é provável que sim: a literatura fantástica de modo geral, o estranho, o gótico, o romance sentimental, a literatura de sensação, boa parte dos folhetins. Agrupá-los sob uma única rubrica, como o faz a crítica flaubertiana parece ser cômodo, mas pouco exato.

É evidente que a temática é amorosa, que esse amor sofre imprecisas ameaças que o põem à prova. Também é evidente que a maneira de tal assunto se concretizar requer peripécias, reviravoltas, desencontros, enfim, uma intrincada trama de natureza envolvente, problemática e climática. O esqueleto mínimo dessas histórias pressupõe uma situação de equilíbrio onde se dá o surgimento do amor, depois o desequilíbrio composto por contratempos e obstáculos, e por fim, novo equilíbrio, em que, de uma forma ou de outra, os obstáculos são ultrapassados, e que pode ser feliz ou infeliz de acordo com o desfecho que a relação amorosa alcance.

Esse esqueleto não é exclusivo de uma modalidade literária. No caso dos romances góticos e da literatura fantástica, ocorre, porém, que o elemento coadjuvante do desequilíbrio ou mesmo

AS LEITORAS

da consumação do equilíbrio final tenha aparência ou origem sobrenatural.

Nada há no texto de Flaubert que sublinhe de maneira inequívoca a presença desse sobrenatural nas leituras escolhidas por Emma, embora nada haja que o descarte definitivamente. Melancolia ou horror; luta contra o sobrenatural ou armadilhas do destino; obstáculos sobrenaturais ou empecilhos de natureza socioeconômica, todos eles, distintos que sejam, são pesos em uma balança que oscila entre os vários gêneros literários citados até agora, e que não servem por si só para dar uma caracterização definitiva a nenhum deles.

Atendo-se, contudo, a essa estrutura mínima que esses gêneros têm em comum, talvez seja possível propor uma rubrica, sem, entretanto, o caráter sintético que as rubricas costumam ter. Trata-se de narrativas que se constroem principalmente por meio da ação. A exploração da palavra literária, no sentido poético, está relegada a um segundo plano. É o enredo cheio de peripécias que demonstra ser fundamental.

Esse tipo de enredo tem como um de seus ingredientes básicos a criação de uma expectativa, o estímulo à curiosidade, o querer saber o que vem depois por parte do leitor, enfim, o suspense.

Será esse tipo de construção um predicado que se possa atribuir como definidor da literatura romântica? Essa generalização teria fortes possibilidades de estar equivocada. E, no entanto, essa construção é fruto da observação do que se encontra nas passagens do texto de Flaubert que dão conta da relação de Emma com a literatura.

Dentre as três características da literatura não-realista que se enumerou há pouco, sob o vértice da questão da ação pode-se ter uma certa idéia do tipo de literatura com que Emma Bovary lida. Mas é preciso considerar também as outras características, especialmente a questão da ambigüidade ou da hesitação da personagem e do leitor:

BOVARISMO E ROMANCE

Assim se explica a impressão ambígua que deixa a literatura fantástica: de um lado ela representa a quinta-essência da literatura, na medida em que o questionamento do limite entre real e irreal, característico de toda literatura, é seu centro explícito. Por outro lado, entretanto, não é senão uma propedêutica à literatura: combatendo a metafísica da linguagem cotidiana, ela lhe dá vida; ela deve partir da linguagem, mesmo que seja para recusá-la.

Se certos acontecimentos do universo de um livro dão-se explicitamente por imaginários, contestam com isso a natureza imaginária do resto do livro[24].

Essa formulação de Todorov permite que se veja a característica da ambigüidade através de sua essência, que é justamente a de exacerbar um aspecto intrínseco a toda literatura, a toda ficção: os limites entre real e irreal, os limites da representação literária. Essa outra visão possibilita que se reponha a questão da literatura de cunho realista – termo usado até aqui sem especificações.

Afirma Punter:

A origem da ficção gótica não pode ser separada da origem do próprio romance. Como todos nós bem sabemos, o século XVIII foi a era da ascensão do romance[25].

O pano de fundo contra o qual a emergência da ficção gótica precisa ser vista é, então, complexo, e nele os desenvolvimentos intelectual, técnico e comercial têm uma função. É um pano de fundo que inclui o aparecimento e o desenvolvimento inicial da própria forma romance; a concomitante ênfase no realismo... Sob tais circunstâncias, não é de surpreender que os elementos da ficção gótica começaram primeiro a emergir, de um modo hesitante, dentro da própria corrente principal do romance realista. Watt alega que *Tom Jones* contém "a primeira mansão gótica na história do romance"... e que o final de *Clarissa Harlowe*, de Richardson, deveria ser vista como literatura *graveyard*... a primeira obra

---

24. Todorov, 1975, p. 176.
25. Punter, 1980, p. 22.

importante do século XVIII a propor o terror como um tema para a escrita romanesca foi *Ferdinand Count Fathom* de Smollett (1753)[26].

Duas direções investigativas se abrem a partir das considerações dos estudiosos. A primeira é a da relação entre literatura e realidade. A segunda indica o fato de que toda essa problematização dos limites entre o real e o irreal encontra terreno extremamente fértil para se construir no processo de uma forma literária específica: o romance.

A literatura, arte feita de palavras, na qual estas são palavra e coisa ao mesmo tempo, problematiza a questão dos limites entre real e irreal. A literatura fantástica, por meio da hesitação e da ambigüidade, servindo-se de elementos que fogem à racionalidade comum, potencia à máxima grandeza essa característica intrínseca da literatura – sua ambigüidade essencial. Coisa que, por outra via, mais indireta, a literatura realista também faz ao admitir a dualidade entre realista e não realista.

Não será então o romance, dentre as formas literárias, aquela que mais agudamente – ou conscientemente – colocou a ambigüidade da palavra e a natureza da criação literária a nu?

Em seu ensaio sobre o romance, Ian Watt fala de um realismo formal, já por diversas vezes mencionado no presente estudo, que é um conjunto de elementos cuja função é produzir no leitor a impressão de algo que pode ser encontrado na realidade a que ele próprio pertence. Essa concepção, como já se disse anteriormente, aproxima-se muito do "efeito de real", de que fala Barthes:

Na França a posição crítica clássica, com sua ênfase na elegância e na concisão, permaneceu incontestada até o advento do Romantismo... Apesar de toda a sua acuidade psicológica e de sua habilidade literária, é elegante demais para ser autêntica. Nesse aspecto madame de La Fayette e Choderlos de Laclos são os opostos de Defoe e Richardson, cuja prolixidade tende a constituir uma garantia da autenticidade de seu relato, cuja prosa visa exclusivamente ao que Locke definiu como o objetivo

26. *Idem*, p. 45.

próprio da linguagem, "transmitir o conhecimento das coisas", e cujos romances como um todo pretendem não ser mais que uma transcrição da vida real – nas palavras de Flaubert, "*le réel écrit*"[27].

A conversa literária entre Emma e Léon traz idéias da época em que viviam, mas traz também ao plano principal do romance uma reflexão que ele carrega latente. Por meio de sua personagem leitora, Flaubert faz que seu leitor tenha acesso a discussões cruciais de sua época que envolvem a relação do ser humano com a realidade e com a imaginação, com a racionalidade científica e a fabulação, com o trabalho e o entretenimento, em suma, com as grandes cisões aparentemente inconciliáveis de sua época. O mesmo se dá com Atwood, mas a posição de sua personagem leitora é diversa da de Emma, mais delicada e envolvendo outros referenciais inimagináveis para o universo flaubertiano.

Composições da Dissonância

Ocorrem no romance de Flaubert algumas discussões acerca da literatura e, em geral, de seus malefícios. Seja a mãe Bovary exigindo que se proíba a leitura à nora, sejam Homais e Bournisien digladiando-se a respeito dos efeitos da leitura, as dualidades básicas de que o romance se torna expressão estão sempre expostas em *Madame Bovary*.

Tem-se procurado, neste trabalho, investigar o percurso de duas heroínas de romance, o tema que tal percurso origina e sua relação com a forma literária em que aparece. Investigando o percurso, percebeu-se a relação entre amor e morte, a busca da paixão, a exacerbação dos sentidos e da fantasia, elementos, enfim, que se coadunam com essa dualidade fundamental do romance. Convergem agora os aspectos ligados ao percurso dessa heroína de romance e sua atividade de leitora, propiciando esclarecimentos quanto ao tema e à forma literária. É chegado o momento de retornar àquela conversa entre Emma e Léon e

27. Watt, 1990, pp. 29-30.

observá-la novamente, com o olhar informado pela reflexão iniciada a partir dela.

Naquela conversa, a dissonância entre os dois duetos ganha grande relevância se examinada com mais vagar. Homais procura descrever aos recém-chegados a cidade em que vão começar a viver. Suas informações nada têm de românticas ou idílicas. A maneira como fala do campo não comporta melancólicas paisagens ao cair da tarde, a enumeração de recantos propícios ao vagar do pensamento ou qualquer representação no mínimo que seja artística ou sentimental. Não há, pois, nada de remotamente semelhante ao tratamento dado por um colorista, um poeta ou coisa que se lhe aproxime.

Suas informações são pretensamente científicas e a única concessão que faz não é ao espírito fantasioso ou artístico, mas à sua própria vaidade, advinda justamente de sua irretocável conduta dentro do vértice da observação científica. Trata-se, na realidade, da segunda descrição de Yonville a que o leitor tem acesso. A primeira, é bom recordar, encontra-se na abertura da segunda parte do romance e é conduzida pelo narrador.

Pode-se confrontar o pretenso cientificismo e objetividade de Homais com a maneira como o narrador inicia a história do casal Bovary em sua nova residência e, ainda, com aquilo que Emma e Léon manifestam com relação à maneira como gostam de ver uma história contada.

A descrição do narrador, conquanto objetiva e informativa, permite comparações, imagens, e reitera vez ou outra um mote comum, quase um *leitmotiv* para a região de Yonville e os que a habitam, que é o seu caráter ruinoso ou, mais propriamente, decadente e estagnado:

Yonville-l'Abbaye (ainsi nommé à cause d'une ancienne abbaye de Capucins dont les ruines n'existent même plus) est un bourg à huit lieues de Rouen, entre la route d'Abbeville et celle de Beauvais...[28]

28. Flaubert, 1951, Parte II, Cap. I, p. 354. "Yonville-L'Abbaye (assim chamada

Cependant, Yonville-l'Abbaye est demeuré stationnaire, malgré ses *débouchés nouveaux*. Au lieu d'améliorer les cultures, on s'y obstine encore aux herbages, quelque dépréciés qu'ils soient, et le bourg paresseux, s'écartant de la plaine, a continué naturellement à s'agrandir vers la rivière. On l'aperçoit de loin, tout couché en long sur la rive, comme un gardeur de vaches qui fait la seste au bord de l'eau[29].

A descrição da igreja também se deixa marcar pela deterioração e pela displicência. Seguem-se as demais construções importantes da pequena cidade, com destaque para a farmácia de Homais e surge então uma personagem que sintetiza o mote ruinoso utilizado até então pelo narrador: Lestiboudois. Vale conferir essa passagem:

Lors du choléra, pour l'agrandir, on a abattu un pan de mur et acheté trois acres de terre à côté; mais toute cette portion nouvelle est presque inhabitée, les tombes, comme autrefois, continuant à s'entasser vers la porte. Le gardien, qui est en même temps fossoyeur et bedeau à l'église (tirant ainsi des cadavres de la paroisse un double bénéfice), a profité du terrain vide pour y semer des pommes de terre. D'année en année, cependant, son petit champ se rétrécit, et, lorsqu'il survient une épidémie, il ne sait pas s'il doit se réjouir des décès ou s'affliger des sépultures.

"Vous vous nourrissez des morts, Lestiboudois!" lui dit enfin, un jour, M. le curé.

Cette parole sombre le fit réfléchir; elle l'arrêta pour quelque temps; mais, aujourd'hui encore, il continue la culture de ses tubercules, et même soutient avec aplomb qu'ils poussent naturellement[30].

por causa de uma antiga abadia de Capuchinhos cujas ruínas nem mais existem) é uma vila a oito léguas de Rouen entre a estrada de Abbeville e a de Beauvais..." (p. 87)

29. *Idem*, p. 355. "Todavia, Yonville-L'Abbaye estacionou, apesar de seus novos mercados. Em lugar de melhorar os cultivos, os habitantes obstinam-se ainda com as pastagens, ainda que um pouco depreciadas, e a vida preguiçosa, afastando-se da planície, continuou naturalmente a crescer em direção ao rio. Pode ser percebida de longe, deitada ao longo da margem, como um guardador de vacas sesteando à beira d'água" (p. 88).

30. *Idem*, p. 357. "Quando do cólera, para aumentar seu tamanho, foi abatido um pedaço de muro e foram comprados três acres de terra ao lado; mas todo

AS LEITORAS

A figura perturbadora de Lestiboudois e sua atividade traem a aparente feição meramente informativa das palavras do narrador, de maneira mais decisiva. Suas comparações anteriores, mescladas a dados precisos como os da localização exata da pequena vila, formavam um todo ainda aparentemente pobre em colorações do imaginário, e mais restrito a apontamentos.

A figura de Lestiboudois, entretanto, é lúgubre. Traz uma nota sombria, um pouco inclinada ao jocoso, mas ainda assim negra. Ela como que imprime uma sombra por cima de toda a descrição anterior, feita aparentemente sob a luz chapada da mera observação informativa. Não por acaso, ela é a última descrição que precede àquela frase que se constitui uma espécie de abertura da história do casal Bovary em Yonville: "Depuis les événements que l'on va raconter, rien, en effet, n'a changé à Yonville"[31].

Por ora, é importante que se perceba o balanceamento, o equilíbrio mesmo, entre a objetividade, o distanciamento do narrador, o caráter informativo e preciso de sua descrição e o surgimento das comparações e imagens que conduzem ao tom ligeiramente lúgubre e sombrio que prenuncia o movimento do relato que se vai seguir.

A fala de Homais está atrelada ao intuito informativo e à exibição satisfeita de si mesmo. Note-se a seguinte passagem que estabelece um vivo contraste entre a visão de Homais e as expectativas de fundo literário de Emma:

> o novo terreno está quase desabitado, pois os túmulos, como outrora, continuam a amontoar-se perto da porta. O guarda, que é ao mesmo tempo coveiro e sacristão da igreja (extraindo assim um duplo benefício dos cadáveres da paróquia), aproveitou o terreno baldio para semear batatas. A cada ano, contudo, seu pequeno campo diminui e, quando há uma epidemia, ele não sabe se deve alegrar-se com os óbitos ou afligir-se com as sepulturas. / "– Você se alimenta de mortos, Lestiboudois!" Disse enfim um dia o Sr. Pároco. / Esta frase sombria fê-lo refletir; pensou nela algum tempo, mas ainda hoje continua a cultivar seus tubérculos e afirma mesmo, com desenvoltura, que eles crescem espontaneamente" (pp. 90-91).

31. *Idem.* "A partir dos acontecimentos que vão ser narrados, nada, de fato, mudou em Yonville" (p. 91).

[...] et, en effet, nous sommes abrités des vents du nord par la forêt d'Argueil d'une part; des vents d'ouest par la côte Saint-Jean de l'autre; et cette chaleur, cependant, qui à cause de la vapeur d'eau dégagée par la rivière et la présence considérable de bestiaux dans les prairies, lesquels exhalent, comme vous savez, beaucoup d'ammoniaque, c'est-à-dire azote, hydrogène et oxygène (non, azote et hydrogène seulement)... – cette chaleur, dis-je, se trouve justement tempérée du côté d'où elle vient... par les vents de sud-est, lesquels, s'étant rafraîchis d'eux-mêmes en passant sur la Seine, nous arrivent quelquefois tout d'un coup, comme des brises de Russie!

– Avez-vous du moins quelques promenades dans les environs? continuait madame Bovary parlant au jeune homme.

– Oh! fort peu, répondit-il. Il y a un endroit que l'on nomme la Pâture, sur le haut de la côte, à la lisière de la forêt. Quelquefois, le dimanche, je vais là, et j'y reste avec un livre, à regarder le soleil couchant[32].

Na mesma região da qual Homais informou sobre o soprar do vento norte ladeado pela região de onde sopra o vento oeste fica o recanto de que fala Léon e, a partir disso, ele e Emma iniciam uma conversação sobre as paisagens, baseadas em leituras e relatos alheios, dignas das mais melancólicas, idílicas ou fantasiosas histórias. É o que os vai conduzir para a conversa literária propriamente dita. Na fala de ambos tudo são suspiros, elevações, sentimentos profundos, paisagens românticas, o mar e os lagos suíços.

32. *Idem*, Parte II, Cap. II, pp. 364-365. "[...] e, de fato, estamos abrigados dos ventos do norte pela floresta de Argueil, de um lado, e do outro dos ventos do oeste pela encosta Saint-Jean; e este calor, contudo, que por causa do vapor d'água exalado pelo rio e da presença considerável do gado nos prados, os quais exalam, como o senhor sabe, muito amoníaco, isto é azoto, hidrogênio e oxigênio (não, azoto e hidrogênio apenas)... – este calor, repito, encontra-se perfeitamente temperado no lado de onde vem, ou antes, de onde viria, isto é, do lado sul, pelos ventos do sudeste os quais, tendo sido refrescados por sua passagem pelo Sena, chegam aqui, de repente, como brisas da Rússia! / – Há, pelo menos, alguns passeios pelos arredores? Continuava a Sra. Bovary falando ao jovem. / – Oh! muito poucos, respondeu ele. Há um lugar chamado Pâture, no alto da encosta, na orla da floresta. Às vezes, aos domingos, vou lá e permaneço, com um livro, olhando o sol poente" (p. 99).

Olhando através de cada um desses três vértices, três aspectos da sociedade oitocentista podem ser vislumbrados: o pretenso cientificismo e racionalismo de Homais, a fantasia melancólico-amorosa de origem literária de Emma e Léon, a presença de tonalidades desses dois elementos numa literatura que se quer objetiva, distanciada.

Certamente, Homais não se propõe a contar uma história como o faz o narrador e como cultivam Léon e Emma. O contraste, no entanto, à maneira de um caleidoscópio, vai trazendo à tona uma realidade multifacetada, que separa e reagrupa o campo da realidade e o campo da fantasia – questão central para os séculos XVIII e XIX, como já se disse.

No nível mais profundo do romance, encontram-se novamente as instâncias que se opõem na sociedade moderna. Homais, com suas frases intermináveis, repletas de detalhes, de intercalações que levam à perda do fio da meada, com suas observações da natureza, personifica, caricaturalmente, o aspecto pragmático da sociedade da época. Léon e Emma, pouco afeitos a esse tipo de observação, interessados em suportes para seus próprios sonhos, seus devaneios e ideais, representam o aspecto ligado à busca da fantasia. O narrador compõe dessas dissonâncias o seu texto, o qual se deixa marcar pelo tom ruinoso.

Já se teve oportunidade de observar a cena do passeio do mesmo grupo de pessoas à fiação de linho nas imediações de Yonville. A cena do passeio ecoa também, do ponto de vista dessas dissonâncias construtivas, esse primeiro encontro entre as personagens que personificam aspectos tão opostos da sociedade da época. Lá, encontra-se também um elemento com caráter de deterioração:

> – Certainement! continuait Homais, il y a la mauvaise littérature comme il y a la mauvaise pharmacie; mais condamner en bloc le plus important des beaux-arts me paraît une balourdise, une idée gothique, digne de ces temps abominables où l'on enfermait Galilée[33].

33. *Idem*, Parte II, Cap. XIV, p. 490. "– Certamente, continuou Homais, existe a

BOVARISMO E ROMANCE

– N'importe! dit Homais, je m'étonne que, de nos jours, en un siècle de lumières, on s'obstine encore à proscrire un délassement intellectuel qui est inoffensif, moralisant et même hygiénique quelquefois, n'est-ce pas, docteur?[34]

Essas declarações de Homais encontram-se ao fim da segunda parte do romance. Emma Bovary está saindo de seu período de convalescença após a partida de Rodolphe. Charles, Homais, Bournisien e Binet conversam num fim de tarde, e o farmacêutico sugere que, para distrair a esposa, Charles a leve para ver uma apresentação do tenor Lagardy.

Pode-se dizer que essa segunda parte se encontra entre duas conversas literárias. Na primeira, entre Emma e Léon, havia a descoberta de uma afinidade. A literatura era apresentada como uma forma de se distanciar dos desencantos da vida[35]. Para Léon e Emma, portanto, a literatura deveria contar histórias sobre pessoas superiores às comuns, vivendo sentimentos exacerbados. Dessa maneira, ela poderia cumprir seu principal objetivo: apresentar um quadro agradável, envolvente para pessoas que estejam vivenciando os desencantos da vida. Para Homais, a literatura deve moralizar, ainda que sendo uma distração, um repouso de natureza intelectual. Para ele, o grande exemplo são as tragédias de Voltaire.

má literatura como existe a má farmácia; mas condenar em bloco a mais importante das belas-artes parece-me uma asneira, uma idéia gótica, digna daqueles tempos abomináveis em que se encarcerava Galileu" (p. 231).

34. *Idem*, p. 491. "– Não importa! Disse Homais, espanto-me que, em nossos dias, num século de luzes, alguém ainda se obstine a proscrever uma distração intelectual que é inofensiva, moralizante e mesmo higiênica às vezes, não é, doutor?" (p. 232)

35. Segundo Léon: "En effet, observa le clerc, ces ouvrages, ne touchant pas le coeur, s'écartent, il me semble, du vrai but de l'art. Il est doux, parmi les désenchantements de la vie, de pouvoir se reporter en idée sur de nobles caractères, des affections pures et des tableaux de bonheur" (*idem*, Parte II, Cap. II, p. 367); ["De fato, observou o escrevente, tais obras, por não tocarem o coração, afastam-se, parece-me, da verdadeira finalidade da Arte. É doce, entre os desencantamentos da vida, poder reportar-se mentalmente aos nobres caracteres, à afeições puras e às imagens felizes"] (p. 102).

De um lado está a busca da fantasia, de outro, os ensinamentos e normas de adaptação à realidade do século. Novamente as dualidades mencionadas há pouco reaparecem. Agora, no entanto, estão condicionadas explicitamente aos objetivos da arte. A distinção básica poderia ser traduzida pelo uso dos termos, em oposição, literatura de entretenimento e literatura séria.

O texto de Flaubert permite que essas instâncias diferentes componham um todo coeso. Na segunda conversa literária o narrador mantém-se distante. Não toma partido, não ironiza, como ocorre nos demais exemplares da literatura que versava sobre o mesmo período de antagonismos implícitos na sociedade oitocentista.

Entre uma conversa e outra, destaca-se, à maneira de um solo, a voz da mãe Bovary criticando as leituras e o próprio hábito de ler da nora. Após a partida de Léon para Paris, Emma fica extremamente abatida e a sogra é chamada por seu filho com a intenção de juntos encontrarem uma maneira de influenciar Emma para uma vida mais saudável:

– Ah! elle s'occupe! A quoi donc? A lire des romans, de mauvais livres, des ouvrages qui sont contre la religion et dans lesquels on se moque des prêtres par de discours tirés de Voltaire. Mais tout cela va loin, mon pauvre enfant, et quelqu'un qui n'a pas de religion finit toujours par tourner mal.

Donc, il fut résolu que l'on empêcherait Emma de lire des romans. L'entreprise ne semblait point facile. La bonne dame s'en chargea: elle devait, quand elle passerait par Rouen, aller en personne chez le loueur de livres et lui représenter qu'Emma cessait ses abonnements. N'aurait-on pas le droit d'avertir la police, si le libraire persistait quand même dans son mêtier d'empoisonneur?[36]

---

36. *Idem*, Parte II, Cap.VII, p. 406. "– Ah! Ela se ocupa! Em quê? Em ler romances, maus livros, obras que são contra a religião e nas quais se zomba dos padres com palavras tiradas de Voltaire. Mas tudo isso vai longe, meu pobre filho, e quem não tem religião acaba sempre mal./ – Assim, ficou resolvido que se impediria Emma de ler romances. A empresa não parecia fácil. A boa

O termo se torna irônico da perspectiva final do livro, uma vez que é justamente por envenenamento que se dá a morte de Emma. O que ocorre, pouco depois, no dia mesmo da partida da mãe Bovary, é a primeira ida de Rodolphe ao consultório de Charles, e sua decisão de fazer de Emma sua amante. Pode-se dizer que pela mesma porta em que sai a guardiã das virtudes burguesas entra o seu detrator. Pela mesma via que procura interditar a leitura a Emma, para afastá-la "d'un tas d'idées qu'elle se fourre dans la tête", entra aquele que vai servir à tentativa de concretizar essas mesmas idéias.

As dissonâncias construtivas permanecem. A obra de Flaubert é um passo novo no romance porque não está simplesmente representando o confronto dos aspectos realistas, racionais cientificistas dos séculos XVIII e XIX, eminentemente masculinos – note-se que a segunda conversa literária só envolve homens, da mesma forma que tudo que diz respeito à realidade e ao racional é convencionalmente atribuído ao universo masculino – e os aspectos fantasiosos, ficcionais, amorosos, tomados como eminentemente femininos. À diferença dos outros que fazem o mesmo, como *Northanger Abbey*, por exemplo, Flaubert usa esse confronto, essa dissonância como princípio construtivo de seu romance, numa espécie de conciliação, como se pode acompanhar até aqui. Ao fazê-lo, inova o romance, e dá forma final à temática que tal confronto configura e que acaba recebendo o nome de sua personagem – o bovarismo.

Se a literatura de cunho fantástico é, segundo Todorov, a má consciência do século XIX[37] e a mulher é a depositária de tudo o que esse século quer ver afastado ou subjugado, a personagem da mulher leitora de romances fantásticos parece ser muito mais do que a caracterização de um tipo humano daquele século, alcan-

---

senhora encarregou-se dela: ela deveria, ao passar por Rouen, ir ela mesma procurar a pessoa que alugava livros e dizer-lhe que Emma encerrava suas assinaturas. Não se teria o direito de avisar a polícia se o livreiro continuasse mesmo assim seu trabalho de envenenador?" (p. 143)

37. Todorov, 1975, p. 176.

çando a estatura de uma representação conflituosa dessa má consciência. A mulher leitora é o recipiente, a depositária dessa má consciência. Assim, a figura da leitora de romances faz confluir aspectos conflitantes de uma época, tanto na conformação social quanto na representação literária.

Fantasmagorias

A busca da personagem, tal como expressa nas três palavras agrupadas por ela própria – *félicité, passion, ivresse* – traduz a busca da desmedida, da exacerbação dos sentidos. Uma hipótese para as origens dessa busca é a tentativa de se repor a perda, na sociedade moderna, da relação com a transcendência, as fraturas na noção de individualidade e de sujeito de que se tratou há pouco. Contudo, o que, segundo o narrador, realmente é encontrado pela personagem é um conjunto de fantasmagorias – "l'attirante fantasmagorie des réalités sentimentales".

Cada experiência vivida por Emma, na tentativa de alcançar um ideal presente na literatura, traduz-se na revelação de uma fantasmagoria – isto é, uma criação desvinculada do real, uma ilusão, um produto de imaginação.

À época em que seus sentimentos por Léon começam a arrefecer e a paixão adúltera a se acomodar em uma rotina, Emma começa a diminuir a seus próprios olhos a figura do amante e a enveredar por uma espécie de recordação da vida que levara desde os tempos do convento, passando pelos homens que conhecera onde se inclui o Visconde, até o momento presente:

Puis, se calmant, elle finit par découvrir qu'elle l'avait sans doute calomnié. Mais le dénigrement de ceux que nous aimons toujours nous en détache quelque peu. Il ne faut pas toucher aux idoles: la dorure en reste aux mains[38].

---

38. Flaubert, 1951, Parte III, Cap.VI, p. 548. "Depois, acalmando-se, acabou por descobrir que sem dúvida o caluniara. Porém, a difamação daqueles que

Aparentemente, está para iniciar-se um processo de percepção da idealização, quando o ídolo criado por Emma em Léon começa a ser questionado. Mas o processo que ocorre, com a retomada, pela memória, das leituras do convento é algo bem diverso[39]. As concepções literárias de amor, que então conhecera, se contrapõem ao sentimento que Emma efetivamente nutre por Léon, e a leva não a questionar a *idéia* do sentimento em razão do sentimento *real* que experimenta, mas a tecer uma nova ilusão:

> "Je l'aime pourtant!" se disait-elle.
> N'importe! elle n'était pas heureuse, ne l'avait jamais été. D'où venait donc cette insuffisance de la vie, cette pourriture instantanée des choses où elle s'appuyait?... Mais, s'il avait quelque part un être fort et beau, une nature valeureuse, pleine à la fois d'exaltation et de raffinements, un coeur de poète sous une forme d'ange, lyre aux cordes d'airain, sonnant vers le ciel des épithalames élégiaques, porquoi, par hasard, ne le trouverait-elle pas?[40]

Emma procura a origem do problema fora de si. A insuficiência da vida não é vista como algo originado em sua própria avi-

amamos sempre nos afasta deles um pouco. Não se deve tocar nos ídolos: a douradura acaba ficando em nossas mãos" (p. 297).

39. "Un jour qu'ils s'étaient quittés de bonne heure, et qu'elle s'en revenait seule par le boulevard, elle aperçut les murs de son couvent; alors elle s'assit sur un banc, à l'ombre des ormes. Quel calme dans ce temps-là, comme elle enviait les ineffables sentiments d'amour qu'elle tâchait, d'après des livres, de se figurer!" (*idem*, pp. 549-550) ["Um dia, em que se haviam separado cedo e em que ela voltava sozinha pelo bulevar, percebeu os muros de seu convento; sentou-se então num banco à sombra dos olmos. Que calma naquele tempo, como desejava os inefáveis sentimentos de amor que procurava imaginar segundo o que lera nos livros!"] (p. 298)

40. *Idem*, p. 550. "'– Todavia, eu o amo!' dizia a si mesma. /– Não importa! Ela não era feliz, nunca o fora. De onde vinha então aquela insuficiência da vida, aquela repentina podridão instantânea das coisas em que se apoiava?... Mas, se houvesse em algum lugar um ser forte e belo, uma natureza intrépida, cheia ao mesmo tempo de exaltação e de refinamento, um coração de poeta sob forma de um anjo, lira de cordas de bronze, enviando para o céu epitalâmios elegíacos, por que não poderia ela encontrá-lo por acaso?" (p. 298)

AS LEITORAS

dez, mas na realidade. Não é ela quem deseja mais do que a vida tem para oferecer, mas a vida é que, por um motivo ou outro que lhe escapa, está sendo insuficiente. É a história de Midas ao inverso. Tudo o que ela toca não vira ouro, mas podridão – não é possível usufruir, de qualquer forma. A idéia se complementa na seqüência dessa reflexão da personagem:

> Oh! quelle impossibilité! Rien, d'ailleurs, ne valait la peine d'une recherche; tout mentait! Chaque sourire cachait un bâillement d'ennui, chaque joie une malédiction, tout plaisir son dégoût, et les meilleurs baisers, ne vous laissaient sur la lèvre qu'une irréalisable envie d'une volupté plus haute[41].

A fantasmagoria com que depara novamente remete à deterioração, aqui sob a forma do apodrecimento. À medida que procura encarnar a heroína tradicional de romance, Emma depara com fantasmagorias – um processo de ruína em andamento. Onde busca igualar-se a elas, descobre frestas que são aberturas enganosas.

Deixando um pouco de lado a problemática da avidez, que um viés psicanalítico poderia investigar com mais propriedade, pode-se perceber que tudo o que o mundo burguês renegou ou foi levado a colocar à margem adquiriu forma na literatura e em alguns grupos de indivíduos dessa nova sociedade. Esses elementos preservados no romance fantástico e sentimental e na figura feminina são tomados pela mulher e leitora Emma como as representações da verdade, e mais ainda, como as representações de como as coisas deveriam ser. Quando envereda por esse caminho, no envolvimento com suas leituras ou com os homens no adultério, Emma encontra-se com as ruínas ou a deterioração de tudo o que havia sido relegado aos recipientes da má consciência do século – fantasmagorias. É dessa maneira que Emma destrói a

---

41. *Idem*. "Oh! que impossibilidade! Nada, aliás, valia o trabalho da procura; tudo mentia! Cada sorriso escondia um bocejo de tédio, cada alegria uma maldição, qualquer prazer um desgosto e os melhores beijos deixavam nos lábios apenas um irrealizável desejo de uma maior volúpia" (p. 298).

figura da heroína de romances por dentro, experimentando-a em si mesma e destruindo-se, portanto, junto com ela.

Quando se investigava a caracterização viril de Emma Bovary, tomada a partir das palavras de Flaubert, formulou-se a idéia de que, no intuito de afirmar um ideal convencional de feminilidade, ela acabava por infringir as bases dessa convenção. Percebe-se, agora, que esse procedimento se repete em várias ocasiões. O adultério é infração para manter uma concepção tradicional de amor-paixão; no fim da vida, no contato com Guillaumin, Binet e Rodolphe, ela renega passo a passo o que buscara com tanto empenho em suas relações e devaneios com o Visconde, Léon e o mesmo Rodolphe. A busca do medo na literatura, medo este oferecido como ingrediente num produto de consumo, explicita de que maneira no próprio nível da busca da transcendência – signo de uma relação idealizada com o mundo – Emma executou mais uma vez esse movimento de negar o que procurava afirmar, pois o que encontra é o que de fato o produto pode oferecer: a imediatez de uma sensação intensa.

Leituras

As discussões literárias reportadas no decorrer deste capítulo, bem como o solo da mãe Bovary apontam para três diferentes instâncias da sociedade do século XIX e da relação com a literatura. Emma e Léon, por exemplo, buscam entretenimento e evasão. Homais fala em moralização e ensinamento. A mãe Bovary coloca a leitura como degradação dos costumes, sendo possível presumir que a única leitura permitida seria a religiosa. Entretenimento e evasão; saber prático, moral e literatura de caráter "sério"; leitura piedosa.

Ocorre que Emma Bovary experimenta-se nos três campos. Após a partida de Léon para Paris, quando o amor entre ambos ainda não se concretizara na relação adúltera, Emma resolve tentar outro tipo de leitura, mais condizente talvez com o sacrifício que, a seu ver, havia feito em razão da virtude:

AS LEITORAS

Elle voulut apprendre l'italien: elle acheta des dictionnaires, une grammaire, une provision de papier blanc. *Elle essaya des lectures sérieuses, de l'histoire et de la philosophie.* La nuit, quelquefois, Charles se réveillait en sursaut, croyant qu'on venait le chercher pour un malade...

Et c'était le bruit d'une allumette qu'Emma frottait afin de rallumer la lampe. Mais il en était de ses lectures comme de ses tapisseries, qui, toutes commencés, encombraient son armoire; elle les prenait, les quittait, passait à d'autres[42].

A segunda vez que tenta um outro tipo de leitura, segue-se também à experiência de perda e afastamento do homem por quem se acreditava apaixonada. São as leituras piedosas às quais se encaminha durante sua convalescença, após a partida do amante Rodolphe. Emma deseja ter relicários adornados com esmeraldas e outros apetrechos da mesma espécie, indicativos de que ela, novamente, está à procura mais de sensações do que de sentimentos. O padre Bournisien, no entanto, com objetivos em tudo parecidos com aqueles expressos pela mãe de Charles, faz vir livros piedosos para Emma[43]:

C'étaient de petits manuels par demandes et par réponses, des pamphlets d'un ton roque dans la manière de M. de Maistre, et des espèces de romans à cartonnage rose et à style douceâtre, fabriqués par des séminaristes troubadours ou des bas-bleus repentis. Il y avait le *Pensez-y*

42. *Idem*, Parte II, Cap.VII, p. 405, grifo meu. "Quis aprender italiano: comprou dicionário, uma gramática, uma provisão de papel branco. *Tentou leituras sérias, história e filosofia.* À noite, às vezes, Charles acordava sobressaltado, pensando que vinham chamá-lo para um doente... / E era o ruído de um fósforo que Emma riscava para reacender a lâmpada. Mas suas leituras eram como suas tapeçarias que, todas iniciadas, enchiam seu armário; ela as pegava, as abandonava, passava a outras" (p. 142).

43. O narrador frisa que esse tipo de livro se transformara em um negócio como qualquer outro, sem o menor laivo de fervor religioso implícito na atividade. "Le libraire, avec autant d'indifférence que s'il eût expédié de la quincaillerie à des nègres, vous emballa pêle-mêle tout ce qui avait cours pour lors dans le négoce des livres pieux" (p. 487) [O livreiro, com a mesma indiferença com que teria enviado quinquilharias aos negros, embalou confusamente tudo o que existia no momento no negócio de livros piedosos" (p. 228)].

bien; l'Homme du monde aux pieds de Marie, par M. de ***, décoré de plusieurs ordres; des *Erreurs de Voltaire, à l'usage des jeunes gens*, etc.

...Elle s'irrita contre les prescriptions du culte; l'arrogance des écrits polémiques lui déplut par leur acharnement à poursuivre des gens qu'elle ne connaissait pas; et les contes profanes relevés de religion lui parurent écrits dans une telle ignorance du monde, qu'ils l'écartèrent insensiblement des vérités dont elle attendait la preuve[44].

Nessa segunda investida em outras esferas de leitura, Emma, como da primeira vez, nada encontra que excite sua imaginação; portanto, nada que substitua nem as relações amorosas rompidas nem a literatura que as incentivou.

Seu percurso de leitora, de qualquer forma, levou-a a relacionar-se com as posições diversas e conflituosas de sua sociedade, o que dá às suas escolhas literárias um caráter quase que de oposição às dicotomias de sua própria época, buscando, evasivamente, um mundo anterior, construído sobre outras bases e, todavia, reposto numa idealização.

Quando retoma esse universo que lhe é tão caro nas leituras, sob a forma da ida à apresentação de "Lucie de Lammermoor", Emma retoma também o intento de concretizar seus ideais numa relação amorosa. Ocorre o reencontro com Léon. O caráter de retó-

---

44. Flaubert, 1951, Parte II, Cap. XIV, p. 487. "Eram pequenos manuais com perguntas e respostas, panfletos em tom arrogante à maneira do Sr. De Maistre e romances de capa cor de rosa e estilo açucarado, fabricados por seminaristas trovadores ou por pedantes literatas arrependidas. Havia o *Pensez-y, bien; L'Homme du monde aux pieds de Marie, M. de *** decoré de plusieurs ordres; Des Erreurs de Voltaire à l'usage des jeunes gens*, etc. / Irritou-se com as prescrições do culto; a arrogância dos escritos polêmicos desagradou-lhe pela obstinação em perseguir pessoas que ela não conhecia; e os contos profanos temperados com religião pareceram-lhe escritos com tal ignorância do mundo que a afastaram insensivelmente das verdades de que esperava a prova" (p. 228). Ainda uma vez, Emma relaciona-se com o universo que lhe fora apresentado nos pratos pintados na estalagem em Rouen, como ressalta o narrador quando, um pouco adiante no texto, mostra Emma comparando-se a Mlle. de La Valière, que terminou seus dias num convento carmelita, depois de ser por longos anos a favorita de Luís XIV.

AS LEITORAS

rica e falsificação que esse reencontro vai comportar, nessa etapa da vida da personagem, já se teve oportunidade de observar.

De qualquer maneira, o percurso de leitora parte dos romances de Walter Scott, passa por outras instâncias diversas a esse contexto e, finalmente, retorna a ele, por meio da ópera. Entre aquela primeira Emma leitora de Scott e essa segunda, as marcas de uma existência ruinosa começaram a surgir, em meio a esse passeio que a personagem empreende por entre as fantasmagorias da sociedade oitocentista.

Pode-se dizer que as heroínas de Scott são uma síntese do ideal perseguido por Emma. Da segunda vez que o ideal se corporifica em sua vida, a sua destruição já está em pleno andamento. O suicídio da enlouquecida Lucie, mediante a impossibilidade de concretizar a relação amorosa com o homem dos seus sonhos, sendo oferecida em casamento a outro por conveniências práticas, alheias à paixão, ao mesmo tempo prenuncia a destruição desse tipo de heroína, que sua figura simboliza, e fornece um contraponto elucidativo da morte de Emma. Esta que é, como se viu, a destruição do ideal e a destruição de Emma, cujo suicídio não é movido por paixão como o de Lucie, mas pela regra financeira matrimonial rompida[45].

A fresta para o mundo exterior ao convento que a costureira ajudava a abrir, fornecendo os romances para as pensionistas do convento, revela-se a síntese de todas as outras, porque propicia uma apresentação de todas as dicotomias de uma época em sua relação com a literatura. O tempo amplia esse movimento e possibilita o surgimento da escritora Joan Foster.

---

45. Dessa perspectiva, a famosa cena em que o corpo sem vida de Emma é ladeado pelo farmacêutico Homais e o padre Bournisien adquire um poder de representação muito grande. No leito, a destruição da mulher que tentou encarnar a heroína tradicional de romance, as concepções perdidas de individualidade, de sujeito e de transcendência, mesmo que para isso negando-as sistematicamente. De um lado, a voz do século levada aos seus perigosos extremos, cientificista e racionalista, ainda que vulgarizada. De outro, a voz da Igreja, dissonante em quase tudo com a do século, apregoando uma ordem pré-iluminista. Duas vozes que irmanam-se no sono dos vivos enquanto Emma compartilha do sono dos mortos...

2

Escritora

Terror e Amor

Joan, logo no início da narrativa, de maneira oblíqua, é apresentada como uma escritora. A narradora-protagonista menciona brevemente *Lady Oracle*, sem especificar do que se trata, faz referências também a notícias de jornal a seu respeito. Por fim, um trecho do romance que estava escrevendo é reportado no livro:

I'd need a working title. *The Lord of Redmond Grange*, I thought, or, better still, *Terror at Redmond Grange*. Terror was one of my specialties; that and historical detail. Or perhaps something with the word *Love* in it: love was a big seller. For years I'd been trying to get love and terror into the same title, but it was difficult. *Love and Terror at Redmond Grange* would be far too long, and it sounded too much like *The Bobbsey Twins at Sunset Beach*. *My Love Was Terror...* too Mickey Spillane. *Stalked by Love*, that would do in a pinch[1].

1. Atwood, 1988b, Parte 1, Cap. 4, p. 29. "Eu precisaria de um título eficaz. *O Lorde do Solar Redmond*, pensei, ou melhor ainda, *Terror no Solar Redmond*. Terror era uma das minhas especialidades; isto e o detalhe histórico. Ou talvez algo com a palavra amor: amor vendia muito. Durante anos tenho tentado colocar amor e terror num mesmo título, mas é difícil. *Amor e Terror no Solar Redmond* ficaria muito longo, e soaria parecido com *As Gêmeas Bárbara e Roberta na Praia do Pôr-do-sol. Meu Amor Foi um Terror...* muito Mickey Spillane. *Perseguida pelo Amor*, esse serviria numa emergência" (p. 33).

As primeiras referências claras sobre a literatura nesse romance dizem respeito a uma ficção escrita pela própria personagem. No texto em itálico e nas considerações de Joan, que incluem a busca de um título para o texto, a natureza dessa ficção é apresentada ao leitor. Trata-se de algo vinculado ao terror e ao amor. Pouco depois, ela própria se utiliza do termo "Costume Gothics".

Joan desenha os limites de seu envolvimento com a questão do terror e do amor na literatura ao descartar algo que se assemelhe aos livros de Mickey Spillane. Este escritor americano produzia livros de consumo com uma dose cavalar de violência e erotismo, este sempre em razão daquela.

Não é essa a direção escolhida por Joan. O uso da expressão "Costume Gothics" esclarece que o universo é o da literatura gótica e ao mesmo tempo informa que esse gótico já está de alguma forma deteriorado. Não se trata especificamente de "Gothic Literature", mas de "Costume Gothics", isto é, uma ficção mais à maneira gótica do que comprometida com a tradição vitoriana do gênero[2].

Conforme vai retornando no tempo, por meio da memória, Joan reconstrói seu percurso de leitora:

> I knew my readers well, I went to school with them, I was the good sport, I volunteered for committees, I decorated the high-school gym with signs that read HOWDY HOP and SNOWBALL STOMP and then went home and ate peanut butter sandwiches and read paperback novels while everyone else was dancing[3].

---

2. Trata-se daquela vertente, de que fala Punter (1980), na qual a expressão e os elementos da trama são convencionais. Livros baratos, às vezes vendidos como romances históricos, por sua construção de um cenário de tempos já passados.

3. Atwood, 1988b, Parte 1, Cap. 4, p. 31. "Eu conhecia bem minhas leitoras, fui à escola com elas, eu fui a boa-praça, me apresentava como voluntária para comissões, decorava o ginásio da escola com cartazes onde se lia VAMOS DANÇAR e OLHA O RITMO e depois ia para casa comer sanduíche de pasta de amendoim e ler romances enquanto todo o resto do pessoal estava dançando" (pp. 35-36).

Este é o ponto em que a leitora e a escritora Joan se encontram, aquilo que as une, que as identifica. A partir daí, aos poucos, vai emergindo a leitora. Durante a adolescência, Joan lê romances históricos e os romances baratos mencionados na citação anterior. Seu contato com o universo da recepção também se dá, no entanto, por meio de uma outra forma igualmente eficiente em proporcionar um pouco de diversão e evasão: os filmes. Eles são importantes na formação da escritora Joan, fazem parte do mesmo universo da leitora – a recepção de um produto cultural que proporciona entretenimento e fantasia – mas não são mais do que isso, não ultrapassam em importância a relevância da palavra escrita; afinal, Joan se torna escritora e não cineasta.

Assim como Emma se entregava à leitura dos jornais femininos e à ópera – divertimento que une palavra e imagem no século XIX, como o fará mais tarde o cinema – Joan também se relaciona com quaisquer produtos que tenham como característica a possibilidade de colocá-la diante de um mundo de fantasia.

Os filmes ocupam principalmente o período da adolescência. Depois que Joan se torna adulta, o único a que ela se refere é *The Red Shoes* [*Sapatinhos Vermelhos*], porque tem uma conotação simbólica específica para sua narrativa. É interessante notar, porém, que se trata de um filme inspirado no conto de fadas de mesmo nome – palavra escrita – que se alinha com outros exemplares da narrativa maravilhosa.

Melodramas

Não é a velha senhora que por meio de seus trabalhos de costura introduz no convento clandestinamente a representação de um agradável mundo de fantasia. É a gorda tia Lou, excluída tanto quanto Joan desse mundo de fantasia ou de sua aparente realização na vida social, quem a coloca em contato com essa esfera da experiência humana.

Há que se observar, porém, que não é a qualquer filme que sobrinha e tia se entregam. Elas estabelecem um critério que deixa claro o referencial com que se relacionam.

BOVARISMO E ROMANCE

Aunt Lou took me to the movies a lot. She loved them, especially the ones that made you cry; she didn't think a movie was much good unless it made you cry. She rated pictures as two-Kleenex, three-Kleenex or four-Kleenex ones, like stars in restaurant guides. I wept also, and these binges of approved sniveling were among the happiest moments of my childhood.

First there was the delightful feeling of sneaking out on my mother; for although she claimed to give her consent when I asked permission, I knew she didn't really. Then we would take the streetcar or a bus to the theater. In the lobby we would stock up on pocket-packs of Kleenex, popcorn and candy bars; then we would settle down in the furry, soothing darkness for several hours of guzzling and sniffling, as the inflated heroines floating before us on the screen were put through the wringer[4].

Os filmes vistos por Joan explicitamente citados no texto são: *Interrupted Melody* [*Melodia Interrompida*], *The Red Shoes* [*Sapatinhos Vermelhos*], *With a Song in My Heart* [*Meu Coração Canta*], *Splendor in the Grass* [*Clamor do Sexo*]. Sempre identificados por suas protagonistas, Susan Hayward, June Allyson, Judy Garland, Eleanor Parker, Natalie Wood e, especialmente, Moira Shearer e Joan Crawford – a suposta razão de ela chamar-se Joan. Como se percebe, o gênero de filme está muito bem caracterizado; é o melodrama. A identificação com a heroína ganha o primeiro plano.

---

4. *Idem*, Parte 2, Cap. 8, p.79. "Tia Lou me levou uma porção de vezes para ver filmes. Ela os adorava, especialmente os que faziam chorar; não achava que um filme fosse bom se não fizesse chorar. Ela tachava os filmes como os de dois Kleenex, três Kleenex ou quatro Kleenex, como as estrelas nos guias de restaurante. Eu também chorava, e esses porres de choradeiras permitidas se encontram entre os momentos mais felizes de minha infância. / Primeiro havia a deliciosa sensação de me esgueirar para longe de mamãe; pois embora afirmasse que dava o seu consentimento quando lhe pedia permissão, eu sabia que ela não gostava. Então, pegávamos um bonde ou um ônibus até o cinema. No saguão, nos abastecíamos de embalagens de bolso de Kleenex, pipoca e balas, então nos instalávamos na felpuda e macia escuridão para algumas horas de embriaguez e fungamento, enquanto as infladas heroínas que flutuavam à nossa frente na tela passavam pelo rolo espremedor" (pp. 80-81).

2 3 6

É possível fazer uma aproximação entre os gêneros cinematográficos e as formas literárias. Freqüentemente eles se servem de elementos semelhantes e relacionam-se com as mesmas questões, inclusive, em certa medida, no nível estrutural.

Antônio Costa, em certa passagem de seu livro sobre o cinema, considera que essa aproximação com a literatura é de grande importância e ajuda a compreender o uso de alguns recursos. Ao falar especificamente do melodrama, Costa acentua que não raro a matriz original de muitos de seus enredos advém da tradição dos mitos e dos contos populares, às vezes são reelaborações de contos de fadas. Segundo ele, "o herói típico do melodrama representa a função do *amor impossível*, reconhecível sob as variantes mais ou menos complexas e intrincadas apresentadas pelo enredo..."[5]

Há uma identificação com aquele tipo de narrativa literária que se constrói a partir da situação inicial de equilíbrio, seguida de uma série de obstáculos que perfazem a situação de desequilíbrio, e, por fim, o novo equilíbrio, que, em geral, traz a consciência de uma impossibilidade, freqüentemente de cunho amoroso. Melodramas, na cinematografia, são, portanto, histórias de amores infelizes, que seguem um desenvolvimento narrativo próximo ao de algumas matrizes da literatura. Embora não avance muito em suas reflexões, Costa aponta para o fato de que os vícios, a cobiça, a ambição e a ambivalência de valores são o substrato das emoções que o melodrama cria.

De maneira um pouco diversa, aqui também, a exemplo do que ocorria em *Madame Bovary*, a personagem está diante de histórias em que tudo são lágrimas, beijos, promessas, soluços. A estrutura e a temática são muito semelhantes.

Embora por meio de veículos diferentes, próprios a cada uma das épocas e contextos sociais, essencialmente são da mesma natureza as ficções que povoam o imaginário das heroínas dos dois romances. A primeira forma de expressão desse universo imaginá-

5. Costa, 1987, p. 98.

rio com que Joan, ainda criança, entra em contato é o cinema. Este é um veículo que conseguiu promover o consumo, disseminar seus conteúdos prescindindo da alfabetização. Se o folhetim tornou mais fácil a um maior número de pessoas o acesso àquele tipo de entretenimento, que oferece alguns momentos de evasão sem pedir quase nada de esforço em troca, o cinema, em sua produção em massa hollywoodiana, logrou ir ainda mais longe, ampliar ainda mais esse número de pessoas, ao prescindir até mesmo da alfabetização. No entanto, Joan está alfabetizada, e penetra também nos domínios da palavra escrita à medida que o tempo avança.

Na Biblioteca

O contato efetivo de Joan com a literatura se dá em Londres, aos dezenove anos, quando vai morar com Paul, o Conde Polonês. Na manhã seguinte de sua mudança, ela resolve investigar a biblioteca do amante:

> A number of them were in Polish, though there were English ones too: Sir Walter Scott, quite a lot of that, and Dickens and Harrison Ainsworth and Wilkie Collins; I remember the names because I subsequently read most of them. But there was one shelf that puzzled me. It consisted of nurse novels, the mushy kind that have a nurse on the cover and a doctor in the background gazing at her with interest and admiration, though never pop-eyed with desire[6].

Na mesma biblioteca, Joan encontra exemplares da literatura dos séculos XVIII e XIX e livros de consumo do século XX – os romances de enfermeira escritos por Paul/Mavis Quilp. Lá estão

6. Atwood, 1988b, Parte 3, Cap. 15, p. 153. "Parte deles era em polonês, embora houvesse também alguns em inglês: uma porção de Sir Walter Scott, e Dickens, Harrison Ainsworth e Wilkie Collins; lembro-me dos nomes porque, depois, li a maior parte deles. Mas havia uma prateleira que me intrigava. Consistia de romances de enfermeiras, do tipo piegas que mostra uma enfermeira na capa e um médico, ao fundo, olhando para ela com interesse e admiração mas nunca com olhos esbugalhados de desejo" (p. 156).

Scott, numa posição de destaque como em *Madame Bovary*; Ainsworth e Wilkie Collins, dois escritores oriundos da ficção gótica, mas que começaram a transformá-la na direção da história de detetives. Dickens, o escritor posto à parte nas antologias da literatura vitoriana, por sua origem humilde, contrastante com a da maioria dos aristocráticos letrados de então.

Este é o chão de onde brota o interesse mais vívido da leitora Joan, e aquele que a ajuda a moldar sua produção como escritora. As diferentes dimensões, contudo – a da recepção e a da produção, vivenciadas pela heroína – não eliminam uma à outra.

Quando Joan afirma conhecer suas leitoras, quando diz que foi à escola com elas, na realidade o que ela está dizendo é que é para um público em tudo semelhante a si mesma que escreve, ou, sob certo aspecto, é para si própria, para a leitora que foi e que continua a ser. Ela se provê daquilo que busca como leitora. Transforma sua capacidade de fantasiar e seu desejo de se afastar da realidade em uma atividade lucrativa.

Leituras Femininas

A maior parte dos autores da ficção mais assumidamente de consumo, aquele tipo de livro mais barato encontrado na banca da esquina, assina-se com um nome feminino[7]. Já se pôde testemunhar, por meio de Paul/Mavis Quilp, que a escolha pelo nome feminino não implica que o autor seja realmente uma mulher. O sexo autoral e o biológico não são necessariamente o mesmo. O autoral, entretanto, será preferencialmente feminino.

Da típica leitora oitocentista de romances fantasiosos e fantásticos passa-se para a típica escritora (sexo autoral) de ro-

---

7. Nos livros das coleções rosa, como por exemplo a "Biblioteca das Moças", ao lado de M. Delly, encontram-se nomes como Florence L. Barclay, F. Marion Crawford. É comum que o primeiro nome, ou o nome intermediário, seja resumido a uma inicial um tanto misteriosa. Parece ser mesmo uma espécie de convenção do gênero. Louisa K. Delacourt não constitui uma exceção. De qualquer forma, são nomes femininos.

BOVARISMO E ROMANCE

mances fantasiosos e fantásticos. Essa passagem indica que talvez se esteja aqui essencialmente diante da mesma configuração e do mesmo movimento que outrora – ou seja, a constituição de um depositário de certos aspectos da sociedade e da existência humana.

No nível da recepção, é tido como incontestável o fato de que as mulheres compõem a esmagadora maioria do público afeito à literatura de caráter mais comercial e/ou de caráter mais fantástico, bem como de outras formas de produção com as mesmas características – são as mulheres que assistem às *Soap Operas* ou às novelas de televisão, que lêem fotonovelas, por exemplo. O mundo masculino ainda está relativamente, mesmo que *pro-forma*, associado ao que há de "sério" na sociedade e na produção cultural. E isso já vem desde muito antes, como se viu[8].

Na instância de produção, tal comportamento se vê reverberado, repetido. E tal reverberação provavelmente partilha das mesmas implicações e fundamentos. Não quer dizer isso que somente mulheres ocupem esse espaço. Muitos eram, por exemplo, os folhetinistas homens que se assinavam com nome masculino – Octave Feuillet é um deles, assim como Dumas, pai e filho. Mas,

---

8. Tomem-se como referência certas passagens de *A Abadia de Northanger* (Austen, s. d.) que, quanto a apresentar esse tipo de configuração da recepção, é simplesmente exemplar. As duas heroínas, Catherine e Isabella, às vezes lêem juntas alguns romances: "Quando fazia mau tempo, elas se reuniam ainda, sem consideração à chuva ou à lama, e se fechavam para ler juntas romances. *Sim, romances, porque eu não dou para este mesquinho e desastrado hábito, que têm os autores de romance, de depreciar, para seu descrédito, toda uma categoria de obras das quais eles mesmos têm aumentado o número...* 'Não sou um leitor de romances; não imagine que eu leia freqüentemente romances; isso não é mal para um romance!' Tal é a linguagem em uso. 'E que lê, miss? – Oh! não é senão um romance!' replica a jovem pessoa, deixando cair seu livro com uma indiferença afetada ou alguma vergonha" (Austen, s. d., pp. 37-38, grifos meus). E ainda, o significativo diálogo entre uma moça e um rapaz: "– Leu *Udolfo*, Sr. Thorpe?' '– *Udolfo!* Oh, senhor, não eu! Não leio nunca romances; tenho outras coisas a fazer" (p. 48). Embora apareçam exceções, Jane Austen não se exime de pintar um quadro bastante fiel à realidade da recepção do romance.

em geral, gozavam de um relativo prestígio que as penas pagas femininas nunca chegaram a alcançar. Usualmente, seu trabalho encontrava outras fontes de afirmação e legitimação que colocava a atividade de folhetinista num grau de valorização que as assinaturas femininas, restritas unicamente à função folhetinesca, não conheceram.

Não falta, em *Lady Oracle*, o trânsito pelos terrenos menos prestigiados desse universo da produção de consumo. Há, por exemplo, uma passagem que ocorre no suposto momento presente da personagem, entre uma rememoração e outra, em que ela lê as embalagens das tinturas para cabelos e depois põe-se a ler um *fotoromanzo*:

I remembered the hair dye. I located the equivalent of a drugstore and spent some time going through the rinses, tints, washes and colorings. I finally settled for Lady Janine's *Carissima*, a soft, glowing chestnut, autumn-kissed, laced with sunlight and sprinkled with sparkling highlights. I liked a lot of adjectives on my cosmetic boxes; I felt cheated if there were only a few.

To celebrate the birth of my new personality (a sensible girl, discret, warm, honest and confident, with soft green eyes, regular habits and glowing chestnut hair), I bought myself a *fotoromanzo* and sat down at an outdoor cafe to read it and eat a *gelato*[9].

Do nome do produto e de sua marca aos adjetivos que acompanham a caracterização da cor castanha, a personagem se vê dian-

9. Atwood, 1988b, Parte 3, Cap. 18, p. 184. "Lembrei-me da tintura para cabelo. Localizei o equivalente a uma *drugstore* e passei algum tempo escolhendo entre rinses, tinturas, xampus e descoloradores [*sic*]. Finalmente me decidi por 'Carissima' de Lady Janine, um castanho suave e brilhante, beijado pelo outono, enlaçado com a luz do sol e salpicado de luzes brilhantes. Eu gostava muito de adjetivos nas minhas embalagens de cosméticos; me sentia trapaceada se tivesse uns poucos. / Para festejar o nascimento de minha nova personalidade (uma moça sensível, discreta, calorosa, honesta e confiante, com olhos verde-claro, hábitos regulares e cabelo castanho reluzente), comprei um *fotoromanzo* e sentei do lado de fora de um café para lê-lo e tomar um *gelato*" (p. 187).

te de uma diluição já em estado avançado de atributos e predicados da ficção de caráter romanesco ou sentimental com que costuma se envolver. No momento em que procura produzir uma nova identidade, tanto física quanto emocional, para viver sua segunda vida após a morte forjada, Joan depara com um universo, do consumo banal, cotidiano, em que essa operação de disfarce, de autocriação, de forja de novas aparências e personalidades, se tornou algo mais do que natural.

A nova cor dos cabelos, a nova vida, os *slogans* da publicidade, as embalagens dos produtos cheias de promessas são o ponto atual a que muitas das ficções produzidas pela indústria cultural no século XIX chegaram. Essa ficção, essa fantasia podem ser encontradas em qualquer indústria, "cultural" ou não. O percurso e os predicados tradicionalmente femininos encontram vasto terreno para sua conservação.

Joan está, nesse momento, buscando fazer de si mesma uma nova personagem. Feito isso, ela parte para a busca de um novo enredo. Lança mão do *fotoromanzo*. Mais tarde, na hora de dormir, cada vez mais acuada em seu pequeno apartamento em Terremoto, essa leitura adquire um poder de síntese muito grande. Síntese de vários dos aspectos levantados pelo romance até então:

> For a long time I huddled behind the table, listening for a sound, feet coming toward me, feet retreating. I could hear insects, a distant whine, a car winding up the hill toward the square...but nothing else...
>
> It was nerves, I told myself. I would have to watch that. I climbed into bed, taking my *fotoromanzo* with me to calm myself down. I could read it without a dictionary, almost, since there were a lot of words and phrases I already knew. *I am not afraid of you. I don't trust you. You know that I love you. You must tell me the truth. He looked so strange. Is something the matter? Our love is impossible. I will be yours forever. I am afraid*[10].

10. *Idem*, Parte 3, Cap. 18, pp. 189-190. "Por um longo período fiquei agachada atrás da mesa, esperando ouvir um som, pés vindo na minha direção, pés indo embora. Pude até mesmo ouvir insetos, um uivo distante, um carro subindo a colina na direção da praça... e nada mais... / Foram os nervos,

AS LEITORAS

Alguns momentos antes de entregar-se à leitura do *fotoromanzo*, Joan vivenciava duas experiências de perseguição. A primeira, na ficção gótica, *Stalked by Love* [*Perseguida pelo Amor*], em que a personagem Charlotte foge do assédio sexual do vilão. A segunda, em sua própria vida. Ela é uma foragida, como se sabe. Forjou a morte, uma nova identidade, e fugiu para a Itália, mas o aparecimento de um misterioso homem na vila de Terremoto procurando obter informações sobre ela, a impressão de ouvir passos nas imediações do apartamento e a suspeita de que o marido ou alguém que conhecera no Canadá pudesse estar à sua procura criam um clima de perseguição e terror.

O elemento persecutório é, de acordo com David Punter, o centro em torno do qual a ficção gótica se constrói, e a julgar pela história de Charlotte, em *Stalked by Love* – estranha combinação de termos – a escritora Joan estava perfeitamente consciente disso.

A ambigüidade contida na situação de perseguição, que pode ser simplesmente expressão da paranóia, e a hesitação do leitor e/ou da personagem diante dos fatos que a narrativa apresenta são, também, segundo o mesmo Punter e Todorov, marcas da ficção fantástica, cujo compromisso primordial não é com a realidade cotidiana com que o leitor pode se identificar. Tais ambigüidade e hesitação estão presentes nos fatos referentes à personagem-narradora.

Ela busca alívio, evasão, um pouco de fantasia num produto de consumo, numa deterioração que ainda mantém vínculos com algumas matrizes literárias, cujos elementos principais são: o terror, a ambigüidade, as situações amorosas etc. Enfim, o universo ficcional que se começou a investigar no capítulo anterior.

disse a mim mesma. Precisava tomar cuidado com isso. Fui para cama, levando o meu *fotoromanzo* para me acalmar. Consegui lê-lo sem dicionário, quase, pois havia uma porção de palavras e frases que já conhecia. *Não tenho medo de você. Não confio em você. Você sabe que te amo. Você precisa contar a verdade. Ele parecia tão esquisito. Que foi que aconteceu? Nosso amor é impossível. Serei sua para sempre. Estou com medo*" (p. 193).

Joan não consegue, porém, obter o que procurava. A fotonovela é escrita em italiano. Mesmo sendo uma língua que Joan não domina, ela compreende com relativa facilidade as frases e as palavras. Páginas antes, a história havia sido resumida pela própria personagem. O argumento tratava de uma mulher que era secretamente a amante do noivo da filha. Situação conflituosa e nada original, do ponto de vista estrutural. Não é de estranhar, portanto, que haja facilidade de compreensão. Ainda que a língua seja outra, ela se serve de elementos convencionais, que podem ser encontrados em qualquer exemplar do gênero. É fácil reconhecer as frases, de modo geral, porque o que elas expressam faz parte de um código sobejamente conhecido pela leitora e escritora Joan.

Mas a síntese de que se falava não se esgota na apresentação de um universo convencional com que Joan se relaciona. A seqüência das frases, destacadas em itálico no livro, revela um movimento interior à personagem. Elas dizem respeito, obviamente, ao medo e ao amor. É justamente com esses ingredientes que Joan constrói suas ficções, e é com eles que estava tentando se haver quando se entregou à leitura.

As frases começam com a negação do medo – "I am not afraid of you", e terminam por afirmá-lo – "I am afraid." Entre uma e outra encontram-se as frases referentes ao amor. Por um lado, mera convenção do gênero, como por exemplo: "Our love is impossible", "I will be yours forever". Melodramas, romances sentimentais, romances góticos, ficção vitoriana e ficção romântica utilizam-se desse mote à exaustão. Por outro, é com essas questões que Joan está tentando lidar na sua própria vida. O tempo todo, após a morte e com a rememoração de sua vida, ela procura perceber seus sentimentos. Às vezes crê ainda amar o marido Arthur, mas no momento seguinte refuta com certa veemência essa suspeita.

Aquilo que se encontra em italiano na fotonovela é reportado pela personagem em inglês – sua língua materna – em sua própria narrativa. Essa "tradução" estabelece uma correspondência. A tradutibilidade reafirma o caráter de convenção e código de que essas palavras são parte, mas, ao mesmo tempo, ao serem incorporadas ao texto de Joan mudam sua função, passando a apontar os conflitos e ambivalências da narradora-personagem. Conflitos pessoais, que ultrapassam a convenção.

Esse texto feito de muitos textos que é *Lady Oracle* encontra em passagens como essas, numerosas, o seu ponto mais forte e mais expressivo. De certa maneira, pode-se dizer que aqui também se trata de construções da dissonância. Atwood preserva o discurso convencional, mostrando-o numa forma que é a deterioração de um gênero literário ("Costumes Gothics" de Louisa K. Delacourt) e numa outra forma que é o produto acabado da etapa seguinte de sua diluição (no caso, o *fotoromanzo*), mas muito sutilmente transpõe esses códigos para um novo registro, o da sua própria narrativa, onde ao lado do que há neles de convenção aparece uma atualização, uma nova referencialidade que ao mesmo tempo ilumina essa convenção e ilumina a interioridade da personagem.

Novas Construções da Dissonância

Essa operação lança luz também sobre o caráter ambíguo e oculto do próprio romance de Atwood. Nele convivem as várias facetas e desenvolvimentos de um gênero literário que trabalha com o fantástico e que, na era vitoriana de onde a narradora parte explicitamente, recebia o nome de gótico. É possível ter diante dos olhos, durante a leitura da obra de Atwood, toda a evolução de um gênero literário e as suas mais diversas vinculações, inclusive, no nível mais profundo e menos evidente, com a própria forma do romance. É preciso acompanhar, com a delicadeza que o assunto exige, essa representação monumental do processo de um aspecto da literatura expresso num gênero literário.

Uma boa maneira de começar talvez seja enumerar matrizes literárias que aparecem nesse romance, pelo menos, de início, as mais explícitas. Assim, encontra-se com a "Lady of Shalott", uma elaboração vitoriana das baladas medievais e dos temas arthurianos. Há também os contos de fadas *The Little Mermaid* [*A Sereiazinha*], *The Red Shoes* [*Sapatinhos Vermelhos*]. De forma menos evidente, como se verá, há também *Chapeuzinho Vermelho*, e segundo Barbara Rigney, *Branca de Neve*. Todos eles contos em que as protagonistas são meninas ou mulheres em meio a um aprendizado. A referência ao universo da literatura gótica vitoriana é feita pela própria personagem. Scott — na tradição do romanesco segundo Frye — está mencionado com certo destaque. Há também Dickens. Ainsworth e Wilkie Collins, como representantes da história de detetives. As histórias de Sherlock Holmes, um dos mais conhecidos nesse tipo de narrativa. As histórias de espionagem aparecem, mais sutilmente referidas que as demais, na maneira como Joan observa Paul em seu último encontro com ele e na ficção, no enredo que inventa com relação ao desaparecimento dos explosivos, para o grupo de Arthur.

De modo geral, para usar a terminologia proposta por Todorov, trata-se de exemplares da ficção não-realista que derivam do maravilhoso, do fantástico e do estranho, e das formas limítrofes entre uma e outra categoria.

Essa classificação de Todorov interessa menos no sentido descritivo por ele utilizado, e mais na possibilidade que abre para algumas associações e reflexões — portanto, como simples ponto de partida. Assim, num pólo Todorov coloca o maravilhoso, isto é, aquele tipo de ficção em que o sobrenatural ou o fantástico são aceitos, sem que isso se traduza numa ruptura com a ordem natural e racional. No maravilhoso, a ordem fantástica é aceita tanto quanto a natural. No outro pólo, encontra-se o estranho. Nesse caso, o sobrenatural configura uma ruptura provisória com a ordem racional. É, na verdade, uma espécie de enigma que a perspicácia da personagem vai desvendando, mostrando, por fim, que o que parecia sobrenatural inscreve-se na esfera da lógica e da racionalidade. O fato, portanto, só aparentemente rompia com a ordem natural e racional.

Entre o pólo que incorpora a ordem irracional e aquele que a desmascara como mera aparência, encontra-se o fantástico, no qual a marca é a hesitação. Não é possível aceitar a ordem fantástica e nem render-se à lógica.

Pode-se conjecturar que quanto maior a racionalidade, a ordem lógica, e mesmo científica, em que a sociedade se apóia, maior será sua relutância em admitir elementos que não se integrem a esse contexto – daí serem tomados como sobrenaturais e fantásticos. O século XIX positivista é o grande momento de afirmação da ordem racionalista. É compreensível, assim, que ele relegue a um plano delimitado e desprestigiado, no qual entra a literatura gótica, o que escapa ao seu domínio.

Pode-se acompanhar a história da humanidade sob a perspectiva das maneiras com que ela tem lidado com essas duas instâncias do racional e do irracional. No nível do maravilhoso, por exemplo, predominam os contos de fadas. Correspondem a uma época em que a humanidade lidava com os dois universos – o natural e o sobrenatural – como um único, integrado.

No século XVIII, começam a eclodir os princípios de racionalidade que vinham sendo gestados desde o Renascimento. Na passagem do XVIII para o XIX, juntamente com o realismo filosófico, o individualismo, a ordem econômica capitalista, o positivismo, surge a contrapartida, a má consciência de que falava Todorov, sob a forma do fantástico. Na maior parte da ficção não-realista ocorre a hesitação entre acreditar no mundo sobrenatural ou tentar explicá-lo pelos referenciais do mundo natural, em que o século estava mergulhado.

Há também ficções que se rendem a essa segunda via, configurando o estranho, mas, em sua maioria, estas são limítrofes com o gênero fantástico. Se a explicação racional se viabiliza, isso ocorre depois de um longo envolvimento com a hesitação.

Aos poucos, conforme o século XIX avança rumo ao XX, é o estranho que se afirma[11]. Surge, como maior representante do es-

---

11. Não quer dizer que as outras categorias tenham sido abandonadas. O maravilhoso e o fantástico não são esquecidos. As histórias de fantasmas, as criações dos estúdios Disney, entre tantos outros, estão aí como prova.

BOVARISMO E ROMANCE

tranho na ficção, a história de detetives. Quando esta alcança o nosso século, na configuração da metrópole moderna, envolve-se não mais com o aparente sobrenatural, mas com o submundo, com o setor marginal ao funcionamento racional da metrópole, enfim, com o crime, para usar uma expressão de Walter Benjamin.

Se, para o gótico, a casa assombrada era o lugar do medo e do enigma, para o detetive será a cidade, com suas classes, seu poder e todos os seus marginalizados. Segundo Benjamin, a história de detetive, ao lado do folhetim contemporâneo e da poesia do apache, é um gênero urbano[12]. O que parece coerente com o fato de que as metrópoles estavam se formando, com suas próprias fantasmagorias em lugar dos cadáveres e fantasmas da casa vitoriana mal assombrada – em geral com os aspectos da mente e da sexualidade humana que a racionalidade vitoriana não podia aceitar.

No século XIX tornam-se comuns, também, as ficções que tratam dos loucos, da loucura enfim, como a *Biografia dos Loucos*, de Spiess[13]. O espaço para o irracional era o patológico. No século XX, o surrealismo, na arte, modifica o olhar sobre o irracional ao concebê-lo como fonte de criatividade, e não mais como mera patologia – o lado oculto de todo ser humano. Experiências de escrita automática, como as que Joan realiza, não pertencem somente ao domínio do ocultismo. Foi no meio espírita que ela teve acesso a esse recurso, mas vale lembrar que era um meio claramente fajuto. É significativo, assim, que Joan, indo ao encontro do ocultismo tão em voga nos séculos XVIII e XIX, para atender a um atributo da ficção gótica, utilize-se de um recurso que a remete diretamente para dentro de si mesma, obrigando-a a questionar os parâmetros provenientes daquela época e daquele contexto, na qualidade de herança cultural do colonizador.

12. Cf. Benjamin, 1985. Cf. também Bolle, 1987.
13. É novamente Benjamin quem traz à tona a existência desse tipo de literatura, em sua radiopeça *O Que os Alemães Liam Enquanto Seus Clássicos Escreviam* (cf. Bolle, 1986, pp. 69-70).

AS LEITORAS

Todas essas passagens de um século para outro e de um contexto social para outro criam seus gêneros literários. Como se percebe, todas elas estão presentes em *Lady Oracle*.

A história de detetive conhece uma nova transformação: a história de espionagem. O lugar do delito, do obscuro e do secreto passa a ser as relações entre os países, cujo comércio, na atualidade, alcançou intensidade jamais vista antes. É possível inferir que a história de espionagem surja com as guerras mundiais e com os incrementos da política internacional. Ao que tudo indica, essa configuração se mantém até por volta do chamado fim da guerra fria. A história de espionagem passa então, em sua maior parte, do domínio político ao econômico, industrial, que sempre estivera presente, se bem que com menos relevância.

Quando Joan inventa um enredo mirabolante envolvendo supostamente a polícia canadense, no intuito de convencer Arthur e seus amigos de que a dinamite obtida por eles para improváveis atos terroristas havia sido descoberta, ela está se servindo dos paradigmas da história de espionagem com referenciais políticos. Na realidade, ela e o amante haviam utilizado os explosivos para uma brincadeira sem maiores conseqüências[14].

Ao reencontrar Paul, no Canadá, Joan soma ao referencial político o referencial econômico. Político, no que diz respeito às intenções de Paul resgatá-la do perigoso marido comunista; econômico, em sua suposição de que Paul poderia estar envolvido com contrabando. Sua imaginação tece uma intrincada sucessão de elementos para essa trama.

Essas etapas testemunham uma série de mudanças na sociedade, que passam por um eixo que vai da casa para a cidade, depois para o país e o mundo. Mudanças que dizem respeito à relação do homem com a racionalidade e o irracional, às noções de individualidade e de sujeito. Em meio a essas mudanças, Joan constrói sua narrativa, envolvendo paradigmas literários e sociais, buscando sua escrita e sua individualidade. Nesse percurso, ela

14. Cf. Atwood, 1988b, Parte 4, Cap. 26.

249

procura conformar-se aos ideais que cada paradigma lhe apresenta, com a mesma avidez que sua predecessora Emma, mas com grandes diferenças também.

É um longo caminho, cheio de meandros e de interstícios. No fim, Joan desiste de escrever ficção gótica e cogita a possibilidade de experimentar um outro gênero; a ficção científica, uma moderna conciliação de maravilhoso, fantástico e estranho. Esse tipo de ficção tende a incorporar a ordem científica, originada na racionalidade oitocentista e desenvolvida desde então, à esfera da fantasia. Às vezes, inclina-se mais ao maravilhoso, às vezes, ao estranho. Também não se esquece do fantástico. No romance, não há quaisquer indicações sobre o rumo escolhido por Joan. O fato de um dado tão importante ficar em aberto indica que não é possível saber até que ponto Joan realmente modificou-se em seu percurso.

Joan Foster, Escritora

Uma outra instância que faz parte dessa trajetória da narrativa de Joan por matrizes e transformações literárias necessita ser observada. Embora não diga respeito à heroína de romance, tem a ver com uma das matrizes em que a criação desse tipo de personagem às vezes se apóia: os contos de fadas.

O romance de Atwood lida com esses contos pela via da paródia ou pela via do desdobramento de um paradigma que vai alterando sua relação com o modelo original, a exemplo do que acontece com a balada de Tennyson.

O primeiro a ser considerado é *Chapeuzinho Vermelho*. No romance, ele se coloca na divisão entre heróis e vilões, bons e maus caminhos. Em vez de separar as duas instâncias do bem e do mal como fará com as personagens femininas, Joan vive uma hesitação diante da figura masculina, cujo padrão de ambigüidade, oriundo da ficção gótica, vai permanecer em todos os registros com que ela se relacionar[15].

15. Ao contrário do que acontece com a personagem feminina. Com relação a

AS LEITORAS

No período de sua freqüência às Fadinhas, Joan, por intervenção de sua mãe, faz o trajeto acompanhada por colegas. O motivo é que há ravinas no caminho e a ameaça de que "homens maus" se escondessem por ali. Como no conto, existe o caminho perigoso e o representante do mal a ser evitado. Em certa ocasião, o grupo de meninas encontra-se com um homem:

He was standing at the far side of the bridge, a little off the path, holding a bunch of daffodils in front of him... the others were deep in their plans, so I saw him first. He smiled at me, I smiled back, and he lifted his daffodils up to reveal his open fly and the strange, ordinary piece of flesh that was nudging flaccidly out of it.

"Look", I said to the others, as if I had just discovered something of interest. They did look, and immediately began to scream and run up the hill. I was so startled – by them, not by him – that I didn't move.

The man looked slightly dismayed. His pleasant smile faded and he turned away, pulling his coat together, and began to walk in the other direction, across the bridge. Then he turned back, made a little bow to me, and handed me the daffodils[16].

As colegas de Joan ficam impressionadas com seu comportamento a ponto de sentir inveja. Promovem então uma vingança,

esta, a constituição de duplos procura manter dois universos – o do bem e o do mal – completamente separados, como se verá mais adiante, enquanto no que se refere à personagem masculina, a ambigüidade do ser humano é aceita e retratada.

16. Atwood, 1988b, Parte 1, Cap. 3, p. 57. "Ele estava de pé do outro lado da ponte, um pouco ao lado do caminho, segurando um buquê de narcisos à sua frente... as outras vinham mergulhadas em seus planos, portanto eu o vi primeiro. Sorriu para mim, retribuí o sorriso, e ele então levantou os narcisos para revelar a braguilha aberta e o estranho e medíocre pedaço de carne que pendia flácido para fora dela. / 'Olhem', eu disse para as outras, como se tivesse descoberto algo interessante. Elas olharam, e imediatamente começaram a gritar e correr colina acima. Fiquei tão assustada – por causa delas, não por causa dele – que não me mexi. / O homem pareceu um pouco desanimado. Seu sorriso de satisfação apagou-se, virou-se, fechando o casaco, e começou a andar na outra direção, através da ponte. Então, voltou, fez uma pequena reverência para mim e me entregou os narcisos" (pp. 59-60).

amarrando-a, com os olhos vendados, numa outra ocasião, exatamente no mesmo local em que o homem aparecera da primeira vez, abandonando-a à própria sorte. E um homem aparece. Dessa vez, alguém que vai socorrê-la.

The man was neither old nor young; he was wearing a tweed coat and carrying a newspaper under his arm. He smiled at me, and I couldn't tell at all whether or not it was the man from the week before, because he had a hat on. I had looked most at the balding head and the daffodils. This man, unlike the other, was smoking a pipe. "Got all tied up, did you?" he asked as I looked up at him with my dubious, swollen eyes. He knelt and undid the knots[17].

Não há certezas nessa retomada do conto. O lobo mau e o caçador podem ser apenas dois aspectos de um mesmo ser. A ambigüidade pode servir à deflagração da situação de paranóia, tão de acordo com o contexto gótico, mas também pode ser sinal de um arrefecimento, em certa medida, do ímpeto idealizante.

Os outros dois contos que interessa considerar elaboram de maneiras diferentes conteúdos semelhantes entre si. São *The Little Mermaid* e *The Red Shoes*, este último especialmente sob a expressão cinematográfica, no qual a ruiva Moira Shearer encarna a personagem de Andersen num *ballet*, enquanto tem de lidar com os mesmos elementos do conto em sua vida pessoal.

Esses contos tratam de duas figuras femininas que devem escolher entre um dom e uma relação amorosa. A sereia deve abrir mão de sua língua, e com ela sua capacidade de cantar, para ter pernas e poder se aproximar do homem mortal a quem ama. A moça dos sapatos vermelhos, ao calçá-los, dispara numa

---

17. *Idem*, pp. 59-60. "O homem não era velho nem jovem; usava um casaco de *tweed* e levava um jornal debaixo do braço. Sorriu para mim e não pude de imediato dizer se era ou não o homem da semana anterior, pois usava chapéu. Eu olhara mais para a cabeça calva e os narcisos. Esse homem, ao contrário do outro, fumava um cachimbo. 'Está toda amarrada, hein?' perguntou, enquanto eu olhava para cima, em sua direção, com olhos inchados e desconfiados. Ajoelhou-se e desatou os nós" (p. 62).

dança desenfreada que não lhe permite vivenciar nenhuma outra experiência além da dança. A personagem de Moira Shearer tem de escolher entre a sua profissão de dançarina e a vida ao lado do homem que ama. Ambas perecem. Os contos compõem um terreno do qual consta ainda a Lady de Shalott, que também perece ao recusar seu dom de tecer e de cantar para partir em busca do amor.

Naturalmente, a crítica feminista viu nessa configuração uma representação do que seria a condição feminina, em que a realização pessoal sem a mediação de outrem é tida como incompatível com a relação amorosa. Enfim, tomou essa recorrência aos contos como uma representação da opressão à mulher na sociedade.

Em razão do percurso de Joan que se pôde acompanhar até aqui, talvez seja possível sugerir uma outra interpretação. Quando essas três figuras femininas parecem ter de optar entre uma coisa e outra, com exceção da personagem do filme, elas o fazem sem hesitar. Seus dons, sua arte estão colocados no mesmo plano que a relação amorosa, como se fossem elementos intercambiáveis. Joan e Emma agiam dessa forma[18]. O que buscavam era um ideal e se este lhes fosse oferecido por uma representação ou por um relacionamento era questão até certo ponto secundária, desde que pudessem ver-se a si mesmas como pertencendo ao ideal tão cultivado; enfim, desde que pudessem reconhecer-se na imagem do desejo.

A personagem do filme, entretanto, não alinha sua arte e seus relacionamentos a ponto de os transformar em mercadoria intercambiável. Seu dilema é mais agudo do que o das outras duas. Não é pela impossibilidade de concretizar a relação amorosa que ela perece, como no caso da sereia que não conquista o príncipe, ou da lady que só consegue oferecer-se como cadáver. É

---

18. Embora Emma não fosse produtora, mas receptora. De qualquer forma, a relação com a arte e a literatura, passando pela capacidade imaginativa da receptora, é colocada no mesmo plano que a relação amorosa, quanto a alcançar um mesmo objetivo.

pela sua impossibilidade de renegar uma coisa em favor de outra que ela sucumbe. Sua arte não é meio para o alcance de um ideal, mas uma realização por si mesma. O mesmo podendo ser dito sobre a relação amorosa.

Talvez a questão que se coloque mais profundamente na aproximação dessas três figuras seja a de saber qual o tipo de compromisso que cada artista assume com sua arte, que relação ela estabelece com seu próprio poder criativo e, pela contrapartida, que tipo de relação ela estabelece com o Outro – no âmbito amoroso e no âmbito da recepção da obra artística[19].

Joan tende a ver-se muito próxima da Lady de Shalott, e chega a designar-se pela alcunha de Grande Sereia em evidente vinculação com a Sereiazinha. Não fica claro no texto, uma vez que ele termina em aberto, se Joan chega a um tal grau de modificação interna, envolvendo suas relações pessoais e sua prática de escritora. Em vários momentos, ela experimenta as opções da donzela da torre e da sereia de pernas doloridas.

Seu amigo Sam, cúmplice na farsa da morte, envia-lhe recortes de jornal com a repercussão de sua morte:

I'd been shoved into the ranks of those other unhappy ladies, scores of them apparently, who'd been killed by a surfeit of words. There I was, on the bottom of the death barge where I'd once longed to be, my name on the prow, winding my way down the river. Several of the articles drew morals: you could sing and dance or you could be happy, but not both.

---

19. O fato de serem figuras femininas não exclui o exame da mesma questão quando se trata de um criador masculino; no entanto, coloca de maneira muito clara como a aceitação pessoal do padrão de percurso feminino tradicional implica a aceitação de um alijamento da criatividade, do poder de produzir ficções. Trata-se da questão de pôr a fantasia a serviço de um dom e não de relegá-la a um estado marginal, como os séculos burgueses têm feito, ao dar à mulher o papel de depositária dessas coisas tão indesejáveis em seus padrões de virtude. Aceitar o percurso feminino tradicional significa abrir mão da criatividade genuína – mais do que feminina ou masculina, humana – para se tornar a receptora de uma literatura na qual esses aspectos, proscritos, banidos da sociedade, encontram seu espaço como má consciência.

Maybe they were right, you could stay in the tower for years, weaving away, looking in the mirror, but one glance out the window at real life and that was that. The curse, the doom. I began to feel that even though I hadn't committed suicide, perhaps I should have. They made it sound so plausible[20].

Na realidade, quem tornou tudo tão plausível foi a própria Joan. Assumindo, ainda que formal e falsificadamente, o destino esperado de acordo com o padrão que o percurso feminino, em geral, e os contos mencionados em particular, apresentam para a personagem feminina, ela tornou plausível sua morte.

Morreu por um empanturramento de palavras, como tantas outras heroínas, porque estas – as palavras – é que foram a matéria de seu enredo funesto – tanto no que diz respeito à situação que forjou a partir de um enredo inventado por si mesma quanto no que se refere à obediência a um padrão existente na literatura.

Nesse ponto da narrativa, ao conceber a idéia de que talvez fosse melhor tornar seu suicídio algo real, Joan continua obediente ao padrão dos contos. Um pouco mais adiante ocorre nova combinação desses elementos:

I padded out onto the balcony on my wet bare feet to dry my hair. There was a breeze... From now on, I thought, I would dance for no one but myself. May I have this waltz? I whispered...
Shit. I'd danced right through the broken glass, in my bare feet too... I limped into the main room, trailing bloody footprints and looking for

---

20. Atwood, 1988b, Parte 5, Cap. 30, pp. 315-316. "Eu fora empurrada para as fileiras daquelas outras mulheres infelizes, aparentemente dezenas delas, que foram mortas por um empanturramento de palavras. Lá estava eu, no fundo da barcaça da morte onde outrora ansiara estar, meu nome na proa, seguindo meu caminho rio abaixo. Vários dos artigos davam lições de moral: você pode cantar e dançar ou ser feliz, mas não ambas as coisas. Talvez tivessem razão, você podia ficar na torre durante anos, tecendo, olhando-se no espelho, mas um simples olhar de relance pela janela em direção ao mundo verdadeiro, e pronto. A Maldição, o juízo final. Comecei a achar que, mesmo se não tivesse cometido suicídio, talvez devesse tê-lo feito. Ele fazia tudo parecer tão plausível" (p. 320).

a towel... The real red shoes, the feet punished for dancing. You could dance, or you could have the love of a good man... But I chose the love, I wanted the good man; why wasn't that the right choice?[21]

Ao fundir a figura da sereia e a da dançarina de sapatos vermelhos, Joan começa a rever suas opções e a desconfiar de que talvez elas não tivessem razão de ser. Tendo escolhido o percurso feminino tradicional, aceitando, portanto, que os aspectos da fantasia e da criação ficassem marginalizados pela sociedade, Joan da mesma forma se fere. Sair dessa condição é doloroso, requer um esforço de revisão acerca das opções. Ela parece, apesar de tudo, pelo menos em certa medida, aceitar o desafio, pelo simples fato de interrogar-se a respeito.

Seu percurso como escritora implica, porém, que, de uma forma ou de outra, ela tenha de se haver com os mecanismos pelos quais os séculos burgueses fizeram do romance fantástico um gênero feminino, e da leitora de romances a representante dessa má consciência.

No nível do texto, Joan teve de cair do barco e sobreviver, dançar sobre cacos de vidro e sentir a dor, para que, para seu leitor, essas alternativas de rumo, com suas implicações mais sérias, se revelassem.

21. *Idem*, Parte 5, Cap. 34, pp. 335-336. "Caminhei lentamente até a sacada com os pés descalços e molhados para secar o meu cabelo. Não havia brisa... De agora em diante, pensei, não dançarei para ninguém a não ser para mim mesma. Pode me conceder essa valsa? Sussurrei. ... / *Merda*. Tinha dançado bem em cima dos vidros quebrados, e com os pés descalços... Fui mancando para o cômodo principal, deixando uma trilha de pegadas de sangue e procurando uma toalha... Os verdadeiros sapatinhos vermelhos, os pés punidos por terem dançado. Você podia dançar ou podia ter o amor de um homem bom... Mas eu escolhi o amor, eu queria o homem bom; por que não foi a escolha certa?" (pp. 339-340). Registre-se aqui mais um dos vários equívocos da tradução, que alteram o sentido. A frase "Não havia brisa", no original, é exatamente oposta, e deveria ser traduzida assim: "Havia brisa..." Há muitos outros enganos de tradução, mas num caso como este, em que o sentido original foi deturpado a ponto de se tornar uma inversão, é necessário apontar o fato.

Atwood costuma dizer em entrevistas, quando interrogada a respeito, que Joan Foster moveu-se milimetricamente, que seu desenvolvimento não ultrapassa a extensão de uma polegada. É possível que ela tenha razão. O deslocamento que a personagem pode experimentar diante do percurso tradicional é ainda pequeno. Seu grau de consciência das implicações das opções das figuras dos contos não vai muito longe. Pouco depois de ferir os pés, Joan mantém ainda, apesar de ter iniciado um processo de questionamento, a identificação com a Sereiazinha:

After a couple of hours I got up. My feet weren't as bad as I'd thought. I could still walk. I practiced limping, back and forth across the room. At every step I took, small pains shot through my feet. The Little Mermaid rides again, I thought, the big mermaid rides again[22].

Visto dessa perspectiva, o percurso da escritora Joan desloca-se, mas não muito, na direção de uma conscientização das contradições que se aninham na construção da personagem feminina, em sua relação com as estruturas de uma época e com as estruturas literárias.

Louisa K. Delacourt, Escritora

Esse percurso foi observado até aqui em referência à heroína tradicional de romances, à leitora Joan, e apenas parcialmente no seu percurso de escritora, tomado pelo vértice da construção da narrativa de Joan, pelas passagens no processo de um gênero e

---

22. *Idem*, p. 336. "Após umas duas horas, levantei. Meus pés não estavam tão mal quanto pensava, ainda podia andar. Pratiquei, mancando, para lá e para cá através do quarto. A cada passo que dava, uma dorzinha atravessava os pés. A Sereiazinha estava de volta, pensei, a Sereiazinha estava de volta" (p. 340). Há um equívoco na tradução brasileira deste trecho. A substituição do adjetivo pequeno para grande não foi feita. Assim, o que consta é: "A Sereiazinha estava de volta, pensei, a sereiazinha estava de volta", enquanto o correto seria "a sereiazinha estava de volta, a grande sereia estava de volta". O sentido muda, porque desconsidera o movimento de contrastar-se, mesmo que ainda mantendo alguma identificação, com o modelo.

das relações com as mais tradicionais formas de representação do feminino e de sua função na má consciência de uma sociedade. Convém proceder ainda ao exame de uma ficção interna, um desenvolvimento interno de certos padrões ficcionais, sob a forma das narrativas escritas por Louisa K. Delacourt.

Como os dois momentos de encontro com a ficção de Walter Scott em *Madame Bovary*, essas transformações nas ficções criadas pela personagem, tendo também como referencial Sir Walter Scott sob alguns aspectos, iluminam o processo de destruição da personagem feminina tradicional pelo lado de dentro.

As fantasias góticas, enumeradas de acordo com sua ordem de aparecimento na narrativa, portanto não necessariamente a mesma ordem em que a personagem as teria produzido, são as seguintes: *The Secret of Morgrave Manor* [*O Segredo do Solar Morgrave*], *The Lord of Chesney Chase* [*O Lorde da Reserva de Caça de Chesney*], *Escape from Love* [*Fuga do Amor*], *Storm over Castleford* [*Tempestade sobre Castleford*], *Love Defied*, [*Amor Desprezado*], *Love, My Ransom* [*Amor, Meu Resgate*]. Além dessas, encontra-se aquela que pontua todo o texto, e que Joan denomina provisoriamente, à falta de título mais satisfatório, *Stalked by Love* [*Perseguida pelo Amor*].

The Lord of Chesney Chase é o primeiro romance gótico escrito por Joan, logo após conhecer Paul e ser introduzida nesse ofício por ele. A heroína é uma jovem morena, e isso é tudo que se sabe sobre o texto.

Escape from Love é o romance que Joan está escrevendo quando conhece o futuro marido Arthur. A heroína chama-se Samantha Dean, a personagem masculina com a ambigüidade de ser ao mesmo tempo herói e vilão, ou transformar-se de um em outro ou vice-versa, chama-se Edmund DeVere e sua esposa, rival da heroína, é a ruiva Lady Letitia.

Love, My Ransom é o romance em razão do qual Joan resolve tentar a experiência com a escrita automática, no sentido de introduzir requintes ocultistas para competir à altura com as outras escritoras do gênero, que vinham ganhando terreno no mercado dos romances de consumo. É nessa tentativa que acaba por escrever o livro de poemas *Lady Oracle*. A heroína chama-se Penelope, o herói/vilão é Sir Percy, e a rival é a ruiva Estelle.

The Secret of Morgrave Manor e *Love Defied* são apenas mencionados no texto, sem maiores referências.

Storm over Castleford é uma história que a personagem acaba por abandonar porque, estando muito mais próxima ao realismo social do que ao gótico, tem o caráter de fantasia prejudicado, deixando, assim, de ser interessante para Joan.

Terror at Casa Loma [*Terror na Casa Loma*] é uma história que não passa de um projeto que Joan acaba por abandonar. Na tentativa de se adequar ao universo social e político no qual seu marido vivia imerso, Joan cogita associar ao gótico o conteúdo panfletário ao qual o marido se dedicava na ocasião. Tal conciliação se revela inexeqüível.

Stalked by Love, como já se viu, pontua todo o texto. De início, segue as convenções do gênero, mas aos poucos vai subvertendo essas convenções. Mesmo assim, os nomes e traços físicos característicos das personagens se mantêm inalterados. São elas: a morena heroína Charlotte, o herói/vilão Redmond e sua ruiva esposa Felícia.

Como se pode perceber, todas as rivais da heroína são mulheres ruivas, assim como a própria Joan. Na maior parte das vezes, elas são as esposas que cumprem o percurso tradicional até encontrarem a morte, cedendo o lugar para a heroína, presumivelmente morena. Os nomes dessas esposas remetem ao campo da alegria: Letitia, Estelle, Felicia, embora, na verdade, a elas caiba o fim funesto.

As heroínas chamam-se Samantha, Penelope e Charlotte, nomes tradicionais de heroínas. Destaca-se o nome Charlotte, pois, como apontado por Barbara Rigney, esse nome soa de forma que parece ecoar o Shalott da donzela do poema de Tennyson.

Em uma entrevista conduzida por estudantes canadenses, Margaret Atwood justificou os cabelos ruivos de Joan atribuindo-os ao fato de ela, Atwood, ter uma amiga de cujos cabelos ruivos era grande admiradora. Mesmo que isso seja verdade, há, porém, uma consonância entre essa escolha e um padrão literário. Segundo Frye, uma recorrência bastante comum na ficção romanesca, e especialmente notável em Walter Scott, é a presença do duplo da heroína, onde à mulher ruiva cabe o temperamento mais terno e à mulher morena o temperamento mais altivo. Frye também relaciona esse *doppelgänger* – duplo – feminino com exemplares da literatura gótica:

> Em um romance posterior [ao ciclo de Waverlley] de Scott, *O Pirata*, apresentam-se duas irmãs, Minna e Brenda Troil, que estão explicitamente contrastadas, de acordo com as tendências miltonianas que correspondem ao sério e ao alegre, como tipos de *Il Penseroso* e de *L'Allegro*[23].

> Já topamos com o recurso da heroína dupla que às vezes é representada por duas jovens, uma morena e outra loira, e que, às vezes, vincula-se a um contraste entre os temperamentos sério e alegre. Amiúde nos são apresentadas duas irmãs, a maior morena e altiva, a menor loira e mais terna[24].

> Às vezes a heroína morena tem em si algo demoníaco... Em *O Castelo de Otranto*, a mais interessante das duas heroínas é eliminada de forma similar [assassinada como em *O Último dos Moicanos*], para que se cumpra a profecia sobre a extinção da linha paterna. Nessas situações pode existir uma leve insinuação de que uma jovem possa ser um objeto expiatório deslocado, cuja morte prolonga ou renova a vida da outra[25].

Retoma-se, dessa forma, um aspecto dos dois romances em questão que tem se insinuado com o correr das análises: o tema do *doppelgänger*, no caso, principalmente feminino. Por ora, interessa investigar de que maneira a constituição do duplo se rela-

---

23. Frye, 1980, p. 100. Rougemont também se utiliza dos poemas de Milton para identificar essas matrizes relacionadas ao alegre e ao melancólico na literatura ocidental.
24. *Idem*, p. 163.
25. *Idem*, p. 164.

AS LEITORAS

ciona com o romance tradicional e que formas e implicações assume na ficção da personagem Joan.

Fundamentalmente, a duplicidade está representada na contraposição da personagem ruiva e da personagem morena. O paradigma das ruivas aproxima-se do modelo de Scott no fato de que às loiras (tipos mais próximos das ruivas) cabem os nomes relacionados ao aspecto "Allegro". Nesse paradigma insere-se a autora Joan, cujos cabelos ruivos são quase tão reiterados no texto quanto os olhos de Emma Bovary, no romance de Flaubert:

Every newspaper clipping, friendly or hostile, had mentioned it, in fact a lot of space had been devoted to it: hair in the female was regarded as more important than either talent or the lack of it. *Joan Foster, celebrated author of* Lady Oracle, *looking like a lush Rossetti portrait, radiating intensity, hypnotized the audience with her unearthly...* (The Toronto Star). *Prose-poetess Joan Foster looked impressively Junoesque in her flowing red hair and green robe; unfortunatly she was largely inaudible...* (The Globe and Mail)[26].

Essa rememoração de Joan leva-a a conceber a mudança da cor dos cabelos para se tornar menos identificável como a escritora canadense morta por afogamento. Sua passagem para uma aparência morena, como se sabe, comporta também uma tentativa de criação de uma nova personalidade – mais doce e confiante.

Na descrição feita pelos jornais é mencionado o mais famoso dos pintores pré-rafaelitas, Dante Gabriel Rossetti (1828-1882). Segundo Pischel:

---

26. Atwood, 1988b, Parte I, Cap. 2, pp. 9-10. "Todos recortes de jornais, amistosos ou hostis, o haviam mencionado; de fato um grande espaço foi dedicado a ele: o cabelo na mulher é considerado mais importante que o talento ou a falta dele. 'Joan Foster, famosa autora de *Madame Oráculo*, parecendo um exuberante quadro de Rosseti [*sic*], irradiando intensidade, hipnotizou a platéia com seus delirantes...' (*The Toronto Star*). 'A prosadora e poetisa Joan Foster parecia impressionantemente Junesca com seus harmoniosos cabelos ruivos e túnica verde; infelizmente foi bastante inaudível...' (*The Globe and Mail*)" (pp. 13-14).

A sua sonhadora *Beata Beatrix* (Londres, Tate Gallery) é, talvez, o protótipo mais característico e mais sugestivo do movimento. "O pré-rafaelismo é propagador daquele movimento idealizante, com subentendidos místicos, de regresso à pureza e à simplicidade dos primitivos [como passaram a ser chamados os pintores do século XVI]"[27].

O quadro indicado como sendo o mais representativo da Irmandade Pré-Rafaelita traz uma imagem plástica com que a descrição de Joan em seu vestido verde coincide. A menção não deve ser, pois, casual. Ainda segundo Pischel, esses pintores procuravam romanticamente por um certo tipo de idealização. Esta parece muito próxima ao que Joan traz para seu texto com a recorrência à *Lady de Shalott*: "uma poética evasão para um mundo de beleza irreal e lânguida, de mítica cavalaria de outros tempos, de um misticismo que sabe resgatar o real e o cotidiano"[28].

A escolha dos cabelos ruivos nas representações da figura feminina idealizada por um grupo de pintores da época vitoriana, portanto contemporânea a Tennyson e à literatura gótica, aprofunda o sentido dessa caracterização física. Mais terna, alegre e idealizada, eis os atributos dessa figura.

27. Pischel, 1966, vol. 3, p. 135.
28. *Idem*. Esse ideal também é buscado por Tennyson. Não por acaso os pré-rafaelitas vão ilustrar os poemas de Tennyson. A *Lady de Shalott* ganha forma plástica através das mãos de William Holman Hunt. Tennyson não gostou da representação dada por Hunt. Na maior parte das representações femininas desse pintores, as mulheres têm longas cabeleiras ruivas ou aloiradas. A Lady de Shalott de Hunt não é exceção. A Ofélia de Jonh Everett Millais, a figura feminina na tela intitulada *April Love* de Arthur Hughes são alguns outros exemplos. A maior parte das mulheres na obra de Rossetti também são ruivas, talvez pela recorrência como modelo a uma mulher a quem ele amava e que provavelmente tinha essas características. Uma das exceções é a sua representação de Proserpina, cujos cabelos são castanhos. A fortuna crítica de Atwood costuma proclamar que a principal fonte para sua utilização do poema de Tennyson não foram tanto os versos, mas especialmente as representações pré-rafaelitas dessa figura. Além do quadro de Hunt, existe ainda a Lady de Shalott de John William Waterhouse, que também é ruiva. A de Hunt encontra-se na torre, a de Waterhouse, ainda viva, no barco.

John William Waterhouse, *The Lady of Shalott*, 1888, óleo sobre tela, 153 x 200 cm, Tate Galery.

Ocorre que na ficção de Joan, as mulheres com essas características são freqüentemente pessoas desagradáveis, esposas cujo destino é a morte. Joan é também uma esposa que forjou a própria morte. Seu nome não sugere alegria em nenhuma das associações a ele feitas – Joan Crawford, Joana d'Arc.

As melancólicas morenas de seus livros é que são as mais idealizadas. É para assemelhar-se a elas, e não à esposa que sucumbe, que Joan fantasia o tingimento dos cabelos. Ela se relaciona com o modelo de Scott, mas, por meio de alguns deslocamentos, desmascara a duplicidade que separa em figuras tão diferentes aspectos que pertencem a todos os seres humanos. Mesclando, aos poucos, os atributos de cada pólo da duplicidade, Joan questiona a idealização que faz que os aspectos demoníacos estejam alijados de algumas figuras para se configurarem exclusivamente em outras; bem como que os aspectos de violência e de ternura sejam personificados em personagens antagônicas.

Quando seus cabelos passam a ser castanhos, na tentativa de mais uma vez irmanar-se a um ideal, Joan começa, no entanto, a identificar-se com a personagem ruiva ou loira e não com a boa heroína morena:

I was getting tired of Charlotte, with her intact virtue and her tidy ways. Wearing her was like wearing a hair shirt, she made me itchy. I wanted her to fall into mud puddle, have menstrual cramps. sweat, burp, fart. Even her terrors were too pure, her faceless murderes, her corridors, her mazes and forbidden doors[29].

É então que Felicia é resgatada das águas, numa subversão explícita, numa destruição da idealização letal que as personagens femininas representam para quem as tome por realidades.

---

29. Atwood, 1988b, Parte 5, Cap. 31, p. 321. "Eu estava ficando farta de Charlotte, com sua virtude intacta e seus modos arrumados. Usá-la era como usar uma camisa de crina, me dava coceiras, queria que ela caísse numa poça de lama, tivesse cólicas menstruais, suasse, arrotasse, peidasse. Até mesmo seus terrores eram puros demais, seus assassinos sem rosto, seus corredores, seus labirintos e portas proibidas" (p. 325).

Um pouco mais adiante no texto, Joan, ela própria, termina a destruição dessa heroína tradicional de romance, sem destruir-se junto, no entanto. Em vez de sucumbir, Joan experimenta seu próprio potencial de violência, integra à sua pessoa os aspectos que não cabiam no modelo idealizado que por tanto tempo procurara imitar – ela acerta um suposto agressor com uma garrafada na cabeça e isso não a torna uma vilã. Sem desfazer de outros aspectos de si mesma, ela vai visitá-lo no hospital. Seu percurso, portanto, não é ruinoso.

Narrativas Contemporâneas

É preciso situar o romance de Atwood também com relação à contemporaneidade mais imediata, uma vez que se vem levando em conta, no presente estudo, o processo dessa forma literária.

Numa entrevista relativamente recente, A. S. Byatt, escritora inglesa contemporânea já lançada no Brasil, faz algumas afirmações interessantes quanto às peculiaridades do romance de que se vem tratando neste capítulo:

> – *Você conseguiu escrever um livro autoconsciente, cheio de citações literárias para poucos, e ainda assim fez dele uma verdadeira história de detetive. Você acha que há uma volta à narrativa?*
> – Acho que sim. Sem que se perca com isso a inteligência, sem ignorar o que foi feito neste século. O excesso de citações e referências em alguns momentos chegou a perturbar a legibilidade dos romances, para pessoas que não estavam interessadas em aspectos puramente [sic] Já há livros demais desse tipo, é uma coisa que foi importante, mas hoje... Susan Sontag, por exemplo, ela disse que de repente queria escrever uma narrativa, algo que tivesse calor. E seu livro [*O Amante do Vulcão*] é tão cheio de truques quanto possível[30].

Na mesma edição do jornal em que essa entrevista foi publicada aparece uma breve resenha de autoria da entrevistadora

---

30. Entrevista concedida a Maria Ercília, publicada pelo jornal *Folha de S. Paulo*, 27 de agosto de 1992.

BOVARISMO E ROMANCE

Maria Ercília sobre o romance *Possessão*, onde se lê um comentário que vem ao encontro de um aspecto sobre o romance que as páginas deste capítulo procuram apresentar:

A. S. Byatt inventou o romance policial para literatos. A bem amarrada trama de *Possessão* une na mesma clave obsessiva adultério, suspense e análise literária. A certa altura uma das personagens afirma que a novela de suspense começou com histórias de adultério, com a pergunta "quem é o pai?", e que todo crítico literário é um detetive...

O grande mérito de *Possessão* é manter o registro de ironia e humor, a reflexão sobre a indústria da crítica e da biografia, sem perder de vista o prazer da narrativa, o desejo de possuir o leitor através do texto[31].

Essas declarações interessam especialmente por dois motivos. O primeiro deles, por se tratar de uma escritora cujo romance, *Possessão*, foi premiado em 1990 com o Booker Prize de melhor romance em língua inglesa. No ano anterior, 1989, uma das cinco indicadas foi a canadense Margaret Atwood, com seu livro *Cat's Eye*. Este, embora com uma temática bem diversa da de *Lady Oracle*, escrito aproximadamente dez anos antes, mantém com ele alguns paralelos. São duas escritoras da língua inglesa comprometidas com o que entrevistadora e entrevistada denominaram volta à narrativa. O segundo, porque essa discussão encontra-se presente num jornal. Ainda que superficial, embora conduzido por pessoa ligada efetivamente às letras, o próprio veículo revela algumas coisas interessantes.

A. S. Byatt, Susan Sontag e Margaret Atwood são três escritoras e críticas literárias da língua inglesa, uma britânica, uma americana e uma canadense. As três transitam ou transitaram em algum período de suas vidas pelo meio acadêmico e letrado e estão preocupadas em trazer para as suas ficções um movimento narrativo que se baseia na ação, no enredo, no enredar, no sentido mais amplo do termo. Todas têm como fonte o século XIX e, de

---

31. Maria Ercília: "Autora Cria Romance Policial para Literatos", in *Folha de S. Paulo*, 27 de agosto de 1992.

AS LEITORAS

uma forma ou de outra, tematizam também as relações de produção literária, seja no caso da crítica acadêmica de Byatt seja no da indústria do livro em Atwood; como quer que seja, todas elas colocam o fazer literário em xeque no século XX ao abordarem a maneira de se contar uma história nos séculos XVIII e XIX.

O fato de que essa atitude, esse movimento estejam presentes num suplemento de jornal, no Brasil, denota claramente o grau de recepção que esse tipo de literatura já alcançou:

Dentro do romance, Byatt aproveita para explorar todos os gêneros literários, já que todos os seus personagens escrevem e lêem o tempo todo. *Possessão* contém poemas inteiros à maneira do século 19, a correspondência completa entre os amantes, Ash e LaMotte, contos de fadas vitorianos, e até paródias de análise lacaniana, biografias e autobiografias, compondo um panorama divertido – embora às vezes muito prolixo – da literatura vitoriana e da crítica literária contemporânea[32].

Tais considerações, quando somadas à existência de outros romances essencialmente semelhantes, tecem como que um pano de fundo que diz respeito ao romance contemporâneo, diante do qual a obra de Atwood se recorta. Desconsiderá-lo seria fazer do romance de Atwood um exemplar isolado, numa maneira simplesmente arbitrária de se lidar com o processo de uma forma literária.

Já se viu que não se trata disso. *Lady Oracle* estabelece uma ponte, um ponto privilegiado de observação de um aspecto do processo do romance que permite muitas aproximações interessantes. Ao observá-lo, nota-se que, como uma luz difusa, ele vai iluminando a ficção vitoriana, a crítica dessa ficção que é *Northanger Abbey*, a inauguração do romance moderno que é *Madame Bovary*, e uma atitude contemporânea que se pode perceber em obras como *Possessão*, de Byatt, e *O Amante do Vulcão*, de Susan Sontag.

32. *Idem.*

Há, porém, um traço de fundamental importância nesse processo do romance em que se alinhou há pouco Flaubert, Jane Austen, Ann Radcliffe, Margaret Atwood, A. S. Byatt e Susan Sontag. Um traço que confere uma especificidade aos dois autores estudados e que motivou este trabalho: o desenvolvimento de uma temática que se vem denominando Bovarismo. É essa temática que faz da obra de Flaubert e da obra de Atwood um momento de especial relevância dentro desse processo.

IV

◆

Bovarismo e Romance

As observações, análises e leituras apresentadas levaram-me a uma suspeita, a uma idéia acerca do processo do romance, que ainda carece de maiores investigações, mas que me parece pertinente ao universo das duas obras que me dispus a estudar: *Madame Bovary* e *Lady Oracle*.

Sabe-se que, assim como a tragédia surge em razão de alterações profundas na sociedade grega, o romance – e obras do calibre da *Teoria do Romance* de Lukács o atestam – deve seu surgimento e ascensão às modificações interiores à sociedade burguesa capitalista.

Uma breve digressão pode ser útil ao desenvolvimento das idéias geradas pelas minhas suspeitas. Penso, ainda, por exemplo, na tragédia. Ela expressava o conflito do homem grego que começava a se tornar cidadão. O universo da religião grega e o universo da pólis contradizem-se em alguns aspectos. Na religião grega, todos recebiam seu quinhão da partilha divina, e o Destino, lei maior e suprema, submetia a todos, incluindo os deuses. No universo da pólis, o homem é agora um cidadão. Surge a lei da cidade para organizar a vida de todos. E essa lei e aquela da Moira, do Destino, confrontam-se nesse primeiro momento de formação da pólis. Como muito bem afirma Vernant[1], as questões do direito

---

1. Cf. Vernant, 1977.

BOVARISMO E ROMANCE

grego, diante da pólis e da religião, é que são postas na encenação da tragédia. É claro que tais elementos se tornam aspectos da forma nova. Assim, se há, por um lado, o protagonista às voltas com as instâncias míticas e do Destino, há, por outro, o coro formado pelos cidadãos. É assim que a forma literária se constitui.

No romance, os conflitos e antinomias com as quais o ser humano se via às voltas são já de outra natureza. A epopéia burguesa coloca um percurso pessoal num mundo regido por escalas de valores bem diversas das do mundo feudal. Desnecessário repetir toda a teoria do romance, ou todas as considerações de Ian Watt.

Don Quixote é um exemplar das mudanças por que passava o mundo. A crítica aceita hoje como verdadeira a idéia de que os conflitos entre as noções do mundo feudal, expressas na cavalaria, e o mundo capitalista, no qual o fidalgo realmente vivia, é que fazem esse romance – denominação, aliás, ainda controversa para alguns. Sua desistência da leitura ao fim do livro e suas novas atitudes mostram um movimento no sentido da integração, da aceitação desse novo mundo.

Parece-me que Flaubert estava mais consciente do movimento presente em seu romance do que a maioria dos críticos que sobre ele se debruçaram, ao rejeitar categoricamente a aproximação de sua *Madame Bovary* ao *Quixote*. Basta chamar, como testemunho da crítica, as palavras de Albert Thibaudet, sobretudo porque esse crítico não deixou de considerar para suas formulações as opiniões antagônicas a elas, existentes na própria correspondência de Flaubert:

Um hábil filósofo, Sr. Jules de Gaultier, quis extrair de *Madame Bovary* toda uma filosofia, o bovarismo, como o Sr. Miguel de Unamuno extraiu uma de *Dom Quixote*, e ele fez precisamente do bovarismo a faculdade de se conceber outro que não se é realmente. E o autor de *Madame Bovary* que disse com razão: *Madame Bovary, sou eu*, é muito bovarista. É preciso olhar de perto antes de aceitar uma teoria cômoda e verossímil[2].

2. Thibaudet, 1935, p. 69.

E ainda:

[...] a comparação de *Madame Bovary* com *Dom Quixote* é uma das que se impõe ao espírito do crítico e, durante todo o tempo em que escrevia seu romance, Flaubert o lia assiduamente, chamando-o o livro dos livros: *O que há de prodigioso em Dom Quixote, diz ele, é a ausência de arte e aquela perpétua fusão da ilusão e da realidade que fazem dele um livro tão cômico e tão poético...* Esse cômico é, aliás, tão relativo quanto o cômico teatral, e sua espécie é a mesma. A vida não parece cômica para Flaubert senão porque ele a vê logo sob seu aspecto de automatismo. Fazer a barba é besta e cômico porque é uma ação cotidiana e mecânica. Mas ele sabe, então, que tudo o que é exatamente previsível no indivíduo humano se torna cômico na medida em que aquele que o diz ou faz ignora que estava previsto... Ora *Madame Bovary* como *Dom Quixote* consiste em incorporar esse automatismo à vida da obra de arte. Emma Bovary ou Homais, Dom Quixote ou Sancho, são bem isso: o grotesco ou o ridículo triste que faz imaginar, que faz pensar... A originalidade verdadeira e a infelicidade do caráter de Flaubert consistiram em ver sempre o mundo sob esse ângulo, e em conseqüência, a causar uma *Madame Bovary* virtual como o produto ou a obra de seu temperamento[3].

Apesar de todas as minhas ressalvas em utilizar as palavras de Flaubert provenientes de sua correspondência, há nesta alguns comentários, feitos por ele a propósito daqueles que promovem tal comparação, que é importante retomar.

Procure o número da *Revue des Deux Mondes* de 1º de dezembro... numa elucubração do senhor Montégut sobre *Os romancistas contemporâneos*, você verá que a tal *Revue* recorda lindamente a conta do Velho. Negam todos os meus livros, e nem mesmo citam *Salammbô*! Mas, a propósito de *Madame Bovary*, sou comparado a Cervantes e a Molière, o que é de uma bobagem repugnante. Não importa! A reviravolta me parece cômica![4]

3. *Idem*, pp. 79-80.
4. Carta de 15.12.1870, à sua sobrinha Caroline (*Correspondance*, vol. VII, p. 372).

É verdade que, com maior ou menor intensidade, a princípio, o leitor de Flaubert sente-se tentado a aproximar sua obra do Quixote. Entretanto, os caminhos por onde pude transitar no estudo do romance de Flaubert aproximado ao de Atwood levam-me a crer que o autor é quem está mais próximo da realidade do livro ao dizer que tal comparação é uma *bêtise*, mesmo que por motivos diversos dos que me levam a concordar com ele. Parece-me menos do que uma *bêtise*; talvez seja um equívoco firmado na aparência.

Em *Madame Bovary*, o leitor é levado a perceber algumas contradições, como ocorre com o Quixote, e como talvez ocorra com qualquer exemplar da literatura que encontre sua existência na forma do romance. Entretanto, as contradições não se esgotam no fato de o romance apresentar dois mundos em oposição – o da província francesa e o da metrópole parisiense. Esses dois mundos estão vinculados a esferas muito precisas da problemática do século XIX, e também, à representação, à elaboração simbólica que o século vinha dando para essas mesmas esferas. Basicamente, *Madame Bovary* é um romance sobre a constituição do romance dentro da representação simbólica que o século XIX elaborou para si mesmo.

Assim, há província e metrópole; positivismo cientificista e imaginação; mas há também a literatura de pretensões realistas e a literatura fantasiosa; o recipiente simbólico de cada uma, a partir da organização do mundo burguês, no homem e na mulher. A ficção de intenções realistas e a ficção assim dita séria são atributos de masculinidade, enquanto o outro lado dessa dicotomia, o lado da imaginação, da contradição com o século positivista, enfim, o que é rejeitado como subproduto, a ficção fantástica e a ficção de consumo, é visto como atributo de feminilidade. Na divisão burguesa do mundo, às mulheres coube a má consciência de um século de profundas transformações.

Flaubert caracteriza sua personagem no meio desse vórtice como uma leitora de romances. Vários antes dele também o fizeram. Contudo, o romance construído por Flaubert, a partir disso,

BOVARISMO E ROMANCE

repõe, recoloca, arma como numa sinfonia todas essas vozes; a do século – triunfante, como indica a última frase do livro[5] – de Homais, das admoestações da mãe Bovary etc. e a de sua má consciência, no percurso trágico de Emma Bovary.

Sua própria trajetória, sua colocação diante do percurso feminino tradicional, sua busca de noções a que o século XIX não sabia mais conferir sentido positivo são a construção ruinosa dessa má consciência.

A heroína de romance se vê nua na obra de Flaubert. Seu caráter de produção engendrada no intuito de relegar, de marginalizar, enquadrando numa esfera clara o que o século XIX não queria tomar para si mesmo, tudo isso, enfim, traça os impasses de uma época. Contudo, essa temática, se assim se pode dizer, não está confinada a um mero aspecto do romance de Flaubert. Ela é o próprio romance. Na medida em que nele se inscreve, dita suas dissonâncias, sua organização etc.

Quando se lê *Madame Bovary* com a atenção entregue, a impressão que se tem é de se estar diante de muitos sons. Não é apenas nos comícios Agrícolas que o leitor ouve a sedução, o discurso governamental, os mugidos do boi. Por todo o livro os sons se interpõem. É possível lembrar Yonville, ou mesmo Tostes, no som do piano de Emma percorrendo as ruas da cidade, e ouvir o arfar de seu peito agoniado, os passos do cavalo de Charles e a fala interminável de Homais. Som, aqui, é som mesmo e é metáfora.

Flaubert deu um novo passo no romance porque não só tratou das dicotomias de seu século, como delas construiu a forma de sua obra.

5. "Depuis la mort de Bovary, trois médecins se sont succédé à Yonville sans pouvoir y réussir, tant M. Homais les a tout de suite battus en brèche. Il fait une clientèle d'enfer; l'autorité le ménage et l'opinion publique le protège. Il vient de recevoir la croix d'honneur" (Flaubert, 1951, Parte III, Cap. XI, p. 611) ["Após a morte de Bovary três médicos se sucederam em Yonville sem poderem ter sucesso de tal forma o Sr. Homais os perseguiu logo. Tem agora uma clientela infernal; as autoridades o tratam com deferência e a opinião pública o protege. / Acaba de receber a Legião de Honra"] (p. 363).

275

BOVARISMO E ROMANCE

O Bovarismo não me parece, assim, ser simplesmente o poder de conceber-se outro que não se é realmente. Mesmo porque, tal definição pode caber confortavelmente em mais de uma expressão, está presente, explicitamente ou não, na cunhagem de mais de um termo. Bovarismo é, de acordo com as análises do presente estudo, esse movimento interno por que passa a leitora Emma, de se cumprir como má consciência no seio da consciência aceita por sua época. Não é conceber-se outro, mas carregar o outro de uma época.

Nas etapas deste estudo, é possível perceber como o romance e sua heroína iam se construindo, passo a passo, no desmanche progressivo dos padrões que os engendraram, revelando as sua contradições. Bovarismo e romance são, assim, um único movimento.

A cunhagem do termo Bovarismo deve-se a Jules de Gaultier, o que torna as idéias deste filósofo um ponto pelo qual é necessário passar:

No sentido filosófico, o "bovarismo" é a necessidade psicológica segundo a qual toda atividade, ao tornar-se consciente de sua própria ação, tende a deformá-la no mesmo instante em que a incorpora ao conhecimento; respingando no texto as definições mais conhecidas... *le pouvoir départi à l'homme de se concevoir autre qu'il n'est*; e... *le fait selon lequel toute activité qui a conscience de soi et de sa propre action se conçoit necessairement autre qu'elle n'est*[6].

Confrontando as definições de Bovarismo com a prática do filósofo que as concebeu, Augusto Meyer indica que possivelmente esta última seja muito mais esclarecedora do que a formulação dos conceitos. A impossibilidade de ter pleno acesso à realidade do exercício de uma atividade qualquer estende-se à própria obra de Jules de Gaultier. O Bovarismo parece, assim, derivar para a construção de um circuito fechado, em que essa concepção da

6.   Meyer, 1956, p. 130.

impossibilidade de ter consciência plena de algo, sem deturpá-lo, recai sobre o próprio mecanismo em que ela se origina.

Na maior parte das obras que se servem do conceito formulado por Gaultier, esse circuito fechado acaba por se reproduzir. Em geral, a questão da possibilidade de contato com o real se torna tão atraente, tão absorvente por si mesma que pouco esclarece da obra de Flaubert. O próprio Jules de Gaultier, na seqüência de capítulos de seu ensaio, promoveu um afastamento ainda maior do romance de Flaubert. O autor estendeu essa atitude de conceber-se diverso do que se é para o âmbito da imagem que os países tecem sobre si mesmos.

O conceito ganhou, pois, forma autônoma, que por mais instigante e interessante que possa ser, divorcia-se da personagem que lhe cedeu o nome.

No Brasil, essa prática se vê reproduzida, na medida em que as reflexões de Gaultier estão geralmente mais presentes na mente dos autores do que o próprio romance de Flaubert. Não raro, o Bovarismo toma o lugar de *Madame Bovary*. Na contramão desse movimento é que este estudo se estruturou.

De dentro do texto de Flaubert, aproximado ao de Atwood, surgem outros prismas a partir dos quais observar esse tema – não mais como abrangente definição filosófica ou psicológica, mas como tema literário.

Bovarismo, assim, tal como se depreende das análises que perfazem este estudo, é, essencialmente, um movimento interno ao texto que faz que uma personagem feminina, na tentativa de encarnar o padrão tradicional desse tipo de figura literária, revele as dicotomias de um século que se estrutura a partir de padrões autorizados – no qual se alinham, mesmo que internamente em confronto, a racionalidade, o cientificismo, a economia capitalista, os hábitos burgueses, a religiosidade e a moral, os assuntos sérios e as intenções realistas na literatura, configurando o setor da masculinidade dessa sociedade – e de tudo o que é proscrito por não poder ser aceito por esse padrão, isto é, a má consciência – noções de individualidade em desacordo com a economia capitalista, sentimentos exacerbados, a irracionalidade, a lembrança glamourizada de hábitos aristocráticos identificados ao universo romanesco, entretenimento, presença de tudo o que excede a ordem racional sob a insígnia da fantasia ou do fantástico na literatura, a forma romance, configurando o setor feminino dessa sociedade.

Resta particularizar aqueles elementos dos dois romances que, nessa oposição padrão/má consciência, dão vazão aos diversos aspectos desse movimento de revelação do outro que é a temática bovarista.

Um primeiro aspecto mostra a emergência dessa temática no romance, cujo momento decisivo é o casamento entre Charles e Emma, isto é, o momento em que a personagem torna-se uma Bovary.

O título e o subtítulo do romance, *Madame Bovary – Moeurs de Province*, parecem claros e evidentes. Minhas leituras levaram-me a considerar que "Emma Bovary", a expressão que junta esses dois nomes, esses dois universos, abriga, porém, uma contradição de termos. O subtítulo reforça, respalda essa contradição.

Examinando a família Bovary, o universo em que as personagens se movem e as inúmeras situações de contradição entre a mente de Emma e a realidade que a cerca, foi possível encontrar as evidências dessa contradição de termos. Dois elementos praticamente digladiam-se permanentemente nessa história, conferindo a esse romance quase que um caráter de contenda.

"Bovary" articula-se com "Moeurs de Province". Em vários momentos essa articulação se revela, às vezes, de modo contundente, como por exemplo na abertura da segunda parte do romance e as suas descrições da província francesa; na referida cena de casamento de Emma[7]; nos hábitos de cozinha; nos modos de exercício da medicina, na maneira apropriada de gerenciar a casa segundo a sogra Bovary, incompatível com a de Emma. É

---

7. Onde a descrição dos ínfimos detalhes de uma cerimônia típica da época e lugar confronta-se com o sonho um tanto gótico de Emma de casar-se à meia-noite, à luz de velas.

BOVARISMO E ROMANCE

nesse universo "Moeurs de Province" que entram, em traje de ocasião, Homais e a população de Yonville, além dos Comícios Agrícolas.

O universo pessoal de Emma, como se viu, é formado por elementos distintos desses: sonhos romanescos, fantasias sentimentais, amor ao luxo, fidelidade a modas e manias, exacerbação de sentimentos e sensações, tudo enfim que dá forma à imagem de seu desejo – a heroína tradicional de romances. Dessa forma, apenas quando se torna uma Bovary, algo tão distinto de sua própria natureza, o conflito com a realidade vai ganhar a amplitude que se percebe no texto.

Bovarismo, a partir da percepção da contradição que o livro carrega e à luz das análises efetuadas ao longo deste estudo, revela-se o movimento por meio do qual a tentativa de encarnar a heroína tradicional esbarra com uma realidade que não a comporta. Essa realidade configura-se numa época – século XIX – e num lugar – província francesa.

Ao desposar Bovary, Emma desposa a pequena burguesia da província francesa de meados do século XIX. Ao fazê-lo, inevitavelmente está defrontando-se com algo completamente dissociado do ideal que pretende atualizar. Tomando a liberdade de criar um verbo, pode-se dizer que Emma ao se "Bovarizar" dá margem para a configuração da problemática que, como se viu, envolve processo do romance e processo social burguês.

Em *Lady Oracle*, esse terreno se desenha com cores ainda mais fortes, uma vez que essas contradições todas nascem de dentro de uma relação de colonização. A obra de Margaret Atwood acrescentou ainda uma outra dimensão, ao evidenciar que esse movimento de atribuir elementos aos campos aceitos e marginalizados da sociedade e esse casamento de instâncias conflitantes vinculam-se ainda a uma relação dialética com os modelos herdados da metrópole.

Joan desposa o universo da periférica sociedade canadense, tendo na mente, porém, parâmetros e convenções originados na metrópole, que lhe fornecem a sua própria imagem do desejo. A personagem de romance a que tenta se igualar é, além de tudo, uma produção de um centro distante, que ela tenta alcançar não só pela via do modelo literário, mas também em sua viagem à Inglaterra. Há, numa certa medida, a reposição de um movimento que originou a própria literatura canadense.

Essa literatura começa pelas mãos femininas. As mulheres dos colonizadores e exploradores faziam o diário da família na nova terra, eram encarregadas das cartas para os parentes deixados na metrópole. A função das mulheres, nos inícios da colonização e da literatura canadense, é a de, com o uso da palavra, dar conta de descrever o processo pelo qual a mente puritana dos colonizadores tenta converter a inóspita nova terra em um lugar erigido segundo seus dogmas. O olhar europeu oitocentista procura preservar seus modelos na contemplação dessa outra terra, em tudo tão diversa da de origem.

Uma das mais expressivas dessas mulheres é Susanna Moodie, também pioneira nessa atividade, tendo legado às futuras gerações um dos primeiros textos da literatura canadense. Os sentidos vários que essa iniciação da literatura canadense pelas mãos femininas vão alcançar são tão amplos que motivaram Margaret Atwood a mergulhar neles em profundidade. Um de seus mais importantes livros de poemas, que repensa essa tradição assim inaugurada, ao contrário do que costuma ser, pelas mãos femininas, é *The Journals of Susanna Moodie* (1970).

Esse livro de poemas, anterior a *Lady Oracle*, trabalha, tanto no nível da expressão poética quanto no da reflexão, com essa situação específica em que um olhar europeu feminino, vitoriano, defronta-se com uma nova realidade, buscando a ela adaptar-se sem abrir mão de seus modelos. A questão é tão importante e tão fundamental na obra de uma escritora preocupada com investigações sobre a identidade nacional, a especificidade literária de seu país, que permeia toda sua obra. Em *Lady Oracle*, ela vem contribuir com o movimento interno ao texto de temática bovarista, alargando o âmbito dessa temática, ao somar a ela a perspectiva da sociedade periférica que vivenciou o processo de colonização

BOVARISMO E ROMANCE

e ao acrescentar, também, à instância de recepção da obra literária, a instância de produção.

Se Jules de Gaultier passou a ver o Bovarismo como algo interligado à imagem que os países fazem de si mesmos, o estudo da personagem Joan Foster, aproximada a Emma Bovary, acaba pela via do texto, e não pela via filosófica, avizinhando-se desse sentido.

Essa relação com um modelo – no caso de Atwood, o europeu em contraste com o periférico, e no caso de Flaubert, o da sociedade aristocrática identificada ao romanesco – perpassa não somente o plano dos elementos que caracterizam um espaço, mas também o plano temporal – isto é, a época em que esse espaço do modelo se estruturou como tal.

Outro ponto, portanto, por onde o Bovarismo passa tem a ver com a idéia de que o mundo ideal está associado ao passado em oposição ao mundo real do presente[8]:

(Perhaps it was to the Royal York Hotel, that bogus fairyland of nineteenth-century delights, red carpeting and chandeliers, moldings and cornices, floor-to-ceiling mirrors and worm plush sofas and brasstimmed elevators, that the first stirrings of my creative impulse could be traced. To me, such a building seemed designed for quite other beings than the stodgy businessmen and their indistinct wives who were actually to be found there. It demanded ball gowns and decorum and fans, dresses with off-the-shoulder necklines, like those on the Laura Secord chocolate boxes, Summer Selection, crinolines and dapper gentlemen. I was upset when they remodeled it.)[9]

8. O modelo europeu confrontado com a nova realidade, no caso de Atwood, origina uma ficção que busca a maior parte do tempo não perder a semelhança com aquilo que foi deixado para trás.
9. Atwood, 1988b, Parte 3, Cap. 13, pp. 135-136. "(Talvez seja no Royal York Hotel, aquele falsificado reino encantado das delícias do século XIX, tapete vermelho e candelabros, frisos e cornijas, espelhos do chão ao teto e gastos sofás suntuosos e elevadores ornados com bronze, que possam ser localizados os primórdios do meu impulso criativo. Para mim, um prédio como aquele parece ter sido projetado para um tipo diferente de pessoas e não para homens de negócios enfadonhos e suas mulheres indistintas que

BOVARISMO E ROMANCE

Joan havia fugido da casa da mãe e, pouco antes de partir para a Inglaterra, enquanto se prepara para isso, hospeda-se em um hotel de Toronto. O espaço apresenta de maneira bastante concreta elementos componentes de uma época passada que, sob a luz das idealizações, torna-se extremamente acolhedora para a personagem. Joan imagina, a partir do espaço, as figuras, o tempo e o enredo – em tudo mais atraentes que os da atualidade e da realidade.

Procurando algo com que comparar o que sua imaginação tece, ela significativamente se recorda das caixas de chocolate, isto é, de um produto de consumo. Do nível mais concreto ao mais abstratamente elaborado, Joan identifica na sua própria realidade a prevalência da imagem do seu desejo nas produções para consumo. Seu rumo está traçado – em direção ao passado, que comporta uma condição e um percurso feminino ao qual ela deseja se alçar.

Nesse sentido, essa passagem faz retornar à mente o baile do Marquês em *Madame Bovary*. Lá, também um espaço de hospedagem transitória, a personagem encontrava-se de maneira concreta com um ideal que, forjado na leitura, oferecia concretamente os padrões a serem buscados. De certa forma, a imaginação de Emma junta novamente os elementos da aristocracia e os enredos romanescos, tal como, anos antes, no convento, lhe eram apresentados nos *keepsakes*, os livros de prendas, das colegas – imagens derivadas do referencial literário e as assinaturas de condes e viscondes. A diferença, no entanto, é que Joan identifica nesse espaço não apenas uma concretização do ideal buscado, mas também os seus primeiros impulsos criativos como escritora.

O Bovarismo, seguindo as indicações que os dois textos fornecem, pode ser percebido nesse movimento de constituição concreta ao mesmo tempo da busca de um ideal que envolve o per-

> são na verdade o que se encontra ali. Ele exigiria roupas de baile, decoro e leques, vestidos com decotes na altura dos ombros, como aqueles das caixas de chocolate de Laura Secord, Coleção Verão, crenolinas e cavalheiros garbosos. Fiquei chateada quando o reformaram.)" (p. 138).

282

BOVARISMO E ROMANCE

curso feminino – sempre localizado como oriundo do passado – e os impulsos imaginativos que se associam com a literatura. O que coloca uma outra instância formadora da temática bovarista; o uso da imaginação em razão de uma busca de evasão, que se reflete tanto no tipo de recepção quanto no tipo de produção literária.

Resumindo, o Bovarismo tem a ver com a idealização de elementos que perfazem um percurso feminino, que parece ter sempre como local de origem o passado. Portanto, é uma tentativa de resgate. Essa idealização envolve a recepção literária na qual o leitor adere ao texto, sem questioná-lo, e busca, por meio dele, a evasão dessa realidade, a seu ver deturpada, onde se encontra. No nível da produção, presente de maneira concreta somente em *Lady Oracle*, essa busca origina um impulso criativo que é o de tentar reconstruir, utilizando-se da imaginação – como Emma – e da palavra escrita – diferentemente de Emma – esse mundo perdido. É uma tentativa de reposição.

No nível da recepção, a relação estabelecida com o texto, como se pode inferir das passagens arroladas neste estudo, é de adesão[10]. Não há questionamento, porque a dúvida poderia compro-

10. A questão da busca de evasão e da atitude de adesão na leitura traz à tona uma discussão que a busca da emoção do medo já havia insinuado. Trata-se da catarse. No sentido aristotélico, a catarse é a vivência do temor e da piedade diante da apresentação de uma tragédia. Essas duas emoções, vividas na arte e não na vida, servem para que o cidadão conheça os limites de sua experiência, para que siga a virtude grega da medida. A catarse parece assim ter uma função reguladora das emoções e dos comportamentos. Quando o temor, o medo se tornam emoções desejadas, procuradas por si mesmas, seu poder liberador e sua função reguladora se perderam. Ele se integra no rol das sensações buscadas como fim em si mesmas. Deixa de ser via para a transcendência ou elemento liberador para integrar-se aos elementos que proporcionam por alguns instantes evasão da vida comum. O gótico, nesse sentido, é a antítese da tragédia. Segundo Lukács, Aristóteles foi mal interpretado. A catarse seria intrínseca a toda arte e não só à tragédia. Toda obra de arte que consegue a unidade conteúdo e forma leva a catarse, cumprindo sua função social de fazer o sujeito perceber sua própria essência, tão fragmentada na sociedade. A literatura de entretenimen-

meter a evasão. Nesse sentido, coincide com que Umberto Eco denomina estruturas de consolação:

[...] um dos principais objetivos do romance "de consolação" é emocionar, o que se pode fazer de duas maneiras. O método mais cômodo consiste justamente em dizer: "Atenção ao que vai acontecer". O outro supõe o recurso ao *kitsch*, isto é, aos efeitos fáceis e de mau gosto[11].

E ainda, numa reflexão originada na crítica a *Os Mistérios de Paris*, de Eugène Sue:

O leitor é reconfortado, ao mesmo tempo porque acontecem centenas de fatos extraordinários e porque esses fatos não alteram em nada o movimento ondulante das coisas. Lágrimas, alegria, dor, prazer não alteram o movimento regular do mar. O livro desencadeia uma série de mecanismos compensatórios, dos quais o mais satisfatório e consolador é o fato de que tudo continua no lugar. As mudanças operadas pertencem ao domínio do puro fantástico: Maria sobe ao trono, Cinderela sai da crisálida. Entretanto, um excesso de prudência condena-a a morrer[12].

A evasão que o contato com um mundo de emoções alheias à vida cotidiana proporciona coaduna-se com essa idéia de consolação[13]. Emma Bovary, porém, ultrapassa os âmbitos da consola-

to, por não alcançar a unidade, não propicia catarse, e não cumpre assim sua função social. De onde se conclui que catarse e evasão são antíteses, portanto (cf. Lukács, 1973).

11. Eco, 1990, p. 196.

12. *Idem*, pp. 203-204. Segundo Marx e Engels, não é bem de um excesso de prudência que se trata, mas do fato de que a felicidade que marcara a fisionomia da personagem, mesmo vinda de uma vida contrária às virtudes burguesas, precisa ser extinta para que as suas mudanças internas estejam completas. Ela é então introduzida ao remorso, em razão do qual acaba por perecer. Não há alteração social alguma, nesse sentido. As transformações são enganosas (cf. Marx e Engels, 1967).

13. Basta lembrar aquele primeiro diálogo sobre literatura entre Léon e Emma, em que ele afirma: "Il est doux, parmi les désenchantements de la vie, de pouvoir se reporter en idée sur de nobles caractères, des affections pures et des tableaux de bonheur" (p. 367).

BOVARISMO E ROMANCE

ção, uma vez que seu grau de adesão ao texto é tão grande que ela procura atualizar seus conteúdos em sua própria vida. O Bovarismo não é uma consolação por meio de uma ordem diversa da real, mas uma adesão a essa ordem como se ela fosse a real. Emma acredita que esse mundo diverso do seu encontre-se efetivamente em algum outro lugar, além da literatura. Ao contrário de Joan, que acaba percebendo que aquilo que sempre buscou, estimulada pela literatura, só se encontra nesta[14]:

Tout ce qui l'entourait immédiatement, campagne ennuyeuse, petits bourgeois imbéciles, médiocrité de l'existance, lui semblait une exception dans le monde, un hasard particulier où elle se trouvait prise, tandis qu'au delà s'étendait à perte de vue l'immense pays des félicités et des passions[15].

O Bovarismo, compreendido na instância receptiva como uma adesão a um universo ficcional tomado como o real, leva ao uso da imaginação no sentido de criar, de qualquer maneira possível, reproduções do universo idealizado no espaço do real. Para Emma, essa tentativa se traduz nas relações amorosas e no seu hábito

14. As vinculações entre o processo das personagens e a idéia de um percurso formativo, no caso de Joan, e um percurso de conotações trágicas, no caso de Emma, com as implicações que isso traz para a forma do romance são matéria pertinente ao raio de extensão de que o presente estudo faz parte. Infelizmente porém, é difícil viabilizar a incursão por essa questão, nos limites deste texto. Fica anotada, no entanto, uma possível – e necessária – ampliação do terreno por ele abrangido.

15. Flaubert, 1951, Parte 1, Cap. IX, p. 345. "Tudo o que a rodeava imediatamente, campo entediante, pequenos burgueses imbecis, mediocridade da existência, parecia-lhe uma exceção no mundo, um acaso singular em que ela se achava presa, enquanto que do outro lado estendia-se, à perda de vista, a imensa região das felicidades e das paixões" (p. 76). É por essa época que ela se ocupa com os folhetins de Sue, Balzac, George Sand, como se se tratasse de notícias desse outro mundo, simbolizado por Paris, da mesma forma que os jornais femininos de que começa a ser assinante. No caso de Joan, já ao fim do livro, ocorre uma certa consciência de que esse mundo ideal almejado pertence à literatura, mais do que à realidade, apesar do sentimento de exclusão permanecer. Cf. capítulos anteriores.

BOVARISMO E ROMANCE

cada vez mais arraigado de mentir, transformando pela palavra uma realidade indesejada. Para Joan, ocorrerá, além disso, a criação literária, caudatária do mesmo processo. É por essa via que o Bovarismo alcança a instância de produção.

As marcas do texto, que já se desenhavam, então, por meio da temática bovarista – composições da dissonância, em vários níveis, como já se viu – abrangem agora uma esfera mais ampla.

Em certa ocasião, no início da narrativa, o senhorio de Joan no apartamento em Terremoto, Sr. Vitroni, oferece-lhe quadros em veludo negro representando em cores berrantes monumentos italianos. Com medo de desagradá-lo, Joan compra um deles, que traz em vermelho uma imagem do Coliseu. Esta compra motiva alguns pensamentos na personagem:

Arthur wouldn't have liked the picture. It wasn't the sort of thing he liked, though it was the sort of thing he believed I liked. Appropriate, he'd say, the Colosseum in blood-red on vulgar black velvet, with a gilt frame, noise and tumult, cheering crowds, death on the sands, wild animals growling, snarling, screams, and martyrs weeping in the wings, getting ready to be sacrificed; *above all, emotion, fear, anger, laughter and tears, a performance on which the crowd feeds*. This, I suspected, was his view of my inner life, though he never quite said so. And where was he in the midst of all the uproar? Sitting in the front row center, not movimg, barely smiling... thumbs up or thumbs down. You'll have to run your own show now, I thought, have your own emotions. I'm through acting it out, the blood got to real[16].

16. *Idem*, Parte 1, Cap. 2, p. 15, grifo meu. "Arthur não teria gostado do quadro. Não era o tipo de coisa que ele gostasse, apesar de ser o tipo de coisa que ele acreditava que eu gostasse. Apropriado, ele diria, o Coliseu na cor de sangue num veludo preto vulgar, com uma moldura dourada, barulho e tumulto, multidões aplaudindo, morte na areia, animais selvagens rugindo, rosnando, gritos e mártires chorando nos bastidores, preparando-se para ser sacrificados; *acima de tudo, emoção, medo, raiva, risos e lágrimas, um desempenho do qual a multidão se alimenta*. Essa, eu suspeitava, era a sua visão de minha vida interior, apesar de ele nunca ter dito isso. E onde estava ele no meio de todo o alvoroço? Sentado na primeira fila do centro, imóvel, mal sorrindo... polegar para cima ou polegar para baixo. Você agora terá que dirigir o seu pró-

BOVARISMO E ROMANCE

Para que haja a recepção adesiva, no âmbito da problemática bovarista, é preciso que haja também produtos que a possibilitem. Geralmente, esses produtos trabalham com horizontes de expectativas bem definidos. Os leitores sabem o que querem encontrar no texto e os autores sabem o que querem/devem oferecer, de forma que há pouco espaço para a modificação de padrões literários. As mudanças de um exemplar dessa ficção para outro são superficiais, da mesma maneira que entre um e outro romance de Joan Foster/Louisa K. Delacourt.

São componentes claramente enumerados pela narradora Joan. A idéia de que é disso que a multidão se alimenta – "a performance on which the crowd feeds." – indica o quanto esse tipo de produto, fabricado por uma indústria – a cultural – ganhou espaço desde a época de Emma Bovary até a atualidade. A temática bovarista, nascida dentro do romance, ilumina assim aspectos profundos das relações entre literatura e sociedade, envolvendo igualmente os dois pólos dessa relação.

A presença no romance de Atwood dos contos *The Little Mermaid* e de *The Red Shoes*, também sob a forma cinematográfica, na relação que estabelecem com seu próprio texto, aponta para o fato de que a sociedade burguesa está constituída por paradigmas e má consciência, marginalizados e integrados, mulheres e homens, e, na esteira dessas dicotomias, indissociavelmente vinculado a elas, a literatura séria e a literatura de consumo.

Páginas atrás citava-se a passagem em que Joan, hostilizada pela população da pequena vila de Terremoto, concebe a imagem de uma espécie de espetáculo. Nele, aquela que ousa infringir as normas tradicionais da sociedade é queimada como bruxa. Joan diz preferir a fruição do espetáculo, com pipocas na mão, a marcar a diferença com relação a esse percurso tradicional. À luz dessa imagem do Coliseu e das considerações que ela suscita, pode-se perceber que a questão do papel do escri-

prio espetáculo, pensei; ter suas próprias emoções. Estou farta de representar, o sangue ficou demasiadamente real" (p. 19).

287

BOVARISMO E ROMANCE

tor na sociedade contemporânea está sendo também colocada. Essa questão, porém, permanece em aberto, no romance, não sendo possível inferir até que ponto a personagem pôde levar sua conscientização.

Além da mudança no gênero literário escolhido pela personagem[17], um indício de transformação que se pode vislumbrar é o fato de que ela, aparentemente, abandona sua dupla identidade.

A duplicidade é um dos fundamentos do Bovarismo, de qualquer dos ângulos de sua constituição abordados neste estudo. Onde há uma sociedade dividida, como aquela em que se inserem as personagens, há duplicidade. Tudo o que é relegado, marginalizado, proscrito, volta de alguma maneira ao seio da sociedade. Isso ocorre com Emma Bovary e ocorre com Joan Foster. Apesar de tema constante da literatura, a partir dos séculos XVIII e XIX, essa duplicidade adquire uma especificidade marcante. Os temas do *doppelgänger* permeiam toda a literatura de caráter romanesco, mas algumas das formas particulares desse tema ganharam extrema relevância no contexto dos dois romances, como por exemplo o duplo feminino na ficção de Walter Scott.

Épocas cindidas produzem duplos, fraturas na identidade. Emma e Joan não são exceção. Elas trazem as contradições da época que encarnam em si mesmas. São elas próprias e a imitação das imagens de seu desejo.

No caso de Atwood, o duplo ganha forma mais concreta do que na heroína de Flaubert. Emma parecia, em certa época de sua vida, exemplar aos olhos burgueses, enquanto dentro de si experimentava sentimentos e sensações incompatíveis aos donos daqueles olhos. Joan, porém, chega a ter dois nomes. Um deles, o de batismo, foi lhe dado por sua mãe, numa atitude muito semelhante à escolha do nome Berthe por Emma, para sua filha. Essa atitude vincula-se à busca de um signo que, originado num con-

---

17. A ficção científica, elemento abordado em capítulo anterior.

texto ideal, pode trazer ao seu portador algum alcance ao meio que o originou. É produto de uma expectativa.

Assim, Joan, segundo o que lhe diz sua mãe, recebeu esse nome por causa da atriz de cinema Joan Crawford. Entretanto, Joan Crawford, como a personagem sublinha, é o nome artístico de Lucille LeSueur. A criação, a forja de identidades, é algo herdado por Joan, portanto. Há, contudo, uma inversão. A atriz tem um nome inglês no mundo dos espetáculos e um nome verdadeiro francês. Joan tem um nome verdadeiro inglês e escolhe para a identidade artística um nome francês, de uma tia. Outra das dualidades do Canadá vem somar-se às anteriores, revestindo o Bovarismo em *Lady Oracle* de mais uma especificidade – a oriunda da dupla colonização[18].

Os textos de Joan Foster e de Louisa K. Delacourt, com todas as dualidades e contradições que isso implica, fazem o romance de Atwood.

Assim como o romance de Flaubert, o de Atwood expande o que, em essência, diz respeito às dissonâncias de uma época, fazendo destas, por meio da personagem leitora, uma composição temática que perfaz um momento do processo de uma forma literária – Bovarismo e Romance.

---

18. O tema do *doppelgänger* mereceria mais atenção, por sua pertinência à matéria tratada neste estudo. Contudo, não é possível, no espaço deste texto, fazer mais do que esta breve menção. Trata-se de um tema da literatura ocidental que se inter-relaciona com o tema do Bovarismo, e que tem atrás de si sua própria história. Por si só, a inter-relação entre os dois constituiria assunto de um trabalho. O que foge aos limites do presente estudo.

Bibliografia

I
Obras de Gustave Flaubert

FLAUBERT, G. *Oeuvres I.* (*La Tentation de Saint Antoine, Madame Bovary, Salammbô*). Paris, Gallimard, 1951 (Col. Bibliothèque de la Pléiade).

_____ . *Oeuvres II.* (*L' Éducation Sentimentale, Mémoires d'un Fou* [trechos], *Novembre* [trechos], *La Première Éducation Sentimentale* [trechos], *Trois Contes, Bouvard et Pécuchet, Le Dictionnaire des Idées Reçus*). Paris, Gallimard, 1952 (Col. Bibliothèque de La Pléiade).

_____ . *Madame Bovary.* Paris, Bibliothèque Charpentier, 1898.

_____ . *Madame Bovary.* Paris, Gallimard, 1972 (Collection Folio).

_____ . "L'Éducation Sentimentale (Première Version)". In: *Premières Oeuvres*. Tome Troisième – 1843-1845. Paris, Bibliothèque Charpentier, 1914.

_____ . *Voyage en Orient. Aquarelles et dessins par Jean-Gaston Mantel.* Paris, Les Éditions Nationales, 1949a.

_____ . *Salammbô. Lettres à propos de Salammbô.* Paris, Les Éditions Nationales, 1949b.

_____ . *Bouvard et Pécuchet. L'Album (Sottisier). Le Dictionnaires des Idées Reçus. Une Leçon d'Histoire Naturelle – Genre "Commis".* Paris, Les Éditions Nationales, 1949c.

_____ . *La Tentation de Saint Antoine. Voyage 1840. Preface aux Derniers Chansons de Louis Bouillhet. Lettre à La Municipalité de Rouen.* Paris, Les Éditions Nationales, 1950.

_____ . *Trois Contes.* Paris, Librairie Générale Française, 1983 (Col. Le Livre de Poche).

_____ . *Carnet de Travail*. Édition critique et génétique établie par Pierre-Marc Biasi. Paris, Éditions Balland, 1988.

Correspondência

AUBONNE, F. (org.). *Les plus belles lettres de Flaubert*. Paris, Calmann-Lévy, 1962.

FLAUBERT, G. *Correspondance I – janvier 1830 à juin 1851*. Paris, Gallimard, 1973 (Col. Bibliothèque de La Pléiade).

_____ . *Correspondance II – juillet 1851 à décembre 1858*. Paris, Gallimard, 1980 (Col. Bibliothèque de La Pléiade).

_____ . *Correspondance IV – 1854-1861*. Paris, Louis Conard Librairie-Éditeur, s. d.(a).

_____ . *Correspondance V – 1862-1868*. Paris, Louis Conard Librairie-Éditeur, s. d.(b).

_____ . *Correspondance VI – 1868-1872*. Paris, Louis Conard Librairie-Éditeur, s. d.(c).

_____ . *Correspondance VII – 1873-1876*. Paris, Louis Conard Librairie-Éditeur, s. d.(d).

_____ . *Correspondance VIII – 1877-1880*. Paris, Louis Conard Librairie-Éditeur, s. d.(e).

_____ . *Correspondance IX – 1880/Index Analutique*. Paris, Louis Conard Librairie-Éditeur, s. d.(f).

Traduções

FLAUBERT, G. *Bouvard e Pécuchet*. Trad. Galeão Coutinho e Augusto Meyer. 2.ed. Rio de Janeiro, Nova Fronteira, 1981 (Col. Grandes Romances).

_____ . *Educação Sentimental*. Trad. revista por Araújo Alves. São Paulo, Ediouro, s. d. (Col. Universidade de Bolso).

_____ . *Madame Bovary*. Trad. Sérgio Duarte. São Paulo, Ediouro, s. d. (Col. Universidade de Bolso).

_____ . *Madame Bovary*. Trad. José Maria Machado. São Paulo, Clube do Livro, 1987 (Col. Grandes Clássicos da Literatura).

_____ . *Madame Bovary – Costumes de Província*. Trad. apres. e notas de Fúlvia M. L. Moretto. São Paulo, Nova Alexandria, 1993.

BIBLIOGRAFIA

II
Obras de Margaret Atwood

ATWOOD, M. *Surfacing*. New York, Fawcet Crest, 1982.

_____ . *The Handmaid's Tale*. Toronto, Seal Books – MacClelland & Stewart-Bantam Limited, 1985.

_____ . *Bodily Harm*. Toronto, Seal Books – MacClelland & Stewart-Bantam Limited, 1988a.

_____ . *Lady Oracle*. Toronto, Seal Books – MacClelland & Stewart-Bantam Limited, 1977.

_____ . *Lady Oracle*. Toronto, Seal Books – MacClelland & Stewart-Bantam Inc., 1988b.

_____ . *The Edible Woman*. New York, Warner Books Inc., 1989a.

_____ . *Cat's Eye*. New York, Doubleday, 1989b.

_____ . *Dancing Girls and Other Stories*. Toronto, Seal Books – MacClelland & Stewart-Bantam Inc., 1989c.

_____ . *Selected Poems*. (*The Circle Game, The Animals in that Country, The Journals of Susanna Moodie, Procedures for Underground, Power Politics, You Are Happy*). Toronto, Oxford University Press, 1976.

_____ . *Survival – A Thematic Guide to Canadian Literature*. Toronto, House of Anansi Press Limited, 1972.

Traduções

ATWOOD, M. *Madame Oráculo*. Trad. Domingos Demasi. São Paulo, Marco Zero, 1984.

_____ . *A Vida Antes do Homem*. Trad. Théa Fonseca. São Paulo, Marco Zero, 1986.

_____ . *A História da Aia*. Trad. Hildegard Feist. Rio de Janeiro, Globo, 1987a.

_____ . *A Mulher Comestível*. Trad. Hildegard Feist. Rio de Janeiro, Globo, 1987b.

_____ . *O Lago Sagrado*. Trad. Cacilda Ferrante. São Paulo, Globo, 1989.

_____ . *Olho de Gato*. Trad. Ana Heizkessel. s. l.: Publicações Europa-América, 1988.

_____ . *Olho de Gato*. Trad. Maria José Silveira. São Paulo, Marco Zero, 1990.

III

Fortuna Crítica de Gustave Flaubert

AUERBACH, E. "Na Mansão de La Mole". *Mimesis – A Representação da Realidade na Literatura Ocidental*. 2. ed. revisada. São Paulo, Perspectiva, 1976.

BARNES, J. *O Papagaio de Flaubert*. Rio de Janeiro, Rocco, 1988.

BAUDELAIRE, C. "Madame Bovary". *Reflexões sobre Meus Contemporâneos*. Trad. Plínio Augusto Coelho. São Paulo, Educ/Imaginário, 1992.

BEUCHAT, C. Flaubert. "Fromentin, Octave Feuillet et André Theuriet". *Histoire du Naturalisme Français*. s. l.: Éditions Corrêa, 1949.

BONWIT, M. *Gustave Flaubert et le principe d'impartialité*. California, University of California Press/Berkeley and Los Angeles, 1950.

BOPP, L. *Commentaire sur Madame Bovary*. Paris, A La Bacconière, 1951.

BOURGET, P. *Gustave Flaubert. Études et portraits*. Paris, Plon, 1906.

BUTOR, M. *Improvisations sur Flaubert*. Paris, Presses Pochet, 1984. (Col. Agora).

DOUCHIN, J.-L. *Le sentiment de l'absurde chez Gustave Flaubert*. Paris, Lettres Modernes – M. J. Minnard, 1970 (Archives des Lettres Modernes, VII).

GENETTE, R. D. *Métamorphoses du récit. Autour de Flaubert*. Paris, Seuil, 1988 (Col. Poétique).

LUBBOCK, P. "Capítulos V e VI". *A Técnica da Ficção*. São Paulo, Cultrix/Edusp, 1976.

MAUPASSANT, G. de. *Gustave Flaubert*. Campinas, Pontes Editores, 1990.

MEYER, A. "Bovarismo: A Conferência de um Filósofo". *Preto & Branco*. Rio de Janeiro, MEC/INL, 1956.

PROUST, M. *Sur Baudelaire, Flaubert et Morand*. Bruxelles, Éditions Complexe, 1987 (Col. Le Regard Littéraire).

RICHARD, J.-P. "La création de la forme chez Flaubert". *Littérature et sensation*. Paris, Seuil, 1954.

SARRAUTE, N. *Paul Valéry, et l'enfant d'Elephant/Flaubert, le precurseur*. Paris, Gallimard, 1986.

THIBAUDET, A. *Gustave Flaubert*. 6. ed. Paris, Gallimard, 1935.

_____ . "Flaubert". *Histoire de la Littérature Française de 1789 à nous jours*. Paris, Librairie Stock, 1936.

BIBLIOGRAFIA

WETHERILL, A. *Flaubert et la création littéraire*. Paris, Librairie Nizet, 1964.

IV
Fortuna Crítica de Margaret Atwood

CARRINGTON, I de P. *Margaret Atwood and her works*. Toronto, ECW Press, s. d.

INGERSOLL, E. G. (Ed.) *Margaret Atwood – Conversations*. Ontario, Ontario Review Press/Firefly Book, 1990 (Col. Ontario Review Press Critical Series).

MALLINSON, J. *Margaret Atwood and Her Works*. Toronto, ECW Press, s. d.

RIGNEY, B. H. *Women Writers – Margaret Atwood*. Totowa, New Jersey, Barnes & Noble Books, 1987.

VANSPANCKEREN, K. & CASTRO, J. G. (eds.). *Margaret Atwood – Visions and Forms*. Carbondale and Edwardsville, Southern Illinois University Press, 1988.

V
Literatura Comparada

BLOOM, H. *A Angústia da Influência*. Rio de Janeiro, Imago, 1991.

BRUNEL, P.; PICHOIS, C. L. & ROUSSEAU, A. M. *Que É a Literatura Comparada?* São Paulo, Perspectiva/Edusp; Curitiba, Ed. da Universidade Federal do Paraná, 1990.

CAMPOS, H. de. "Da Razão Antropofágica: Diálogo e Diferença na Cultura Brasileira". *Boletim Bibliográfico*, vol. 44, n.1/4, fev.-dez. 1983, Biblioteca Mário de Andrade.

CANDIDO, A. "Um Instrumento de Descoberta e Interpretação". *Formação da Literatura Brasileira*. 5. ed. Belo Horizonte, Itatiaia; São Paulo, Edusp, 1975.

CARVALHAL, T. F. *Literatura Comparada*. São Paulo, Ática, 1986.

CIORANESCU, A. *Princípios de Literatura Comparada*. Tenerife, Universidad de La Laguna, 1964.

COUTINHO, A. "Conceitos e Vantagens da Literatura Comparada". In: *O Processo da Descolonização Literária*. Rio de Janeiro, Civilização Brasileira, 1983.

COUTINHO, E. F., CARVALHAL, T. F. *Literatura Comparada: Textos Fundadores*. Rio de Janeiro, Rocco, 1994.

GUILLÉN, C. *Entre lo uno y lo diverso. Introducción a la Literatura Comparada*. Barcelona, Editorial Crítica, 1985.

GUYARD, M. F. *Literatura Comparada*. São Paulo, Difusão Européia do Livro, 1956.

KAYSER, G. R. *Introdução à Literatura Comparada*. Lisboa, Fundação Calouste Gulbenkian, 1980.

MACHADO, A. M. & PAGEUAX, D. H. *Literatura Portuguesa, Literatura Comparada e Teoria da Literatura*. Lisboa, Edições 70, 1981.

MOISÉS, L. P. "Literatura Comparada, Intertexto e Antropofagia". *Flores da Escrivaninha*. São Paulo, Companhia das Letras, 1990.

_____ . "A Crítica das Fontes". *Falência da Crítica*. São Paulo, Perspectiva, 1973.

PRAZ, M. *Literatura e Artes Visuais*. São Paulo, Cultrix/Edusp, 1982.

SANTIAGO, S. "O Entre-lugar do Discurso Latino-americano". *Uma Literatura nos Trópicos*. São Paulo, Perspectiva, 1978.

SCHWARZ, R. "Nacional por Subtração". *Que Horas São?* São Paulo, Companhia das Letras, 1989.

SILVEIRA, T. da. *Literatura Comparada*. Rio de Janeiro, R.G.°, 1964.

SOURIAU, É. *A Correspondência das Artes: Elementos de Estética Comparada*. São Paulo, Cultrix/ Edusp, 1983.

ZILBERMANN, R. *Estética da Recepção e História da Literatura*. São Paulo, Ática, 1989.

VI
Geral

ALLEN, W. "The Eighteenth Century". *The English Novel: a Short Critical History*. Middlesex, Penguin Books, 1965.

ADORNO, T. W.; HORKHEIMER, M. *Dialética do Esclarecimento. Fragmentos Filosóficos*. Trad. Guido Antonio de Almeida. Rio de Janeiro, Jorge Zahar Editor, 1985.

AUSTEN, J. *Northanger Abbey. The Novels of Jane Austen*. Based on collation of the early editions, by R. W. Chapman. 3. ed. London, Oxford University Press, 1972. vol. V, p. 40.

_____ . *Abadia de Northanger*. Trad. Ledo Ivo. Rio de Janeiro,

BIBLIOGRAFIA

Panamericana, s. d.

BARILLI, R. *Les préraphaélites*. Paris, Éditions Tête de Feuilles, 1976 (Col. Galerie d'Art).

BARTHES, R. *et al*. *Literatura e Realidade*. Lisboa, Publicações Don Quixote, 1984.

BAUDELAIRE, C. *Meu Coração Desnudado*. Trad. Aurélio Buarque de Holanda Ferreira. Rio de Janeiro, Nova Fronteira, 1981.

BENJAMIN, W. *Origem do Drama Barroco Alemão*. São Paulo, Brasiliense, 1984.

_____ . "Paris, Capital do Século XIX; A Paris do Segundo Império em Baudelaire; O Autor como Produtor". In: KOTHE, F. R. *Walter Benjamin*. São Paulo, Ática, 1985 (Col. Grandes Cientistas Sociais).

_____ . "O que os Alemães Liam Enquanto seus Clássicos Escreviam; Crise do Romance. In: BOLLE, W. (org.). *Walter Benjamin*. Documentos de Cultura – Documentos de Barbárie. São Paulo, Cultrix/ Edusp, 1986.

_____ . "A Obra de Arte na Era de sua Reprodutibilidade Técnica; O Narrador. Considerações sobre a Obra de Nikolai Leskov". In: ROUANET, S. P. *Walter Benjamin*. *Obras Escolhidas – Magia e Técnica, Arte e Política*. São Paulo, Brasiliense, 1987, vol. I.

BOLLE, W. *Walter Benjamin*. *Documentos de Cultura – Documentos de Barbárie*. São Paulo, Cultrix/Edusp, 1986.

_____ . "A Modernidade Segundo Walter Benjamin". *Revista da Universidade de São Paulo* (São Paulo), vol. 5, pp. 45-56, jun. 1987.

BOSI, E. *Cultura de Massa e Cultura Popular*. *Leituras de Operárias*. 5. ed. ampliada. Petrópolis, Vozes, 1981.

BRECHT, B. *Écrits sur la littérature et l'art*. Paris, L' Arche, 1976. vol. 2: "Sur le réalisme".

BREWER, D. *English Gothic Literature*. Hong Kong, The Macmillan Press Ltd., 1983 (Col. Macmillan History of Literature).

BRUNORI, V. *Sueños y mitos de la literatura de masas*. Analisis critico de la novela popular. Barcelona, Editorial Gustavo Gili S.A., 1980 (Col. GG MassMedia).

CALDAS, W. *A Literatura da Cultura de Massa*. *Uma Análise Sociológica*. São Paulo, Lua Nova, 1987.

CARPEAUX, O. "O Pré-romantismo". *História da Literatura Ocidental*. 2. ed. Rio de Janeiro, Alhambra, 1980, vol. IV.

_____ . "Romantismo de Evasão". *História da Literatura Ocidental*. 2.

ed. Rio de Janeiro, Alhambra, 1981, vol. V.

_____ . "A Época da Classe Média". *História da Literatura Ocidental*. 2. ed. Rio de Janeiro, Alhambra, 1982, vol. VI.

CASTEX, P.-G. "Frénési romantique". DUMONT, F. (org.). *Les petits romantiques français*. Viena, Les Cahiers du Sud, 1949.

CHAUI, M. "Sobre o Medo". VV.AA. *Os Sentidos da Paixão*. São Paulo, Companhia das Letras/Funarte, 1987.

CHESTERTON, G. K. *The Victorian Age in Literature*. London [New York, Toronto], Oxford Universisty Press, 1961.

COSTA, A. *Compreender o Cinema*. Rio de Janeiro, Globo, 1987.

DEHARME, L. "Charles Nodier". In: DUMONT, F. (org.). *Les petits romantiques français*. Viena, Les Cahiers du Sud, 1949.

DELUMEAU, J. "Os Agentes de Satã". *História do Medo no Ocidente – 1300-1800*. São Paulo, Companhia das Letras, 1989.

DUBY, G. (org.). "A Emergência do Indivíduo". In: *História da Vida Privada*. São Paulo, Companhia das Letras, 1990, vol. 2: *Da Europa Feudal à Renascença*.

DUMESNIL, R. "Fantaisistes; Léon Hennique". *Le réalisme et le naturalisme*. Paris, De Gigord, 1955.

ECO, U. *Apocalípticos e Integrados*. 4. ed. São Paulo, Perspectiva, 1990.

FREUD, S. "Introducción al narcisismo". *Obras Completas*. Trad. Luis Lopez-Ballesteros y de Torres. Madrid, Editorial Biblioteca Nueva, 1948. vol. 2

FRYE, N. *La escritura profana: un estudio sobre la escritura del romance*. Caracas, Monte Ávila Editores, 1980.

GRIGSON, G. *The Victorians – An Anthologie*. London, Routledge & Kegan Paul Ltd., 1950.

HANSEN, J. A. *Alegoria: Construção e Interpretação da Metáfora*. São Paulo, Atual, 1986 (Série Documentos).

HARRISON, M. *Pre-Raphaelite. Paintings and Graphics*. 2. ed. London, Academy Editions; New York, St. Martin Press, 1974.

HAUSER, A. "O Segundo Império". *História Social da Literatura e da Arte*. São Paulo, Mestre Jou, 1980-1982, vol. 2.

HEGEL, G. H. F. "A Cavalaria". *Estética – A Arte Clássica e a Arte Romântica*. 2. ed. Lisboa, Guimarães Editores, 1972, vol. IV.

HILTON, T. *The Pre-Raphaelites*. New York, Thames and Hudson, 1989 (Col. World of Art).

HONOUR, H. *Horace Walpole*. London, Longman Group, 1970 (Col. Writers and Their Works, 92).

BIBLIOGRAFIA

KILHAM, J. (ed.). *Critical essays on the poetry of Tennyson*. London, London & Kegan Paul, 1969.

LACHER, W. *Le réalisme dans le roman contemporain*. 2. ed. Genève, Imprimerie Centrale, 1940.

LERNER, L. (ed.). *The Victorians*. London, Methuen & Co. Ltd., 1982.

LIMA, L. C. "Realismo e Literatura". *A Metamorfose do Silêncio. Análise do Discurso Literário*. Rio de Janeiro, Eldorado, 1974.

LIMA BARRETO, A. H. de. "Casos de Bovarismo". *Bagatelas*. São Paulo, Brasiliense, 1956.

LUKÁCS, G. "Problemi della mimesi". *Estética*. Torino, Giulio Einaudi Editore, 1973a, vol. I (Piccola Biblioteca Einaudi).

_____ . "Allegoria e simbolo". *Estética*. Torino, Giulio Einaudi Editore, 1973b, vol. II (Piccola Biblioteca Einaudi).

_____ . "La catarsi come categoria generale dell'estetica". *Estética*. Torino, Giulio Einaudi Editore, 1973b, vol. II (Piccola Biblioteca Einaudi).

LUKÁCS, G. et al. *Realismo, Materialismo, Utopia*. Lisboa, Moraes Editora, 1978.

MARX, K. & ENGELS, F. *La sagrada familia*. Méximo, Editorial Grijalbo S.A., 1967.

MAYER, H. *Historia maldita de la literatura – La mujer, el homosexual, el judio*. Madrid, Taurus Ediciones, 1982.

MOOG, V. *Eça de Queiroz e o Século XIX*. 2. ed. Porto Alegre, L. Maria do Globo, 1939.

NEIL, S. D. "The Gothic Romances". *A Short History of English Novel*. New York, Collier Books; London, Collier Macmillan, 1964.

NICOLSON, H. *Tennyson*. London, Arrow Books Ltd., 1960.

PAES, J. P. "Por uma Literatura Brasileira de Entretenimento (ou: O Mordomo Não é o Único Culpado)". *A Aventura Literária – Ensaios sobre Ficção e Ficções*. São Paulo, Companhia das Letras, 1990.

PALMADE, G. (org.). *La epoca de la burguesía*. 8. ed. Madrid, Siglo Veintiuno, 1986 (Col. Historia Universal Siglo XXI, 27).

PISCHEL, G. *História Universal da Arte*. São Paulo, Melhoramentos, 1966, vol. 3.

PITT, V. *Tennyson Laureate*. London, Barrie and Rockliff, 1968.

PLEBE, A. *Breve História da Retórica Antiga*. São Paulo, EPU/Edusp, 1978.

PUNTER, D. *The Literature of Terror – A History of Gothic Fictions from 1765 to the Present Day*. London, New York, Longman, 1980.

ROUGEMONT, D. de. *El amor y occidente*. 4. ed. Barcelona, Editorial Kairós, 1986.

SCHMIDT, A.-M. "Alexandre Dumas Père et ses fantômes". In: DUMONT, F. (org.). *Les petits romantiques français*. Viena, Les Cahiers du Sud, 1949.

SCHNEIDER, M. *La littérature fantastique en France*. Paris, Fayard, 1964.

SCHWARZ, R. "A Letra Escarlate e o Puritanismo". *A Sereia e o Desconfiado*. 2. ed. Rio de Janeiro, Paz e Terra, 1981.

STEIN, I. *Figuras Femininas em Machado de Assis*. Rio de Janeiro, Paz e Terra, 1984.

TENNYSON, A. "Lady of Shalott". *The Poems and Plays of Alfred Lord Tennyson*. New York, The Modern Library, 1938.

TODOROV, T. *Introdução à Literatura Fantástica*. Trad. Maria Clara Correa Castello. São Paulo, Perspectiva, 1975 (Col. Debates).

VERNANT, J. P. *Mito e Tragédia na Grécia Antiga*. Trad. Anna Lia A. de Almeida Prado. São Paulo, Duas Cidades, 1977.

WAGGONER, H. H. *Nathaniel Hawthorne*. São Paulo, Livraria Martins Editora, 1964.

WATT, I. *A Ascensão do Romance*. São Paulo, Companhia das Letras, 1990.

Estudos Literários

1. *Clarice Lispector. Uma Poética do Olhar*
   Regina Lúcia Pontieri

2. *A Caminho do Encontro. Uma Leitura de Contos Novos*
   Ivone Daré Rabello

3. *Romance de Formação em Perspectiva Histórica.*
   O Tambor de Lata de G. Grass
   Marcus Vinicius Mazzari

4. *Roteiro para um Narrador. Uma Leitura dos Contos de Rubem Fonseca*
   Ariovaldo José Vidal

5. *Proust, Poeta e Psicanalista*
   Philippe Willemart

6. *Bovarismo e Romance: Madame Bovary e Lady Oracle*
   Andrea Saad Hossne

Título	Bovarismo e Romance
Autor	Andrea Saad Hossne
Projeto Gráfico	Ateliê Editorial
Capa	Lena Bergstein (desenhos)
	Plinio Martins Filho e
	Tomás B. Martins (criação)
Editoração Eletrônica	Ricardo Assis
	Aline E. Sato
	Amanda E. de Almeida
Divulgação	Paul González
Formato	12,5 x 20,5 cm
Papel de capa	Cartão Supremo 250 g/m^2
Papel de miolo	Pólen Soft 80 g/m^2
Número de páginas	304
Tiragem	1 000
Fotolito	Macincolor
Impressão	Lis Gráfica